U0045484

古典詩歌研究彙刊

第二二輯

龔鵬程　主編

第 10 冊

雲間李雯及其詩詞研究（上）

管偉森　著

國家圖書館出版品預行編目資料

雲間李雯及其詩詞研究（上）／管偉森 著 — 初版 — 新北市：
花木蘭文化事業有限公司，2017〔民 106〕

目 4+238 面；17×24 公分

（古典詩歌研究彙刊 第二二輯；第 10 冊）

ISBN 978-986-485-121-8（精裝）

1.（清）李雯 2. 詩詞 3. 詩評 4. 詞論

820.91   106013431

ISBN-978-986-485-121-8

9 789864 851218

古典詩歌研究彙刊

第二二輯 第十冊   ISBN：978-986-485-121-8

雲間李雯及其詩詞研究（上）

作　　者　管偉森

主　　編　龔鵬程

總 編 輯　杜潔祥

副總編輯　楊嘉樂

編　　輯　許郁翎、王筑　美術編輯　陳逸婷

出　　版　花木蘭文化事業有限公司

社　　長　高小娟

聯絡地址　235 新北市中和區中安街七二號十三樓

　　　　　電話：02-2923-1455／傳真：02-2923-1452

網　　址　http://www.huamulan.tw 信箱 hml 810518@gmail.com

印　　刷　普羅文化出版廣告事業

初　　版　2017 年 9 月

全書字數　398753 字

定　　價　第二二輯共 14 冊（精裝）新台幣 22,000 元

雲間李雯及其詩詞研究(上)

管偉森　著

作者簡介

管偉森，男，1987 年生。馬來西亞吉隆坡人。2014 年畢業於國立中興大學中國文學系碩士班。有志於中國古代詩詞的專研，未來亦將往中文研究繼續深造。現任馬來西亞吉隆坡坤成中學華文教師，執教高初中「華文」與「中國文學」科。

提　　要

　　雲間李雯一直是文學史上失落的一塊文人拼圖。這很可能是因爲李雯所成就的文學高度，以及他所帶來的文學影響並不如陳子龍的緣故。然而李雯的人格與詩格，都有他悲劇的可看性與可寫性。是以應當被後人所極力發掘，並對其有著更完整的認識才對。因此本文就李雯的詩詞作爲研究對象，並以清順治十四年石維崑刻本爲核心文本，藉此歸納與考訂李雯身處的時代與生平之間的種種牽連。此外，本文更統計、校點與輸入李雯現存的所有詩詞，並試圖從明清易代複雜的歷史背景，論證了在這亂世當中，文人不可抗逆以及無以自持的焦慮與無奈。再來，本文也從李雯的身世與心路歷程裏，梳理他的生卒年與籍貫地，並整合李雯的家世背景，見證李雯本身心理期待的內外養成。進而再次追述李雯一生遭際的不幸，藉此了解時人對其屈身仕清的諒解所在。最後本文更從李雯的詩詞作品當中，闡述他依循陳子龍復古主義的積極性，並從他的擬古詩、他對於社會的關懷、他詩詞題材與意象的操作，以及他自負與自卑——自我認同的心理變化，看出更多前人所容易忽視的，李雯及其詩詞所呈現出來的多元一面。基於文學即是人學的概念，研究李雯的一生及其創作應能填補與拼湊更多明清文學發展的其中一環。從而讓我們或能具體把握明清易代之際，文學群體間的交際與影響等現象。

誌謝辭

　　記得是口考的時候，李建崑老師亦不能免俗的，問了我個人對於李雯的看法與定位。這當然攸關我行文的內容，而我當時竟然有些語塞。畢竟有些話已經想說到嘴邊上了，我竟然又硬生生地吞了回去。大概是因為我不敢造次，也不敢自比於古人吧。即當初我決意要把李雯的資料都給整理出來，甚至是以他作為我碩士論文的研究對象，這主要還是因為在閱讀了葉嘉瑩教授的《清詞論叢》以後，我很想很想去表達，其實李雯與現在的自己又是何其相似？

　　當然古人經已作古，而今人如我，自然也不可能——我也不願再次經歷國破家亡的事。只不過我太欽佩於李雯在於詩、詞、古文上的努力奮發，以至於藉此獲得時人如陳子龍等雲間諸子的莫大認同。而我也嚮往著李雯與陳子龍之間，那即相知相識，又互助互信的深刻友誼。這是動盪時代都不能輕易改變的用情之真摯。然而時代不同了，人心不古。從踏入中文系以後，藉助葉嘉瑩教授對於詩詞教學的傳播，我竟也誤打誤撞的走上研究古典詩詞這條路。其中大概因為，我希望能在好些古人堅毅的、崇高的、多情的、精煉的人格上，獲得那麼一點人生在世，足以自修自立、自覺自強的信念與信仰吧。

　　當然我也無能對抗命運於的擺弄。加上天資有限，生性懶散，來臺已然六年有餘了。這論文的完成，大概才算是那麼一件值得自己稱

之為成就的事。眼下即將回到馬來西亞，並再次認識自己出生，以及長大的地方，我又能憑藉自己的努力而獲得什麼樣的認同呢？我仍不斷地記取說，李雯詩裏有一句：「江湖仍自大。荊棘故能頻。」這大概警惕了我，人生還要歷經不少風雨，才能如願走到盡頭吧。又或者終將如李雯一般鬱鬱不得志，最後憂傷憔悴以卒呢？

六年了；大學兩年，研究所四年。這六年來非常感謝國立中興大學給予我良好的環境，並提供我優渥的待遇，讓我在學習的路途上無太多後顧之憂。也非常感激興大中文系在我離鄉背井之後，給予我更完善的、關於中國文學應有的基礎培養。歷年來，江乾益主任曾推薦我繼續升上研究所，韓碧琴主任特別關注我們外籍生的生活起居以及工讀機會，林淑貞主任則不斷在唐詩等古典文學的學術領域上，提點我更多研究以及學習的、閱覽的方法。主任們的高誼厚愛，作為學生的我實在銘感不已。

而在與系上諸位老師的接觸以及交流上，我也要特別感謝王淑禎老師，她帶領我認識了不一樣的《楚辭》與屈原，這讓我對於中國古代詩人人格力量的憧憬又更為堅定了。感謝蔡妙真老師，她給予我能以更靈動活潑的方式，把不容易理解的《春秋》與《左傳》掌握得更為清晰明確。她也大概是我認識的經學老師當中，最容易讓人親近且快樂的一個。感謝尤雅姿老師，儘管事隔多年，而我在最初只上過老師的其中一門大學課，老師卻牢牢把我記住了。感謝李建崑老師，除了因為他不辭辛勞，作為我的論文口考老師之外，他給予了我好多好多關於杜甫，乃至於韓孟姚賈等的基礎認識。老師他在資料與學習的分享上，更是無私的奉獻於作為學生的我們。尤其是在中國古典詩學的教導上，老師更勉勵於我們，可以多加研讀杜甫、陸游、元好問、王夫之、顧炎武等歷來詩中大家的作品。這就能大致清楚地把握住中國古典詩學的精髓所在。這些教誨我都有一直牢記在心上。

最後則是有三位老師更得要鄭重且好好地感謝一番了。因為他們讓我在此之所謂學術或人生的路途上，大有領悟與精進的地方。第一

位是徐照華老師（老師她其實也是系上的前主任之一）。我與老師的相識，起之於「清代文學研究」以及「詞學研究」的課堂上。但我與老師其實更早的相見，則是在一場古典文學的競賽當中。當時老師在眾多的參賽作品裏，逕自挑出我的幾首五言詩，並予以很不錯的肯定。事隔幾年以後，當老師又再成為某競賽的評審，她還是特別青睞於那些我寫得不成熟的（但或許很用心？）的詩詞之作。儘管我們從來都沒有交流過這些內容與經過，但我卻因此而感念不已。並不時會相信，老師她也許是我古典詩詞創作上的知音？

又就輩分與倫序上而言，老師就是我的老師。而我卻很常在課堂上把老師當作朋友來看待。因此每當我們在上課的時候，若有很多意見不合的地方，我就敢於和老師相互厲聲呼問的進行對談。其實我並不曉得老師是怎麼看待我的狂妄與無禮。但我卻樂於在這樣的氛圍裏，並在好些與詞學理論、詞作賞析等相關的課題上，就從老師那獲取了好多且豐富的知識。我佩服的是老師的心中仍有一團研究與學習的熱火，這自然成為我作為學生最好的榜樣。我一直都很感激老師教了我很多。

第二位則是陳器文老師（老師她其實也是系上的前主任之一）。器文老師研究的是文學心理學、神話學與民間文學等等。但據說在此之前，器文老師也是研究古典詩詞的箇中好手。不曉得為什麼，與器文老師接觸那麼幾次後，我就不自覺地對她肅然起敬，並想與她多加學習。因此儘管領域有別，我卻不畏懼自己能力有限，似乎不管她開上什麼課，我都一定要好好選修或旁聽一番。我只能不斷在閱讀自己可以理解的古典詩詞以外，也盡可能尾隨著器文老師那些更直指人心最深處的、大塊的、寬廣的文化知識——吸收它並理解它。而在我心裏，似乎也只有器文老師就有著如此廣闊的襟懷，足以容納更多美好的或黑暗的，關於人心的現實，並將之與我們一一分享。

我總認為器文老師應該就是她教學當中的所謂智慧老人吧。然而有的時候，我卻也在幸與不幸的矛盾當中，認識了這個我認為是智慧

老人的人，其實也有她更接近於就是人的一面。又或者在很多時候，器文老師其實更像是個赤子般，天眞猶在的小女孩。她因此而帶給了我看到更多在學習上的可能性。最重要的是，器文老師在我面對友情的挫折與考驗時，她曾積極關心且開導我。換老師面對自己切切實實的人生難題時，雖然我（與學長姐們）或許都幫不上什麼，但暗地裏的我（們）卻也曾積極想保護這麼爲學生付出一生心力的老師。畢竟器文老師她除了照顧到學生的專業素養，她也顧及了學生心理本質的養成與成長。我是多麼慶幸自己可以遇上這樣的好老師。

第三位當然就是功不可沒的，我的指導教授──李建福老師。唐突且冒昧地說，從大學三年級開始，就常有學長姐建議我（們）在選修老師的課程之前，要好好地三思再三。因爲老師教學的內容是扎實的、不能取巧的知識。而這樣的知識也似乎是他與他的老師之間，一代傳一代的傳統教學方式。因此這一聽，我就迷上了這樣老師的傳承。儘管最初我覺得以我自己的能力，不管是背誦古文，還是在了解詩歌格律的種種限制上，我眞的有力不從心的地方。直到後來我強迫自己不斷復誦，不斷練習，才又稍稍地對古典文學抱有更大、更多認知的希望。惟一可惜的是，我在老師那裏學習的仍然太少。尤其是我不曾與老師開口，想跟老師好好地學詩、學文……

而老師當然是縱容我的。因爲從這論文的起草到完成，老師都不曾鞭笞過我，並希望我如何趕快的完成，甚至是要得按照他如何的方式，把畢業論文急忙忙寫出來云云。老師一直都只是希望我在有任何問題的時候，隨時與之請教，這讓我在完成這碩士論文的過程，完全沒有感受到一點來自老師的壓力。又，老師最讓我欽佩的地方，自然是老師藏書之豐富。因此不管有無關於碩士論文的寫就，一有機會，我也樂於從老師那借來不少已然罕見的研究著錄──有的徑自擱置，沒有翻開；有的則閱覽完畢，捨不得還。──而老師從來都不曾要求我們一定要在什麼時候給老師歸還這些書籍。老師也從不吝嗇地，把他知道我們可能需要用到的書，都一一與我們分享。老師太過

度信任我們了。以至於眞的有那麼幾次，老師好些珍貴的藏書就此消失無蹤。

　　老師也是慈祥的。因爲除了器文老師給予我相關的開導之外，我也曾在老師大病初愈的那段日子，硬給老師登門拜訪，並從老師那得來不少釋懷的建議。如今論文已準備付梓。眞希望回到老家以後，我能好好運用自己所學，並更加努力地裝備自己，好不辜負老師給予我的種種幫助。在此，我也要感謝系上的湯助教、曾助理、王小姐、郭助教與徐助教等人。日常很多學業上或工讀上的瑣事，大都有賴他們給予最大的幫忙。最要感謝的還是我的家人。沒有家人的諒解與支持，大概也沒有這六年在臺念書的時光。謹以此論文獻給所有肯定或否定我的人。希望日後還有能力與機會，繼續回到學術的路途上奮鬥。就這樣期許自己吧。

目次

第一章　緒　論

　　就中國文學史的研究來看，不管是表現最爲美好的時期，抑或是成就最爲美好的詩人，其中往往都已經有了相關深入的研究，佔據了學術史上大幅度的結構篇章，從而建構出文學發展進程的清晰脈絡。然而因爲個別文體的特性，其在各個時代所能展現的風貌特質又有所不同，更有其不可抗逆的極限所在。因此一代總有一代被看好的、塑造的、成型的文學體式蔚爲風氣，大致如漢賦、唐詩、宋詞、元曲、明清小說不等；一代也有一代被貶抑的、流傳的、通俗的文化需求。那麼賦之於唐、詩之於宋、詞之於元明清、曲之於後世等等，也總不免讓人好奇，這些文體究竟有無各個時代自我特性的發展現象？

　　縱觀明清文學正是中國文學史裏，雅與俗之文學倒置其重要性的特殊時期。——這也是所謂文學大傳統與小傳統相互交替的特殊階段之一。那麼這些被倒置過來的雅文學、大傳統，其被後人所加以關注的普遍性就大大降低了。因爲相較於當時的俗文學、小傳統，前者的表現已看不出時代的足跡，反觀後者卻刻畫出時代深刻的年輪及其傳播的迅速。直到近年以來，明清文學的研究成果或已趨於老成，這些無論雅俗或大小的文學與傳統，都有著被深入探討的基礎與成效。那麼當我們再重新審慎的藉助前人之研究，進而發掘裏

頭尚待整頓的文學與文化等關係之肌理，本文以爲這樣的研究方向
應正有其不可多得的可行性。

第一節　研究動機、目的與範圍

　　明清易代是個發生天崩地解、社會動盪的巨變時代。而文學的
生發與時代的關係，從來都不是兩不相干的個體；它們相互影響著，
也相互反映著時人在如此時代背景裏的境遇，以及他們與社會之間
的情感維繫。而本文曾經從葉嘉瑩在談論雲間詞風轉變的演講稿
裏，讀到有關陳子龍與李雯是如何在這個風雲不測、江山易主的氛
圍內，艱辛而痛苦地面臨著自己無以操持，更無以擺脫的悲劇與命
運。〔註1〕尤其是李雯本身適逢甲申國變的遭際，配合葉氏對於〈東
門行寄陳氏・附書〉與〈風流子・送春〉的援引和解析，都深深地
吸引著讀者如我，一直好奇李雯的一生是從何而始，又是如何就此
終結？也正因爲作者已死，乃是讀者之生的原理，筆者更曾以想象
的方式，代入李雯的生命，去試圖理解他是如何曾懷有許身報國的
壯志，卻在屢屢不得志的際遇下，遭逢君上的國難以及父親的身死。
直覺上那種因外在因素與壓力所造成的心理痛苦，眞讓人無法爲之
感到輕易地釋懷。而且這樣的痛苦還延續到他在抉擇盡忠或盡孝的
難題上。結果他被迫成爲清朝新貴──中書舍人，卻也不能再有更
適合的身分，去呼應那個幾近要任用他，卻終究自縊於煤山的崇禎
皇帝。又不能在大節無虧的前提下，去面對往昔那些詩酒流連、相
互唱和的同儕好友──尤其是後來積極抗清的陳子龍。

　　於是筆者便曾搜尋更多相關於李雯的資訊，希冀能更完整的了
解到李雯所遭受莫大的抑鬱與楚痛，卻很難發現曾有人就他的著作
《蓼齋集》進行更深入與細緻地研究。如果李雯的遭際及其個人心
路歷程的特殊性，並沒有獲得後人就其基礎作出更深入的論述，那

〔註 1〕葉嘉瑩著：《清詞論叢》（北京：北京大學出版社，2008 年 4 月），頁
　　　　1～37。

會不會有人因此而對他的認識產生了一定的誤差呢？這誤差又是否
會影響了後人如何評價雲間三子的成就？還有忽視了其中牽涉史實
與否的可信度？這些質疑與深思一直都困擾著筆者。因此這很可能
便是本文不那麼符合學術願景與其常理的情況下，意欲研究李雯個
人遭際及其詩詞的片面動機。

　　就本文的取材與討論的範圍來說，由於李雯的著作實在豐富，且
又尙無任何的前輩先進，曾爲他的著作進行校點或集注。本文只能擬
就較能掌握的詩歌與詞作部分，並以清順治十四年石維崑刻本作爲核
心的文本〔註2〕，藉此歸納與考訂李雯身處的時代與生平之間的種種
牽連。再把李雯現存的所有詩詞盡可能的作一整體校點與輸入的工
作，從而挑選多個可看性與可寫性較高的課題進行個別的論述。

　　那麼放眼前人對於李雯的研究成果，作爲論題開展的觀察角
度。本文其實很難從歷來研究明清的學者當中，發現他們對於雲間
文學有更深入的廓清與關注，又或他們大都著重在陳子龍一人的貢
獻身上；於是乎若要獲得相關直接面對李雯的創作研究，那實在是
一件非常困難的事。就本文目前手上擁有的資料來看，這些研究成
果大抵還能如同詹千慧在其碩士論文《雲間詞人與雲間詞派研究》
所分類的那樣。經筆者稍加更動之後，即有著「雲間派研究」，「特
定文人的研究」，以及「其他課題」等三個方面可進行對於李雯資料
的追蹤。〔註3〕本文便也能多少從裏頭發現李雯頗爲少有的存在感。

　　就「雲間派研究」的部分，如果屬於學位論文者，則有鄒秀容的
《雲間詞派研究》〔註4〕、劉勇剛的《雲間派研究》〔註5〕、李越深

〔註2〕　清・李雯撰，四庫禁燬書叢刊編纂委員會：《蓼齋集四十七卷・後集
　　　　五卷》（北京：北京出版社，1997年6月，《四庫禁燬書叢刊》清順
　　　　治十四年石維崑刻本）
〔註3〕　詹千慧：《雲間詞人與雲間詞派研究》（臺北：輔仁大學中國文學研
　　　　究所碩士論文，2005年6月），頁13。
〔註4〕　鄒秀容：《雲間詞派研究》（臺中：國立中興大學中國文學系碩士學
　　　　位論文，1998年6月）。
〔註5〕　劉勇剛：《雲間派研究》（南京：南京師範大學中國古代文學博士學

的《雲間詞派研究》〔註6〕、張承宇的《雲間派研究》、汪孔豐的《雲間詩派研究》〔註7〕、詹千慧的《雲間詞人與雲間詞派研究》〔註8〕以及鄭毅的《雲間詞派中、後期創作狀貌之探析》〔註9〕幾種。其中劉勇剛、李越深和張承宇的論文都屬於博士論文，而其餘的則屬於碩士論文。可惜的是，目前本文也尚且無法獲得張承宇的《雲間派研究》。因此這裏就不納入討論。而以最先專論「雲間詞派」的鄒秀容來說，其中僅就李雯詞作的風格析論頗有明朗處。只是裏頭對於李雯的生平著墨甚少，而且作者在解析好些詞作的時候都有著混淆時代順序的錯漏。這大概是因為作者未能獲得李雯相關可靠文本的緣故。而同樣的問題也發生在汪孔豐的《雲間詩派研究》之中。雖然這裏談論的是李雯詩歌的部分，然而作者把不同題目的詩歌混在一起，當作是同一個詩題而有多首創作來進行解析，這都在在證明研究者本身對於文本把握的不足，並使他們產生了相對謬誤的立論以及闡述。至於鄭毅的《雲間詞派中、後期創作狀貌之探析》，則把焦點關注在雲間詞派中、後期的創作狀貌。雖然作者曾略述了雲間三子的詞派形成與詞學相關的主張，只是作者一則以多數引用了李越深的研究成果來作為自己論文的內容，二則以其中大都是陳子龍的詞學理論作為認識雲間詞派的基礎。因此相關於李雯的論述還是非常單薄而近乎看不見李雯的存在。

　　到了李越深的《雲間詞派研究》裏，李氏則本應有著雲間詞人叢論的章節，其中就有專論李雯與《蓼齋詞》的部分。然而李氏並沒有

位論文，2002年5月）。

〔註6〕李越深：《雲間詞派研究》（杭州：浙江大學中國古代文學博士學位論文，2004年5月）。

〔註7〕汪孔豐：《雲間詩派研究》（蘇州：蘇州大學中國古代文學碩士學位論文，2005年5月）。

〔註8〕詹千慧：《雲間詞人與雲間詞派研究》（臺北：輔仁大學中國文學研究所碩士論文，2005年6月）。

〔註9〕鄭毅：《雲間詞派中、後期創作狀貌之探析》（長春：黑龍江大學中國古代文學碩士學位論文，2007年5月）。

完成此中論述，因而從目錄上就可以看出多個章節都有「暫缺」的字樣，而內文裏還真的沒有發現專論李雯詞作的篇章，這未免便少了借重之力。至於劉勇剛的《雲間派研究》後來出版成書，並命名爲《雲間派文學研究》〔註10〕。劉氏對於李雯的掌握，可就有非常細緻以及全面的探討了。其中除了生平的部分他缺少著墨外，就李雯的詩歌以及詞作的書寫部分，劉氏都有很完全的理解以及一定分量的闡述。只是或許因爲文本的緣故，作者的好些探究都誤解了李雯詩作與詞作的原意，甚至把相關的文獻誤置爲他人的著錄。這種種的錯誤，本文會在論述到該文的時候，便作一註解以示其差謬。

　　而有關詹千慧《雲間詞人與雲間詞派研究》的部分，裏頭則也設立了一章關於雲間詞派作家的論析，從中也清楚交待李雯的生平及其詞集的版本。而且作者也整理過後人對於李雯詞作的簡要評析。只是該論文並不是以李雯爲主要的論述對象，因此裏頭關於李雯的資料雖然大致簡要而齊全，然而這還是不足以全盤觀照李雯詞作及其詞學思想種種的淵源所在。至於在期刊論文方面，其實若以雲間派爲論述基礎，其立論大都以陳子龍的理論作爲申述要點。其中似乎不曾發現任何以李雯爲主體論述的相關內容。

　　就「特定文人的研究」部分，姚蓉的《明末雲間三子研究》恐怕是最爲詳盡，抑或是最早專論相關於三子的著述代表。尤其是裏頭關於李雯的部分，都很能確切把握住李雯的生平事跡、人生觀以及政治觀等方方面面。還有李雯在於文學的主張及其詩詞創作的特徵，姚氏都能補充歷來對於李雯研究與認識之不足。只是這書中的考察仍舊多半以陳子龍作爲三子之主幹。相較於陳子龍的聲名及其文學的成就，李雯（還有宋徵輿）則一定變得相形見拙。只因姚氏或偏頗於陳子龍的崇高成就，而在不能完全掌握李雯創作文本的情況下，誤以爲後者真只有不如陳子龍的地方。可以說，姚氏或許忽略了李雯在陳子龍眼裏是非常符合復古思潮的罕見詩人。因此他才說李雯是空同、于鱗間

〔註10〕劉勇剛著：《雲間派文學研究》（北京：中華書局，2008 年 2 月）。

人。這如果能仔細比對李雯的創作作品，或許能證明李雯的文學表現並不亞於陳子龍。關於這一點，姚氏的確沒有再深入的進行闡述。因此倒有助於本文在梳理李雯作品時，發現了好些姚氏所誤會的部分。

此外，李新的《陳子龍詩文創作與文學理論研究》雖然說的內容大都關於陳子龍的詩文創作與文學理論。〔註11〕然而在論及雲間三子的部分，李氏則提供了不少相關於李雯的生平資料及其線索，即如原來方以智曾有一篇〈李舒章傳〉。可惜本文至今仍不知可以從何處獲得，尤以為憾。而在於學位論文的文獻裏，大抵還有一篇高士原的碩士論文，即《晚明幾社六子及李雯社會詩探微》一篇〔註12〕。其中對於李雯關懷社會的詩歌創作提供了本文足以反駁姚蓉的一個契機點。只是高氏的文章多半是完全譯出其中詩歌的原意，卻沒有深刻論述這些社會詩所帶來的具體意義，因此這也是高氏對於李雯詩作有所不足的掌握之處。最後則是相關期刊論文方面，其實大都以李雯為題的文章，皆出自於劉勇剛節錄他《雲間派文學研究》的論述。其中的內容並沒有相差太多，因此這裏也就不再贅述。不過姚蓉倒有一篇札記名為〈李雯生年辨正〉〔註13〕，特別簡短的交代了李雯的生年是何時。這非常精簡的提供了本文對於李雯生年的有效辨識；可以說這文章雖然短小，其重要性卻尤其值得肯定。

至於「其他課題」方面，白一瑾頗能在論述清初貳臣的心理狀況時，安插了李雯糾結的心理因素。她也應該是首次把李雯列為貳臣範圍進行研究的第一位學者，而這樣的論述可以在她的〈論清初貳臣士人的生存罪惡感〉中獲得稍稍的篇幅。〔註14〕又或可以在她的博士論

〔註11〕李新著：《陳子龍詩文創作與文學理論研究》（天津：南開大學出版社，2012年10月）。

〔註12〕高士原：《晚明幾社六子及李雯社會詩探微》（臺中：東海大學中國文學系碩士論文，2004年）。

〔註13〕姚蓉：〈李雯生年辨正〉，《文學遺產》第1期（2006年），頁82。

〔註14〕白一瑾：〈論清初貳臣士人的生存罪惡感〉，《河北師範大學學報》哲學社會科學版第33卷第5期（2010年9月），頁107～113。

文當中，即《清初貳臣心態與文學研究》一文〔註15〕，找到她對於李
雯屈身仕清以後，心路歷程的基本把握。這也是有關李雯心態史非常
難得的研究文獻。此後，她更把此論文出版成《清初貳臣士人心態與
文學研究》〔註16〕。裏頭雖不以李雯爲論述的主體，然而李雯入清以
後短短四年間的交際網，白氏能夠很清晰地提供與交待其中貳臣之間
相互交往的關係。那麼以上的相關羅列，大致就是曾經提及李雯的研
究成果。不難發現，就其全面性的角度來看，專論李雯有力的文章大
概就數劉勇剛一人而已。可惜的正是他在文章中出現太多錯漏。是故
本文都試圖納入參酌，並解決他辨識上的差誤。

　　另在本文完稿並再三查證以後，才發現大陸湘潭大學，於二〇一
三年六月五日，尚有一篇魏廣超的碩士論文《李雯詞研究》已然通過。
〔註17〕經閱覽後發現，魏氏在此論文當中，對於李雯詞的創作視域及
其筆法都有較爲細膩的、更接近文學研究的論述。此外，他引用了好
些本文所沒有舉例的、不錯的詞作，進行深入且深刻的剖析，實在有
不少值得本文借鑑的地方。只是此論文的架構仍然略顯單薄。而其引
用得資料與標點處多有出錯。論文中更有些議題的切入點，也讓人稍
嫌其戔戔瑣瑣。但這都瑕不掩瑜，可以說這應不失爲一本專論李雯詞
作的重要文獻。魏氏的努力與成果，是前輩與先進的著作中，所沒有
發現的探究與綜述，這自當應予以莫大肯定。

第二節　研究的方法與預期成果

　　那麼就本文的研究方法來說，這裏便大抵不離分析法、歸納法、
檢驗法與比較法四種；從而分析李雯詩詞思想等理論，歸納其中的

〔註15〕白一瑾：《清初貳臣心態與文學研究》（天津：南開大學中國古代文
　　　　學博士學位論文，2009 年 4 月）。
〔註16〕白一瑾著：《清初貳臣士人心態與文學研究》，（天津：天津人民出版
　　　　社，2010 年 12 月）。
〔註17〕魏廣超：《李雯詞研究》（湘潭：湘潭大學中國古代文學碩士學位論
　　　　文，2013 年 6 月 5 日）

種種遭際，又檢驗後人對於李雯的判斷是否有所誤解，並比較出李雯前後時期創作詩詞的心路歷程及其創作的心理變化。在預期成果的部分，本文的緒論便會先說明撰寫此論文的動機與目的何在。並就取材範圍作一陳述，進而羅列前人可能的研究成果。之後，本文再簡述其中研究的方法與預期成效。到了第二章，本文則就明清易代的文人遭際及其自處概況，從明末朝政與仕進氛圍、實學思潮與復古態勢、易代困境與價值取向，還有士人與遺民身分之辯等四個範疇，多方面的再敘述處於當時的歷史事實及其文化的思潮演變。其中還包括了文人於此又是如何自處，並論及他們如何應對自己身分認同的模糊，及其必要定義的等等關係。

然後就是第三章對於李雯身世的探究了。本文會先確認李雯的生卒年、籍貫地，並對此作一盡可能詳實地整理。再藉由宋徵輿的〈雲間李舒章行狀〉〔註18〕，作為李雯身世探討的文章主軸，藉此完全掌握李雯是如何從著姓望族變成了落拓諸生。他又是如何在雲間諸子裏與陳子龍訂交，從而造就文壇上爭言陳、李的一段佳話。並且敘述到甲申國變以後，李雯又是如何面對國破父死的劫難，接受清廷貳臣的建議，遂而成為中書舍人，卻又遭人猜忌，命運多舛。直到李雯終究得以把李逢申的遺體運回故鄉安葬之時，他的愧悔與自卑之感又是如何在面對陳子龍的那一刻，完全展露無遺。最後則是李雯之死，即究竟是死於回京的途中還是死於抵達京師的時候，本文都會在這第三章裏一併交待，以及總結李雯應有的歷史身分與可能的自我定位。

接著就是有關李雯《蓼齋》詩與《蓼齋》詞的研究部分。此兩者大都是先以李雯有無自己詩學或詞學的依據與闡發作為探討的切入點，從而梳理其中他對於詩歌及其詞作的態度與立場。進而再以

〔註18〕清・宋徵輿撰，四庫全書存目叢書編纂委員會編：《林屋文稿十六卷・詩稿十四卷》（濟南：齊魯書社，1997年7月，《四庫全書存目叢書》上海圖書館藏清康熙九籥樓刻本），第215冊，集部，文稿，卷10，行狀1，頁358～360。

各自既獨立，又有所關聯的課題，進行個別細緻而深入的探討與論述。比如此兩者都可以看見李雯對於復古主義的歸依，和攸關前後時期他創作心理與創作風格的嬗變，都會在各自的章節中有所整合。最後本文將於第六章的結論裏，綜述本文在各章各節所獲得的研究成果。預期此中將可判定李雯在於詩詞創作的實踐裏，有何異於他人的普遍現象。並進而提舉一些攸關文學流派中，擔任配角或老二角色的文人（詩人），其存在意義之為何的一些不成型的遐想或疑問，以此延續本文因李雯遭際及其詩詞研究而發起的思考方向。

第二章　明清易代的文人遭際及其自處概況

　　歷史總像是有個不變的定律，如同春去秋來、月圓月缺。每個偉大時代的末造，卻都因爲統治者的怠政，加上朝廷內耗、百姓思變，於是新興的君主便打著捍衛蒼黎或各懷私心的旗號，試圖改朝換代，革舊圖新，藉此取而代之，與民更始。明清易代之際就是其中非常精彩的歷史變革過程。

　　明朝作爲中國歷史上最後一個由漢民族建立的統一保守政權，它曾因爲經濟、文化、政治等內外條件的組構成熟，一度呈現出由中世紀社會轉型向近代社會發展的積極現象。從明太祖的大刀闊斧，強化中央集權的終極制度；改革國家的機構、力倡程朱的理學，實行輕徭薄賦、與民休養生息。到明成祖的積極拓展、明仁宗以及明宣宗等的力加守成，明朝在進入明英宗時期前，幾近就是當時具備莫大影響力的世界強國之一。

　　然而強國的日趨穩定，卻帶來了由上而下逐利享樂的豪奢之風。正所謂絕對的權力使人絕對的腐化，及其因爲統治者的昏庸懈怠、縱情聲色，還有宦官與權臣間的迭相爭持，進而導致大規模的流氓起義、外侮入侵。又因到了明憲宗與明孝宗時期，社會上的土地兼併日趨嚴重，而中央政府的政令賦役也變得繁苛複雜。尤其在明朝後期，

更因爲太多的內外因素，從而交織出如此憂患動盪、風雨飄搖的時代。期間雖有政令通達、功勳卓著的張居正主事朝政，然而在上位者的無所作爲，朝廷閣員之間的結黨營私、爭相內鬥，就在張居正離世以後，明朝整體的行政架構已然呈現著苟延殘存之勢。

　　我們不妨先來看看陳梧桐是怎麼綜述此後的大體狀況：

　　　明神宗勤政以後長期不理政事，連國家機構缺員也不聞不問，只顧聚斂財貨，尋歡作樂；明光宗沉湎酒色，明熹宗嗜好玩樂。統治階級內部派系林立，爭鬥不休，封建專制主義統治已難以維持，對社會的控制日漸鬆弛。建州女眞乘機在東北崛起，建立後金（後改爲清）政權，荷蘭、西班牙殖民者侵佔我國的臺灣。爲了對付內憂外患，明朝統治者耗盡了國力，最後終於爲農民大起義的浪潮所埋葬。隨後入關統一全國的清王朝，重建封建統治秩序，晚明閃變的變革曙光隨即消失，古老的中國依然未能走出中世紀。〔註1〕

於是乎嬗替而起的大清帝國，隨即也成爲了自元朝以來第二個入主中原，並完成大一統的少數民族。而這種種不堪的經過，尤其成爲明遺民等，乃至於今時今日的先進後學，所不斷反思的複雜過程。比及宋元之際，其中盛況更是前所未有的必然現象。

　　本文所關注的李雯（及其身邊周遭的雲間諸子），便正趕上了這等朝代沒落與興起的歷史大舞臺，然後與他們各自的命途發生激烈的起伏與磨合……這無疑是一場幸與不幸交合的際遇；幸運的是這時代造就許多偉大人格與藝術作品的出現，不幸的是有太多人被易代的湧浪悉數淘盡，遂爲後人所相繼忽視。一如李雯，他成長在十六世紀末期，而生活在十七世紀上半葉。作爲傳統士大夫家族的後代，李雯更無法逃離耳濡目染的政治爭端與人文風尚。儘管地處江南的松江雲間，比及當時主要的行政主體，相對繁華富庶。然而時

─────────────

〔註 1〕陳梧桐、彭勇著：《明史十講》（上海：上海古籍出版社，2007 年 11月），頁 4～5。

代的巨輪終究壓碎中華大地所有的憑依，沒有任何人可以不正視當時的時代變異。

　　職是之故，本文擬在了解李雯生平及其詩詞作品之前，先就前人已有的研究基礎上，並以李雯為基點考察，扼要地整理出明清易代的文人遭際及其自處概況。這不但可以具體了解時代的不可抗逆性，而且在知人論世的角度裏，也可以從中獲得造就李雯悲劇的背景始末。

第一節　明末朝政與仕進氛圍

　　如同一般史觀而言：「論者謂明之亡不亡於崇禎，而亡於萬曆云。」〔註2〕恐怕並非謬論。明朝末年的危機並非一朝一夕所立就的，而其中涉及了多方政治、經濟、政令以及社會等各方面的緣由，從而逐步把明朝推向滅亡的深淵。近人彭勇對此就做了個非常簡要的整理。他認為明亡的必然主要表現為五個方面：即一、朝政的腐敗；二、大地主所有制的惡性發展；三、國家財政的破產；四、軍制的敗壞與多發的兵變；五、天災的瀕發。〔註3〕

　　就歷史的縱向面而言，彭氏的整理確實非常精確。彭氏認為明朝朝政的腐敗，自明武宗的荒誕以及劉瑾的專權，便正式宣告了明朝專制統治的全面崩壞。儘管後來劉瑾死後，社會上的矛盾激化也沒有因此而停頓。此後又經過了明世宗和張居正的銳意變革，一當萬曆皇帝親政以後，所有可能中興的氣象卻從此蕩然無存。尤其在早期，萬曆皇帝「尚能勤勤懇懇地臨理朝政，辦了些實事」〔註4〕，只是稍後他便只專注透過礦監、稅使，極力地搜刮民脂民膏，致使大量的貧民破產。國家財政更因土地兼併的惡性發展，使得國庫稅

〔註2〕清・趙翼著，王樹民校證：《廿二史箚記校證》全2冊（北京：中華書局，1984年1月），下冊，卷35，523萬曆中礦稅之害，頁797。
〔註3〕陳梧桐、彭勇著：《明史十講》，頁173～179。
〔註4〕陳梧桐、彭勇著：《明史十講》，頁173。

收倒是日益縮減，入不敷出。其中還不包括萬曆皇帝額外的奢侈揮霍、平定叛亂的軍費支用，還有衛所制度的沒落而導致大量軍餉的拖欠。明末朝政腐朽的程度，可想而知。

因此萬曆雖作為明朝在位最久的皇帝，他卻有二十餘年不親臨朝廷，處理政務。此閻崇年之所謂「六不做」是也——不親自郊祭天地、不親自祭祀宗廟、不再上朝、不接見朝廷大臣、不對大臣的奏章作出批示、不參加經筵講席。〔註5〕皇帝的怠政也就直接影響了朝廷上下的行政積極性及其效率性。當中央機構停滯運作，間接也就影響了地方政府的官紀不振，從而激化社會矛盾。加之天災瀕發，如「萬曆初年至天啓年間的五六十年間，陝西地區幾乎無年不災……災害出現後，統治者不僅不幫助災民渡過難關，還催迫稅糧，更把農民逼上絕路」。〔註6〕於是零星的叛變和起義也便不時發生。

到了泰昌與天啓兩朝，由於皇帝的壽命短促，及其自貴而不自愛；紅丸案與移宮案的相繼出現，魏忠賢與客氏的仗勢擅權，其中政治鬥爭的激烈無疑只造成朝廷無意義的內耗。儘管屬於東林派系的楊漣、左光斗等人，曾因其為官理念的崇高儒家道德觀，「試圖整頓吏治、澄清銓政，減輕百姓的經濟負擔，清償拖欠的軍餉」。〔註7〕然而把個人道德等同於行政才能的議政手法，卻只是行政改革的體制空想。彭氏認為：

> 他們並沒有深刻認識到社會矛盾的複雜性及其解決的難度，不是把主要精力放在團結各方面的力量、減輕改革的阻力上，而是放在對所謂「邪惡派」官僚的秋後算賬上，到處樹敵。〔註8〕

因此不論是對於張居正的不滿，還是對於魏忠賢時期所組成的閹黨

〔註5〕閻崇年著：《閻崇年圖文歷史書系》全8冊（北京：中華書局，2010年5月），第1冊，明亡清興六十年，上，頁16。

〔註6〕陳梧桐、彭勇著：《明史十講》，頁178。

〔註7〕陳梧桐、彭勇著：《明史十講》，頁174。

〔註8〕陳梧桐、彭勇著：《明史十講》，頁174。

實力嚴加抨擊，最後反被敵方迭興大獄，逐一清算，「天下大柄盡歸忠賢」〔註9〕。明朝上下的混亂、黑暗，自此更成爲加速明朝敗亡的重要因素。

隨後就是崇禎皇帝的登基繼位了。崇禎是個有幹勁的皇帝，他繼位後很快就逮治魏忠賢與客氏，並一一翦除其黨羽勢力。崇禎皇帝更可謂宵衣旰食，夕惕朝乾的，他「採取了一系列措施，試圖重振朝綱，整飭邊防，實現明朝中興」〔註10〕。然而美好的理想與現實總有差距。其中「複雜的派系黨爭仍然以新的面目呈現出來」。〔註11〕加上各地大水、旱蝗、瘟疫和盜匪、民變四起，崇禎皇帝只能被動的應付所有突發問題。後人在給崇禎皇帝下評論時，總認爲他儘管是個「比許多年來任何一個皇帝遠爲認眞負責的統治者，但這不能彌補他的缺乏經驗、多疑和剛愎自用」〔註12〕的這些負面性格。無怪乎清朝乾隆皇帝親自修訂的《明史・流賊傳》，裏頭有段評論就很能把握住崇禎皇帝與明朝興亡的成敗得失。文曰：

> 莊烈之繼統也，臣僚之黨局已成，草野之物力已耗，國家之法令已壞，邊疆之搶攘已甚。莊烈雖銳意更始，治核名實，而人才之賢否，議論之是非，政事之得失，軍機之成敗，未能灼見於中，不搖於外也。且性多疑而任察，好剛而尚氣。任察則苛刻寡恩，尚氣則急遽失措。當夫羣盜滿山，四方鼎沸，而委政柄者非庸即佞，剿撫兩端，茫無成算。內外大臣救過不給，人懷規利自全之心。言語戇直，切中事弊者，率皆摧折以去。其所任爲閫帥者，事權中制，功過莫償。敗一方即戮一將，隳一城即殺一吏，賞罰太明而至於不能罰，制馭過嚴而至於不能制。加以天災流行，

〔註9〕陳梧桐、彭勇著：《明史十講》，頁174。

〔註10〕陳梧桐、彭勇著：《明史十講》，頁174。

〔註11〕陳梧桐、彭勇著：《明史十講》，頁174。

〔註12〕美・牟復禮、英・崔瑞德編，張書生、黃沫、楊品泉、思瑋、張言、謝亮生譯：《劍橋中國明代史》（北京：中國社會出版社，1992年2月），頁661。

> 饑饉洊臻，政繁賦重，外訌內叛。譬一人之身，元氣羸然，
> 疽毒並發，厥症固已甚危，而醫則良否錯進，劑則寒熱互
> 投，病入膏肓，而無可救，不亡何待哉。是故明之亡，亡
> 於流賊，而其致亡之本，不在於流賊也。嗚呼！莊烈非亡
> 國之君，而當亡國之運，又乏救亡之術，徒見其焦勞瞀亂，
> 孑立於上十有七年。而帷幄不聞良、平之謀，行間未睹李、
> 郭之將，卒致宗社顛覆，徒以身殉，悲夫！〔註13〕

然而就歷史的橫向面來看，並以士人的角度，觀察當時朝政上下紛亂的
現象。其中除了朝政的腐敗以及國家財政的破產之外，其餘三個方面對
於當時士人而言，似乎並沒有產生直接的影響，或成為他們所特別在意
的重要因素。這現象亦主要可以從兩個部分進行探究。一是文人結社之
風，尤其是繼東林書院之後，復社的出現便很能夠說明這一點。

如前所述，東林書院形成的派系儘管懷抱「澄清銓政」之志，
他們所帶起的務實致用的思想是非常具備劃時代的影響力，繼而帶
動後來復社與幾社等結社的興起。這可留待下節談及實學思潮時再
行論述。然而他們對於自我修養的要求，卻大於實質上所獲得對癥
下藥的政治效應。他們終究只造成了朝廷內閣黨派關係之間的消極
內耗。對於百姓而言，這始終並非蒼生之福，又妄論可以讓明朝從
敗亡的趨向中挽回頹勢？

到了復社這一科舉會社的出現，又更是某程度上東林模式的基本
複製。復社之「復」，其實就是復興古學的意思。他們尤其「以『古
學復興』為口號，作為八股文的評選機構，在全國範圍組織了相當數
量的年輕知識人士」〔註14〕，尊經復古，並且「是為了士子們揣摩舉
業、交流時文寫作而成立」〔註15〕。復社的理念更是張溥、張采等承

〔註13〕清‧張廷玉等撰：《明史》全28冊，（北京，中華書局，1974年4月），
第26冊，卷309，列傳第197，流賊，頁7948。
〔註14〕日‧小野和子著，李慶、張榮湄譯：《明季黨社考》（上海：上海古
籍出版社，2006年1月），頁233。
〔註15〕姚蓉著：《明末雲間三子研究》（廣州：廣東高等教育出版社，2011
年5月），頁52。

著東林、應社的復古的理想而來，並希冀能在他們當時的社會加以拓
展。

　　起初他們也確實想要透過鑽研八股、操持選政，藉此擴大復社
的聲勢，把對於現實社會的關注帶上朝廷，變革當時腐敗的政治體
制。然而正是因爲大多復社領袖及第的登高一呼，在仕途上也確切
獲得了相當大的回應。他們不設嚴苛條件所招來的復社成員，卻開
始顯得良莠不齊，成員上下關係變得非常複雜。——畢竟張溥透過
公薦、轉薦與獨薦等方式，使得科舉榜發，而十不失一。從此：

> 所以爲弟子者。爭欲入社。爲父兄者。亦莫不樂之子弟入
> 社。迨至附麗者久。應求者廣。才儁有文。倜儻非常之士。
> 雖入網羅。而嗜名躁進。逐臭慕羶之徒。亦多竄於其中矣。

〔註16〕

這不但讓科場變成奔走競爭的地方，正因爲其中不乏爲了博取功名
的勢利之徒，加之閹黨勢力對此種會社壯大的忌諱、防範與設計，
於是復社轉而更爲關注的，卻是自身派系的既得利益。舉如自家成
員有否中舉，自身屬意的內閣官員如何進退等。這又怎麼會對明末
腐敗的朝政有振衰起弊之功？更何況冀望他們會因此而對明末弊端
作出改善？

　　其二，我們則不妨從雲間所謂望族中獲得一二之印證，並嘗試
將此連接起當時仕進氛圍來看。當時的江南經濟一直比北直隸繁榮
發達：

> 松江府地處東南海隅，有交通經商的便利，但百姓勤勞溫
> 順，還是以傳統的農耕爲業，田賦稅收極重，與相鄰的蘇
> 州府一起居全國各府之首。根據萬曆六年（1578）稅糧徵
> 收狀況顯示，南直隸實徵的米參數佔全國總數的 23%，平

〔註16〕明・眉史氏（陸世儀）集錄，《中國野史集成》編委會，四川大學圖
　　　　書館編：《明季復社紀略四卷》，摘自《中國野史集成》全51冊（成
　　　　都：巴蜀書社，1993年11月，昭代叢書道光本戊集續編），第27冊，
　　　　卷2，頁668。

均每畝徵糧額爲 7.77 升，其中松江府爲 24.29 升，遠高於
南直隸的平均數，而南直隸又遠高於全國平均數 3.80 升，
更是大大超過北直隸 1.22 升的數額。宋徵輿認爲「蘇松以
張士誠故，高皇重賦之」，反映出松江的重賦自明初而然。
賦稅重而「靡侈特甚」，更加顯示出松江府經濟實力之強。
〔註17〕

只是在如此的大環境下，雲間望族並非此等經濟貢獻的最大付出者。
易言之，雲間諸子的家世背景都有著一定程度的社會地位及其優勢。
他們大都屬於有一定功名的縉紳豪右。而這些縉紳豪右，也正是彭氏
所謂大地主的其中一類——即官僚地主。正因爲他們掌握住地方經濟
資源的重要命脈——尤其是田地，他們對於社會上的貧富不均、天災
瀕發，以及因飢荒或拖欠軍費而引起的民變叛亂，或不能有更爲切身
的同情與了解。因此我們不難發現，他們的詩文中總把農民的起義稱
之爲盜、爲賊。除此之外：

> 此處所謂縉紳豪右，指謝任的鄉官，勳臣世宦的子弟，和
> 中科舉的進士舉人貢生這些居鄉的人。明代極重科舉，一
> 登鄉薦或甲科，便有優免稅役的特權和結交行政官吏虐使
> 鄉里的機會。於是通譜的，招婿的，投拜門生的，亦接踵
> 而來，乘其急需，饋贈金錢，倚爲憑藉。〔註18〕

由此可見，這在今天所看來的明末朝政弊端，恐爲當時有志於用世
的，從而「一登鄉薦或甲科」的士人所不能認清的事實。本文在此
所要揭示的當然不是指責了那時候士人皆是助紂爲虐、橫暴違法之
徒。只是如同董其昌、溫體仁、周延儒等當世的名士高官，其家人
子弟也確實有著相關勾結與違法的具體事實——進而導致如董氏家
族後來遭到焚搶。

　　是故這亦從側面上帶出了當時士人所在意的朝政趨向，及其各
家子弟的仕進氛圍，是除了因爲家世淵源而希冀能見用於世、希冀

〔註17〕姚蓉著：《明末雲間三子研究》，頁 24～25。
〔註18〕李文治：《晚明民變》（上海：中華書局・上海書店，1989 年 3 月），
　　　　頁 2

能一改晚明政局的頹靡不振，他們也或多或少的正想憑藉著科舉這一仕途來維護自己家族在地的既得利益（如「優免稅役」等）。只是他們間接的也關心著國家社會所帶給人民的苦難，這是他們作為知識分子的積極一面，因此或多或少地，他們亦深受著地方群眾及其輿論的擁戴和支持。

第二節　實學思潮與復古態勢

　　然而撇開歷史現實不談，我們藉由時代不可抗逆的衰變，探究明末社會陸續出現思維多元性的發展，還是有其積極正面的意義。其中最為人所熟悉的，莫過於屬浪漫主義的公安與竟陵的文學思潮，還有屬於復古主義的復社與幾社等所主導的文學活動。此兩者無疑是一場師心與師古之爭。而且就當時而言，師心與師古的潮流本就有著交替性的波動；師心是前衛性質的個性解放，師古則是自明朝開國以來，朱元璋極力推動的代古聖人立言的一面正統大纛。是故公安與竟陵獨抒性靈的一面常為後人所激賞，反觀屬復古主義的復社與幾社等，卻為後人文學史所較常忽略的文學現象。那麼其中的轉變又是一段什麼樣的經過呢？

　　廖可斌在整理復古運動於明代掀起的第三次高潮時，就深入地說明風靡於當時張揚個性此等浪漫主義的重要歸旨：

> 朝政腐敗、國事日非的社會現實，使廣大國民特別是知識分子階層產生一種強烈的離心離德傾向。他們由對社會現實嚴重失望和不滿發展到厭惡、憎恨並力圖逃避它，似乎不願把自己與這個黑暗污濁，荒謬絕倫的時代聯係在一起，並且已失去了拯救這個時代的信心和熱情。與此同時，人們也對與封建社會現實相適應的一整套倫理道德規範和價值觀念產生懷疑，過去曾經信仰並努力追求過的社會理想、人生理想、審美理想等，現在看來是那樣的幼稚可笑。於是人們紛紛把目光轉向自我，覺得只有個人的精神自由甚至個人的感官情欲滿足等，才是唯一真實有價值的東

> 西，一切束縛壓抑人的自然情欲的倫理道德規範都是虛僞
> 不合理的，人應該率性而行，純任自然。〔註19〕

於是我們便不難發現陽明心學——王學在當時文壇上的滲入與變化。
作爲當時的主流哲學觀點，在王學的道德實踐裏，其強調主體的能動
性大致都把時人從程朱理學的僵化桎梏中，帶入嶄新的境地：

> 王守仁「範圍朱學而進退之」，以陸學的本心論爲主，兼取
> 朱學的理欲、理氣論，又滲透禪宗思想，加以熔鑄，脫胎
> 成爲博大、精細的王學體系。他在不背離儒家傳統和理學
> 精神的前提下，對儒學和理學進行了自我式的發揮，提出
> 「心即理」、「知行合一」、「致良知」的學說。〔註20〕

有別於程朱理學的繁瑣格套，王陽明試圖把「良知」與「天理」兩者
等同起來，從而論證了所謂最高的道理不需往外求索，而是從自己的
心裏就可得到這些判斷是非的道德能力。於是在文學創作的源流上，
李贄的「童心說」、公安的「獨抒性靈不拘格套」和竟陵「幽情單緒」、
「孤行靜寄」也便成爲了王學論點在文學思潮上的發揮。然而風行在
明代中後期一段時間的王學卻開始反應出它所帶來的弊端。姚蓉便曾
整理到說，王學：

> 在世界觀上主張「心外無物」、「心外無理」，在方法論上強
> 調明心見性的開悟，導致「空」、「無」的思想汎濫成災，
> 士人們多空談心性，不探究切實有用的學問。這樣的士人
> 步入仕途後，往往終日清談，不懂國計民生，嚴重影響了
> 國家機器的有效運作。再者，心學興起後的思想解放，帶
> 來士人們毫無顧忌的放縱、醉生夢死的享樂之風，這雖然
> 也透露出士人們對於國事日非的焦慮、社會沒落的無奈，
> 但無疑增添了士風的糜爛氣息。〔註21〕

〔註19〕廖可斌著：《明代文學復古運動研究》（北京：商務印書館，2008 年
11 月），頁 364～365。
〔註20〕郭英德、過常寶著：《明人奇情》（北京：北京師範大學出版社，1993
年 9 月），頁 7。
〔註21〕姚蓉著：《明末雲間三子研究》，頁 20～21。

於是乎有識之士便開始注意到光是如此空談心性、空疏造作的風氣，並無法改變明朝上下的敗壞腐朽。他們覺得作為知書能文的知識分子，都應該對社會現實有強烈的和崇高道德性的關切，而這也正是那時候所迫切需要的，挽救國家於危亡之際的憂患意識。正因為如此，以顧憲成、高攀龍為首的東林派系，以張溥、夏允彞為首的復社與幾社，便相繼地出現。儘管他們在實質的操作上或有出入。然而他們終歸於都趨向務實、尚實的經世思想。

　　尤其是幾社注重實際的學理與具體實踐的學風，在晚明思潮上獲得非常突出的表現。因此劉勇剛說：

> 他們不務空言，而通過實實在在的著述，以實學救世。夏允彞著有《禹貢注》，宋徵璧著有《左氏兵法測要》，宋存標撰有《戰國策本論》，李雯則寫有大量策論，就連幾社之少年夏完淳亦留意政治，議論九邊形勢，國變之後，他在吳易軍中參謀軍事，正是得力於當初之實學。〔註22〕

就李雯的策論而言，查《蓼齋集》卷四十一至卷四十五，確實有三十四篇應試者的對答文字以及五篇議論文。〔註23〕其中論題更大多與朝政時局息息相關。舉如〈安治〉、〈惜才〉、〈民愁〉、〈吏治〉、〈賦役〉、〈儒蠹〉、〈試將〉、〈邊兵〉、〈選舉〉不等。其中〈鹽策〉一篇尤為清初三大儒之一的顧炎武所推重：

> 李雯雖是諸生，但對晚明以來的政治、經濟、軍事、法律、人才、官制、教育、選舉、禮法、鹽法等諸多方面皆有深湛的思考，持論頗有見識，寫的實學之文數量為幾社第一。
> 〔註24〕

〔註22〕劉勇剛著：《雲間派文學研究》（北京：中華書局，2008 年 2 月），頁 26。

〔註23〕清・李雯撰，四庫禁燬書叢刊編纂委員會：《蓼齋集四十七卷後集五卷》（北京：北京出版社，1997 年 6 月，《四庫禁燬書叢刊》清順治十四年石維崑刻本），第 111 冊，集部，卷 41～45，策一論，頁 575～627。以下簡稱「石刻本」，並隨文附註，不再重復。

〔註24〕劉勇剛著：《雲間派文學研究》，頁 27。

劉氏此言雖不免過當。因為舉陳子龍的現存文集為例，儘管其中應試者的對答文字為數不多，但是陳子龍的議論文著述卻是有過於李雯所寫。尤其是當陳子龍擔任南明弘光朝的兵科給事中，他在短短的五十餘日的任內，就寫了三十多篇的奏疏，極力表現他推重實學的毅力。無論如何，當我們把雲間重實學這現象放入整個雲間文學的發展來看，其力圖恢復古典審美理想，銜接詩文與時局的審美蛻變，就不難理解陳、李等人的努力與用心了。

　　那麼有別於浪漫文學所主導的明末文學浪潮，雲間三子對明代前、後七子復古主義的欽崇便是有跡可尋的。比如自稱或被稱為雲間三子、雲間六子，就有種追風前人的意味。又如陳子龍曾為復社領袖張溥的《七錄齋集》作序。序中有曰：

> 國家景命累葉。文且三盛。敬皇帝時。李獻吉起北地為盛。肅皇帝時。王元美起吳又盛。今五六十年矣。有能繼大雅。修微言。紹明古緒。意在斯乎。天如勉乎哉。〔註25〕

或如他為李雯《仿佛樓詩稿》作序時也曾說過：

> 蓋予幼時即好秦漢間文。於詩則喜建安以前。然私意彼其人既以邈遠。非可學而至。及得北地、瑯琊諸集讀之。觀其擬議之章。颯颯然何其似古人也。因念此二、三君子者。去我世不遠。竭我才以從事焉。何遽不若彼。〔註26〕

而李雯本身也曾在〈陳臥子屬玉堂詩敘〉表示：

> 昔二陸、三張並居洛下。而不聞有羽毛之相假。徐昌穀、王元美同在百里之內。而先後不相及。劉子威輩相及。而所尚又殊異。今余年與臥子正等。登堂之義。既非一世意好。相得甚樂。可謂文士不世之遇。勉而為之。則臥子長于元美。而余猶與敬美、仲蔚諸人。相為上下。（石刻本，卷

〔註25〕明・陳子龍撰，上海文獻叢書編委會編：《陳子龍文集》上下冊（上海：華東師範大學出版社，1988年11月），上冊，陳忠裕公全集，卷7，序1，頁365～366。

〔註26〕明・陳子龍撰，上海文獻叢書編委會編：《陳子龍文集》上下冊，上冊，陳忠裕公全集，卷7，序1，頁376。

34，叙2，頁494）

由此可見，雲間文學對於復古的傾向是非常明顯的。尤其是雲間諸人在其著作集結之中，亦可以看見不少擬古之作。凡古風、樂府、歌行、歌辭，甚至是代言模擬之文諸體裁，其用心追摹的細膩程度實屬罕見。這又與研擬八股文的學習心態是一樣的。正因爲他們在接觸文學創作的當兒，至少在明亡前，對於明代前、後七子的刻意學習，這無疑是想借詩文體裁的載道特性，寄託自身對於國家社會現實議題的積極關切。他們的詩歌重雅正、重情采、重法度，就文學史的發展而言，他們試圖藉此擺脫公安派戲謔嘲笑、間雜俚語的淺陋之弊，還有盛行於當時竟陵體的淒聲寒魄、噍音促節的狹隘途徑。

　　特別的是，儘管務實、復古已作爲雲間思潮的基本方向，他們卻還是把自身對於復古主義的理想，滲入此前不足爲文人所著力的倚聲塡詞之中。陳子龍在《幽蘭草》題詞裏就曾提及：

> 明興以來才人輩出，文宗兩漢，詩儷開元。獨斯小道有慚宋轍，其最著者爲青田、新都、婁江。然誠意音體俱合，實無驚魂動魄之處；用修以學問爲巧辯，如明眸玉屑纖眉積黛，袛爲累耳；元美取境似酌蘇、柳間，然如「鳳凰橋下」語，未免時墮吳歌。此非才之不逮也，鉅手鴻筆既不經意，荒才蕩色時竊濫觴。且南北九宮既盛，而綺袖紅牙不復按度。其用既少，作者自希，宜其鮮工也。〔註27〕

他此前提出了崇尚南唐北宋、倡導風騷之旨的詞品觀，無疑就是詞學的復古主義。而詞之爲體本就適合於言情、寫情，這情志比起作文賦

〔註27〕明・陳子龍、清・李雯、清・宋徵興撰，陳立校點：《雲間三子新詩合稿　幽蘭草　倡和詩餘》（瀋陽：遼寧教育出版社，2000年1月），《幽蘭草》題詞，頁1。參考《陳子龍集》安雅堂稿所輯錄，「然誠意音體俱合」的「誠」字寫成了異體字，「實無驚魂動魄之處」作「寔無驚魂動魄之處」，「用修以學問爲巧辯」作「用修以學問爲巧便」。詳見明・陳子龍撰，上海文獻叢書編委會編：《陳子龍文集》上下冊，下冊，安雅堂稿，卷3，序3，頁85。

詩，又更能把所要描寫對象的幽怨悱惻、深微細膩的感覺，表現得淋漓盡致。因此王國維便說過了：「詞之為體，要眇宜修。能言詩之所不能言，而不能盡言詩之所能言。詩之境闊，詞之言長。」〔註28〕於是在某程度上我們可以說，雲間文學的創作思潮還是吸收了浪漫主義文學主張的養分。只是他們把它更精致化、雅正化了，而這種更進一步的可能性卻為此前文人所忽略，即陳子龍之所謂「此非才之不逮也，鉅手鴻筆既不經意，荒才蕩色時竊濫觴」是也。

　　雲間諸子就在這種淺斟低唱的際遇中，糅合了雅正詩文所不能有的綺羅香澤之態、綢繆婉戀之情。所謂春閨風雨、芳心花夢的艷麗之詞，都藉助倚聲填詞來抒發心底或憂患或悲感的細緻心緒。當然他們仍舊視倚聲填詞作為詩之餘，是遊戲翰墨、小道末技，也是當時與詩教傳統相背離的一種文體。在他們的認知裏，倚聲填詞正或具備了遊戲性和競技性，以作為當時文人逞才博弈的文學創作活動。這部分將會在本文第五章時再作進一步的議論。

　　簡而言之，實學思潮在明代其實是個大塊課題。本文亦尚未碰及當時尚有大批文人潛心研究的兵學部分。就如陳子龍在明亡後有篇《兵垣奏議》，這「對南京弘光朝廷如何部署軍事、重整山河提出了許多切實可行的建議」〔註29〕。此外陳子龍還編訂了徐光啟的《農政全書》，又與雲間諸子（自當包括李雯等）編纂了《皇明詩選》和《皇明經世文編》等鴻篇鉅制。可以說明朝這中後期每段時間內都相繼有影響實學思潮發展的重要人物，本文在此無法一一詳述。只是他們嘗試化用程朱理學或王學的觀點，進而對抗致使整個朝代萎靡不振的思想風氣。這現象尤其到了政經條件未免有濫觴之患、文化氛圍等都有了一定的整備程度；其中個性的自由解放、世俗的率性狂誕、慕奇好

〔註28〕清・況周頤著：《蕙風詞話》，清・王國維著，徐調孚注：《人間詞話》，王幼安校訂（北京：人民文學出版社，1960年4月），人間詞話刪稿，十二，頁226～227。

〔註29〕姚蓉著：《明末雲間三子研究》，頁23。

異、獨抒性靈，無疑都開拓了藝術表現的蓬勃發展。

　　一旦我們回到實際面上，如此超脫外物、返照性情的精神境界，卻逐步把明朝時局帶入萬劫不復的混亂與黑暗。直到明亡前後，實學又再的興起便是一眾文人自覺能救時濟世的靈丹妙藥。這就慢慢構成了明人至清初思想文化界百花齊放、眾生喧嘩的興盛局面。因此實學緣自時局的影響而生，復古態勢也就緊隨其後，強調了詩文與當代時局的銜接性，成為時人嚮往回到繁熾時代，不可多得的一種需求與選擇。關於這一點李雯便自然不能免於其中。只不過他實學文章的重要性，他實學體系及其詩文創作之間的銜接為何，並未被後人進行更深入的探究，這仍是略顯可惜之處。

第三節　易代困境與價值取向

　　到了崇禎十七年（1644）甲申三月，北京為闖王李自成所破。十八日，大順軍兵臨城下，當時身為一國之君的崇禎皇帝隨即自縊煤山。國家最高統治者既已以身殉國，正所謂「君君臣臣父父子子」（《論語・顏淵篇第十二》）〔註30〕，這儒家思維流傳於士大夫之間的鴻規明訓、千古倫常，作為臣子及其政權下所有的黎民百姓，他們所面臨的便是一連串必要的抉擇，從而造就許多可觀的、深刻的議題流傳於當時，也被後世所積極討論。

　　這些議題最基本就包括了生與死的決心和忠與孝的取捨兩大內容；這內容是相互關聯的。而影響這兩大內容的外在因素，往往就是仕進的環境，即朝代更替的行政大變動。面對這等嶄新的時局形勢，而且在華夷之辨這種古老民族意識的大前提下，清人主政是外來政權，明朝的臣民是反或不反？再者備受這兩大內容所關涉的，又是一場自我身分認同的終極究問。如此一來，這整體涵蓋性的困境之大，是時人所無可避免的紛雜現象。

〔註30〕楊伯峻編著：《論語譯注》（臺北：明倫出版社，1971年10月），頁135。

　　本文在此當然不能全盤仔細的進行申論。然而就前人已多有深入研究的基礎上，我們不妨稍作一點基本的概念整理，以便窺探當時所有人共同面對的困境，及其在困境之中又選擇了什麼樣的價值取向，來作爲完整呼應自己爲人處世、安身立命的人生問題。

　　崇禎自縊隔天，大順軍兵順利攻佔了北京內城，而明朝約三百年的統治終於被推翻。當時作爲明朝首都的北京，朝廷上下都是崇禎皇帝的內閣要員。毫無疑問，這些官員面對賊兵的到來，首當其衝，他們必須選擇的是降或不降的問題。降則不必死，但得背負貳臣的罵名，遺臭萬年。不降則當然得爲國君效死，抑或起義反抗，抑或從此歸隱。（況且大順政權還要「對各級士紳實行『追贓助餉』」〔註31〕的政策，官員要想置身事外，也不是件容易的事。）

　　儘管明朝就此殉國、殉難的人數不能據實考究，然而根據何冠彪在《生與死：明季士大夫的抉擇》中的統計，他認爲不管是官方或私下所呈現的數據，都可以證明明朝殉國、殉難的人數實爲歷朝之冠。〔註32〕這與明末清初大多數人所認知的人數雖有一定的出入：

> 然而，我們亦要指出，不管明清之際的人如何痛惜明季殉國及變節的官員怎樣不成比例，但是，他們僅是針對明季這段短暫時期而作比較。他們不是不知道明季殉國的人數比其他朝代爲多，祗是他們不願意提及罷了。〔註33〕

也就是說，主觀上明末清初大多數人更樂意看見更多的閣員、士人，可以爲了明朝的覆亡而擔負責任，生死與共；投井的、自縊的、被刑求至死的，查計六奇《明季北略》卷二十一至二十二，其操行凜然浩慨，大有人在。〔註34〕

〔註31〕陳梧桐、彭勇著：《明史十講》，頁185。
〔註32〕何冠彪著：《生與死：明季士大夫的抉擇》（臺北：聯經出版事業股份有限公司，1997年10月），頁15～28。
〔註33〕何冠彪著：《生與死：明季士大夫的抉擇》，頁21。
〔註34〕清·計六奇撰，《中國野史集成》編委會，四川大學圖書館編：《明季北略》，摘自《中國野史集成》全五十一冊（成都：巴蜀書社，1993年11月，都城琉璃廠半松居士排字本），頁303～363。

　　然而其中也有不全然如是的部分。例如晚年與李雯相善的龔鼎孳，就是頗為典型的人物。他最為人所熟知不死君的推託之詞，就是：「我原欲死，奈小妾不肯何」〔註35〕。那小妾指的就是橫波夫人顧媚，是故他先降了大順政權。後者又因吳三桂引清兵入關，而迅速撤離京師，龔鼎孳便再降了滿清政府。此等失節的例子雖因個人的處境有所不同，不能全盤概括，但籠統來說，他就是於大節有虧的降清兩截人。

　　當時在京城以外的所有臣民又更是一大問題，他們各自也有著對自己生死的詰問。可以說，其實任職在外的官員，他們所面對的壓力不比身在京師的小。畢竟殉國或否都攸關著自己對於仁義道德的認知與實踐，及其身後節操義行的重名。吳偉業就恰巧有著非常複雜而不得不的際遇。儘管距離甲申之變大概有十年左右，他這種慧業才子，卻也不甘寂寞，終於應詔出山。可當初得得知崇禎皇帝自縊，他不是沒有悲愴不已，即顧湄在〈吳梅村先生行狀〉中之所謂「攀髯無從。號慟欲自縊。」〔註36〕然而他終究選擇了對自己的母親盡孝；聽從母親規勸，最後歸里潛隱，隱藏心底的悲憤和痛苦，不問世事。──儘管期間吳偉業也曾受南明召命，他最後也都以病告歸，之後一概堅臥不出。

　　當然屈節仕清以後，吳偉業所遭遇的又自是另一番糾葛，此處不去贅言。可以注意的是，還有一眾人等當然相對於前二者，更有自己自主選擇的空間。他們選擇留下有用之身，以遠圖他日復國之計。舉如深受爭議的錢謙益。明亡前他幾番受到朝上要員的逼迫，或遣戍或削職，或謫官或罷免：

　　　　錢謙益自萬曆三十八年進士及第，至甲申年（1644）六月
　　　　弘光朝再度起用，前後 35 年，除第一次丁憂還鄉不算，

〔註35〕清・計六奇撰，《中國野史集成》編委會，四川大學圖書館編：《明季北略》，摘自《中國野史集成》全五十一冊，頁382。

〔註36〕清・吳偉業著，李學穎集評標校：《吳梅村全集》全3冊（上海：上海古籍出版社，1990年12月），附錄一，傳記、祭文，頁1404。

> 正可謂三起三落，旋起旋退。而且每次任職時間短不過數
> 月，長不過三年，全部任職時間加起來也不過五六年光
> 景。〔註37〕

因此明亡之後，他以前禮部侍郎的身分，與南直隸諸官員欲立潞王朱常淓爲帝，組成南明抗清勢力。只是後來又因馬士英和阮大鋮從中作梗，弘光皇帝朱由菘遂登大位。可以說此前的錢謙益應該備受嘉許，而他或有難得的全心全意，力保明朝朱氏一脈，以對抗清兵。

然而不到一年光景，錢謙益除了力討馬、阮二人歡心，清兵隨即大舉過江，史可法被執而死，弘光皇帝出奔蕪湖，他卻與弘光朝群在南都開城迎降。此後他又從清朝退下，並與柳如是暗中與南明皇朝上下暗通有無。當時他甚爲關注東南與西南兩地的戰局，繼而出錢出面爲抗清勢力耗費殆竭，以致晚年病逝後幾無分文舉喪。

錢謙益作爲獨特的案例自當也不能涵蓋所有明清士人的自處概況，然而以上所謂江左三大家，他們所突顯的到底是時人遭際的複雜性和個別的典型性。他們留有不死君的不光彩名分，也就是在道義上、氣節上並不能爲時人或後人所接受。然而若從不一樣的標準出發，他們亦曾努力不懈地透過很多關係來影響時人，甚至是後人對他們的評價。

舉如龔鼎孳儘管身仕清朝，然而他也藉助在朝的影響力，救助那些被陷害或治罪的遺民或抗清義士。就這點努力上，他突現了自己力求自贖，以抹去兩度降敵的人格污點。吳偉業則雖然在職務上並沒有辦法做到龔氏的程度，加之他上任國子監祭酒以後，隨即抑鬱懊悔。然而待他終於離世，留有《臨終詩》四首〔註38〕，並囑咐家人必定要

〔註37〕 張仲謀著：《懺悔與自贖──貳臣人格》（北京：東方出版社，2009年12月），頁116。

〔註38〕 《臨終詩》四首分別爲其一：「忍死偷生廿載餘，而今罪孽怎消除？受恩欠債應填補，總比鴻毛也不如。」其二：「豈有才名比照隣，發狂惡疾總傷情。丈夫遭際須身受，留取軒渠付後生。」其三：「胸中惡氣久漫漫，觸事難平任結蟠。磈壘怎消醫怎識，惟將痛苦付汍瀾。」其四：「姦黨刊章謗告天，事成糜爛豈徒然。聖朝反坐無冤獄，縱死

以僧服讓他穿上入殮。墓碑上什麼明清之職位都不能寫，只題碣曰：
「詩人吳梅村之墓」〔註39〕，也足見他為了全名自贖的痛苦與用心。
至於錢謙益，他晚年更以遺民自居。此行雖屬可悲可笑，然而他極力
幫助抗清勢力，可見其中情之有愧，心境之複雜。

　　把以上案例帶入盡忠與盡孝的課題上，多少也就可以互為表裏
了。尤其是吳偉業本身就是為了對他的母親——朱太淑人盡孝，明亡
後他並無選擇以死效君。龔鼎孳暫無事例可循。而錢謙益則似乎屬於
有目的性的詭譎盡忠，是故他既仕弘光，又降滿清，最後卻暗自資助
抗清義士。至此本文可再以陳子龍、李雯為例，便大致能說明這盡忠
與盡孝的取捨問題。

　　甲申之變前後，陳子龍本在處理浙江東陽縣諸生叛變的事：

> 予以三月初，奉撫軍令治兵於蛟關，得銓曹之命還越。知
> 家大母病甚篤，蓋大母念予素切，聞予有跗注之役，郡人
> 訛言予戰沒者，驚惑至不能言。家人恐予知，必棄官歸，
> 竟不報。見除目，始相聞。時予久遺家累，惟一妾在官舍，
> 書卷數束而已。即日啟行，抵家而大母霍然愈。因是乞身
> 之志益決，立草疏遣行，未幾而改官之旨見矣。時，四月
> 中也。〔註40〕

陳子龍一直徘徊在盡忠與盡孝兩項命題之間。一是國難當前，陳子龍
盡其所能，為朝廷掃蕩賊兵。他單槍匹馬的騎到山寨，招撫了舉兵起
義的許都。儘管其中有他能力之所限——無法力保許都與降兵的性
命，然而這並沒有使他敷衍了事，忘記忠君大義之所在。

　　二是當他了解家裏的狀況，如養育他長大的祖母——高太安人

　　　深恩荷保全。」詳見清・吳偉業著，李學穎集評標校：《吳梅村全集》
　　　全3冊，附錄一，傳記、祭文，頁531～532。
〔註39〕清・吳偉業著，李學穎集評標校：《吳梅村全集》全3冊，附錄一，
　　　傳記、祭文，清・陳敬廷，〈吳梅村先生墓表〉，頁1409。
〔註40〕明・陳子龍著，施蟄存、馬祖熙標校：《陳子龍詩集》（上海：上海
　　　古籍出版社，2006年4月），自撰，陳子龍年譜卷上，崇禎十七年甲
　　　申（清世祖順治元年），頁688。

患了重病，家人卻不敢告知他。他被授予兵科給事中一職前便萌生引退官場，回家侍奉大母之念。只是他最後並沒有這麼做。因爲北京徑自淪陷，崇禎皇帝自縊，他身處的南方雖尚未了解到北方時局的激烈變化。他卻想過要與相關有識之士籌劃恭迎太子南下的事，說：

> 予與同志者謀，以爲主上必不棄京師，第恐不能持久。上書撫軍鄭公、大司馬史公，欲其間道密奏，請太子從津門入海南發，而三吳則集水師萬人，乘南風直抵碣石，奉迎儲君。兩公深然其說，松守陳君，願爲措餉，而我輩盡捐家業以助之。予方經營，而時已無及。至五月二日，而京師告陷之信至矣。悲夫！聞總憲李公，曾以此面奏，上竟不之聽，孰非天哉！〔註41〕

因此陳子龍當下也沒有刻意想過當死以殉國的事，他反而聽從了弘光朝的徵召，立馬以原官往南京補任。只是當時南明勢力仍舊複雜，弘光帝腐朽無能，朝政大權更控制在馬士英手裏。儘管陳子龍積極上疏，意欲弘光帝有所作爲，然而他的建議一概不被採納。最後陳子龍便憤然離開朝廷，回家侍奉高太安人了。

　　直到南京又再失守，陳子龍更與江南各郡義士組織義軍，試圖想恢復明朝失地，但因爲軍隊組織鬆散，成員繁蕪無序，起義還沒成事，他們就被清兵擊殺得潰不成軍。陳子龍是僥幸逃脫了。他攜家帶眷，敗走崑山。只是與他非常友好的夏完淳之父夏允彝，卻選擇了投水殉節。陳子龍面對夏允彝的慷慨就義，又怎能不感到陰鬱愧疚呢？他不是沒有責問過自己何不死得其所。一如他後來寫的《報夏考功書》，便曾試圖說明自己不死的苦衷：

> 僕門祚衰薄。五世一子。少失苦恃。育於大母。報劉之志。已非一日。奉詔歸養。計終親年。嬰難以來。驚悸憂虞。老病侵尋。日以益甚。欲扶攜遠遁崎嶇山海之閒。勢不能

〔註41〕明・陳子龍著，施蟄存、馬祖熙標校：《陳子龍詩集》，自撰，陳子龍年譜卷上，崇禎十七年甲申（清世祖順治元年），頁689。

也。絕裾而行乎。子然靡依。自非豺狼。其能忍之。所以
徘徊君親之間。交戰而不能自決也。悲夫。悲夫。老親以
八十之年。流離野死。忠孝大節。兩置塗地。僕真非人哉。
〔註42〕

這也就表示了，陳子龍此時是很認真地思考過要選擇盡忠還是盡孝的
問題。他最終當然先選擇了盡孝，所以才在起義失敗以後便遁逃崑
山。然而一當高太安人去世以後，陳子龍心底不曾忘記的，還是「芒
屬南奔。荷一役之任。分身隕首。猶生之年。」〔註43〕因此到了這時
候，一死以成全節義仍不算是陳子龍首當考慮的。他最後還是積極參
與了抗清勢力。直到吳勝兆舉兵，他更是慷慨應允起義之事。只是事
泄後吳氏隨即被清兵逮獲，陳子龍在逃往蘇松一帶的路上還是被捕
了。在押往南京的途中，陳子龍趁人不備，投水以死。至此，陳子龍
總算兼顧了忠孝兩全之事。

　　至於李雯和陳子龍就有所出入了。這部分本文在第三章談及李雯
生平時會有一定的討論。這裏不妨可以點出的是，李雯在甲申之變的
當下是無從選擇的。畢竟他就身在京師。而殺入京師的新政權，屬於
他曾口誅筆伐的盜賊、流寇。大順軍兵隨即也「對各級士紳實行『追
贓助餉』」的政策，李雯父親李逢申更或因此而遭受刑辱，身受五毒，
最後就自縊殉節了。

　　是時李雯更沒有任何明朝的官職在身——即沒有任何的政治身
分。他只是一名副貢生。他本來獲得了朝中閣員的賞識，並藉此上
達天聽，崇禎皇帝或也因此將他起用。但是明朝隨即覆亡，而與李
雯唯一最有關係的，就是父親李逢申的安危。李逢申既死，李雯無
法藁葬其父。他自己且悲而苦，又餓且病的，幾近因此而橫死。所
謂「會　朝廷以大兵破賊。遂收京師。而舒章守父骨不復動，氣息

〔註42〕明・陳子龍撰，上海文獻叢書編委會編：《陳子龍文集》上下冊，上
　　　冊，陳忠裕公全集，卷7，序1，頁486～487。
〔註43〕明・陳子龍撰，上海文獻叢書編委會編：《陳子龍文集》上下冊，上
　　　冊，陳忠裕公全集，卷7，序1，頁487。

奄然。」〔註44〕他謹守了不對大順軍兵的攀附，就比大多數為人父母官的人（比如龔鼎孳）都還要難得。然而他既無法對明朝一盡人臣的忠義，他也只能對自己逝世的父親行孝而已。

於是李雯接受曹溶、金之俊的建議，成為清朝中樞內院翰林院的中書舍人。〔註45〕他的選擇或許是有他的目的性，一是他解決了當下在京師三餐不繼的生活狀況，二是他接受了任職、有了一定的吏俸，他也就能順利地把李逢申的遺體運回家鄉安葬，這或許就是李雯接受官職的真正原因所在。然而盡孝與盡忠兩者在李雯心裏卻是判然分明；即選擇了盡孝，就無法對故國盡忠。因為人格有污點了，他既已成為降仕外族的兩截人，這更不能為接受傳統士人觀念教育的他所容許。因此這成就了他在明亡後，詩詞作品自苦極深的境界，此中的因由便其來有自。

簡而言之，明清之際所有經歷朝代興替的人，特別是士人，他們的抉擇是複雜和痛苦的。所有的抉擇不一定會導向同一個結局，而他們各自的人生也會因為這一連串的抉擇，致使自己深受心理壓力的詰問。生與死的決心和忠與孝的取捨，就是互為表裏的兩項難題。而因為這樣的難題卻也造就了明清之際許多個性突出，而更值得一再關切的人物。我們由此剖析當時所有人的思維流向，藉此便能窺探著在中國歷史上，並不多見的破滅與重生的契機。李雯正也是其中一人。

〔註44〕 清·宋徵輿撰，四庫全書存目叢書編纂委員會編：《林屋文稿十六卷·詩稿十四卷》（濟南：齊魯書社，1997 年 7 月，《四庫全書存目叢書》上海圖書館藏清康熙九篇樓刻本），第 215 冊，集部，文稿，卷 10，行狀 1，頁 358～359。

〔註45〕 根據清順治元年七月二十二日〈馮銓等啓為甄別人才以慎職掌本〉所言，馮銓與洪承疇曾上奏清廷道：「又有廩生李雯，兵部侍郎金之俊舉薦，諸臺臣同赴內院公薦，臣等取試一月，見其學問淹貫，文理精通，堪於制敕房辦事。此二員皆應先授試中書舍人，例支半俸。」可互證其實情。又可藉此看見時人對於李雯能力的肯定。詳見故宮博物院明清檔案部，中國第一歷史檔案館編：《清代檔案史料叢編》全 14 輯（北京：中華書局，1990 年 3 月），第 13 輯，順治初年籠絡與控制漢族官紳史料，頁 63。

第四節　士人與遺民身分之辯

　　因此從易代困境與價值取向的討論中，我們便不難發現其中身分問題尤其具備一定的可探性。畢竟明朝旦夕覆亡以後，上下臣民在傳統儒家思維，如夷夏之防的大前提下，究竟得如何自處？比如殉節、殉難者，自然已成爲歷史洪流中令人欽佩而感念的忠臣、烈士。然而留下殘軀的人又是降或不降？降了則是令人唾罵的貳臣。不降則可能隱退山林，不聽召命，或遁世參禪。歷史洪流所淘洗名字實在不爲少數。後來的史書與研究莫不盡可能的把所有相關人士，列入一定的身分範疇以進行評論和考察──比如清朝就有官方認定的《欽定勝朝殉節諸臣錄》和《欽定國史貳臣表傳》，而民間野史自然也不乏相關記載了。

　　本文當然了解這項課題的複雜性。因此本文只在這裏提出了兩個可以嘗試討論的方向。一是士人身分的問題，一是遺民身分的問題。這兩項問題牽扯的是進入清朝以後，所有的至少是有識之士都將如何看待自己，給自己的作個身分的，甚至是歷史的定位。而這樣的定位與後來寫進歷史，或進行研究的人又是怎麼的不同。或是說後來的人並無法完全有效的把他們一併列入特定的範疇，來限制這些人物被認知的機會。

　　舉如上一節所提及的錢謙益，他晚年的時候就是以遺民自居。這舉動雖然有點可悲可笑，畢竟他一生有著詭譎的政治動向，晚年才透過資助抗清勢力等行動來進行或然的自贖與懺悔。那他能不能被稱作遺民呢？而士人又能不能因爲並無具備政治身分，則無須爲了投敵降清之事而背負歷史責任？

　　首先，有關於士人的部分。士人，也就是士大夫，或者是儒生、讀書人的代名詞。士人在古時候的社會職責是多面相的，是故在先秦以前，所謂士大夫也就是僅次於大夫的貴族階層。賈誼在〈過秦論〉中就有言：「於是六國之士，有寧越、徐尚、蘇秦、杜赫之屬爲

之謀。」〔註46〕當時的士人或稱士大夫的，都有一定的官僚地位而頗受人敬重。因此《禮記・曲禮下》更有記載道：「列國之大夫，入天子之國曰『某士』」〔註47〕。這是古時候諸侯士大夫面對天子的自稱。

又班固的《白虎通義・爵》曾說過：「故傳曰。進賢達能。謂之鄉大夫。王制云。上大夫。鄉也。士者事也。任事之稱也。故傳曰。通古今。辯然不。謂之士。」〔註48〕這裏就帶到士人具備知識分子的地位，是足以到達能用以任事的程度。因此曾子不也曾表示：「士不可以不弘毅，任重而道遠。仁以爲己任，不亦重乎？死而後已，不亦遠乎？」（《論語・泰伯篇第八》）〔註49〕士人的本分就是一大塊中國儒家傳統思維的文化載體。它附帶的精神責任，必須由所有的知識分子無可躲避的肩負著。因此馮玉榮才會說：「士作爲中國古代社會四民之首，他們的精英地位，使他們在文化史、思想史上有著特殊的作用，使其成爲研究者十分關注的對象」〔註50〕。這又與明清之際的實學思潮是非常接近而契合的現象。

正因爲明末朝政的腐敗，實學思潮的興起，有識之士大都認爲只有強化實學的可行性，積極投入政治的熱情便應當擔負著扭轉朝政頹勢的可能性。於是乎且不管在朝身兼要職的官員們如何進行朝廷的內耗，在野的知識分子結社以制藝，尊經而復古，都只是強調了自己知識分子的身分，而自己就有這樣的責任，從而達到監督或參與國政、

〔註46〕漢・賈誼撰，閻振益、鍾夏校注：《新書校注》（北京：中華書局，2000年7月），卷第1，過秦上，頁1。

〔註47〕漢・鄭玄注，唐・孔穎達疏，龔抗雲整理，王文錦審定：《禮記正義》，摘自《十三經注疏》整理委員會整理：《十三經注疏》（北京：北京大學出版社，2000年12月），卷第5，曲禮下，頁171。

〔註48〕漢・班固等撰：《白虎通（及其他一種）》2冊（北京：中華書局，1985年），1，卷1，上，頁6。

〔註49〕楊伯峻編著：《論語譯注》，頁87。

〔註50〕馮玉榮著：《明末清初松江士人與地方社會》（北京：中國社會科學出版社，2011年12月），頁8。

改變國政的目的。那麼我們當然可以藉此詮釋著，當時的每個讀書人，只要他們曾動念想憑藉自己的所學而有用於世，在骨子裏他們當然已具備了明臣、明人的政治身分。

　　本文之所以會做出這樣的推論，主要是不管明末士人在進入大順政權或滿清政府以後，他們所做出的各種抉擇，只要表現出為自己身事二君而懊悔的跡象，全都因為此前他們曾具備了對自己高度的政治期待。因此在明朝為臣，進入清朝仍接受官職，他們當然是貳臣；在明朝不曾當官，然而進入清朝以後他們接受或考取了官位，他們仍然是貳臣。本文當然清楚這種認知是廣泛性質的歸類。然而也只有這樣，其實在此後大量的對於貳臣的認知就可以增加更多探究的可能性，而這可能性更應當為時人所認可的。這裏試著舉宋徵輿為例，白一瑾便曾在《清初貳臣心態與文學研究》裏說過：

> 他本人對自己的應試與仕清是很看得開：在《報曹魯元書》中，他把自己和殉國全節的陳子龍、夏允彝作對比，認為「兩君仕於先朝，故卒死；僕未仕其生，且仕，無害於義」，既然自己在明朝沒有做過官，做清朝的官就不算貳臣，名正言順。不過，由於他身為松江望族後代，又是明末雲間諸子的領袖人物，他的仕清，在當時士人特別是以風節自勵的社局中人當中，產生了相當大的惡劣影響，……所以當時士論環境對他批判頗力，著名的遺民人士歸莊甚至提到，宋徵輿之父臨終時預言建州當主中國，子孫仕之者不許上己之墓，後宋果改節仕清，終身不敢上父之墓，以這類不乏有意醜化的記載，對其改節行為進行嚴屬譴責。〔註51〕

這就很明顯的表示，當時仕清的明人無論自己如何作出辯解，這仍無礙於時人對於他們的認知，就是明人在明亡後變節仕清。更何況那些不曾被加以注意的降清兩截人。

　　於是乎，本文所要探究的李雯也正具備了這一身分尷尬性的特

〔註51〕白一瑾：《清初貳臣心態與文學研究》（天津：南開大學中國古代文學博士學位論文，2009 年 4 月），頁 40～41。

殊存在。入清以後，李雯從詩文中無不滲透的愧疚之意，正表示了他極在乎自己成為了貳臣。他為了留存有用之軀奉柩南還，幾近橫死街頭的以籌得一些喪葬的費用，進而成為清朝的中書舍人，這事實卻不在《欽定國史貳臣表傳》之列。而他相關的生平，只散見於地方誌之中。這實在讓人相當好奇，如果他在當時真有時人所稱羨的生花妙筆，並為清朝代筆捉刀，擬寫諸多檄文，又怎不會因此而被寫入貳臣傳記之中？無論如何，李雯自我愧懺自苦的深厚情感比及已被官方定為貳臣的人物，是有過之而無不及的。是故白一瑾也曾對於李雯的仕清舉例說到：

> 雖然一部分遺民友人或出於對其淒苦遭遇和真誠懺悔的同情，或因其未曾仕明、在名分上並無君臣死節之義，而對其予以諒解，但也有相當嚴屬的批評，如同復社成員而又和李雯有過交往的遺民人士方文，在作於順治四年的《即事》詩中，稱讚夏允彝、陳子龍輩「雲間風義鳳標稱，死難今唯夏李能」的同時，也有「卻笑同袍二三子，靦然無恥負良朋」的憤慨之語，顯指李雯及其後仕清的宋徵輿輩而言。而他在後來所作之《雲間五子詩》中，索性將李雯一筆刪去。這說明，無論是從本人的自我定位，還是從當時的輿論態度來看，李雯都具備了貳臣所應有的現實困境和主觀心理特徵，所以應當被列入貳臣範疇。〔註52〕

至此，本文為何又要特別強調辨別遺民的必要性呢？這主要是因為我們亦可藉上述的明士人（包含為人臣子）到了清朝獲得或求得官職以後，皆可稱為貳臣的論點，補足了入清後曾經是遺民爾後又當官，抑或曾經當了官爾後又成為遺民的可行性。比如前文提及的吳偉業便是其中的案例。明亡前他便曾當過明朝的新科進士，其文章八股更為崇禎皇帝所欣賞。明亡後他有十年時間不曾踏入清朝官場。這十年中他儘管沒有太多強烈的反抗清勢力的詩賦文章，然而他不曾踏入清朝官場的舉動或足以說明他有著明遺民的意識與本

〔註52〕白一瑾：《清初貳臣心態與文學研究》，頁40。

分。易言之，他或有對於故國的認同與堅持，是故才能在十年中沒有太多對於清朝示好的傾向。當然另一方面，他在十年中也無參與任何相關抗清的活動，而只發揮他才子的本色，與當時江南才子以詩詞相互酬唱，這又不免呈現出他軟弱的人格形象。

我們更應當追究的是，遺民者何也？這裏又不得不舉李瑄在《明遺民群體心態與文學思想研究》的整合來看：

> 「遺民」作為成詞，有案可查的記錄最早見於《左傳》。共有四例……它們都有一個中心意義：遺留下來的人。這個意義在不同語境中表現為不同變項，可以歸納為三：一，亡國或亂離之後遺留下來的子民；二，後裔；三，前一個時代遺留下來的人。這三個義項作為「遺民」的基本義，在後世文籍中大量使用，而新義項的產生也是新的歷史環境作用於此基礎的結果。值得注意的是，此處「民」包括各個階層的人，上至公卿，下至庶民。〔註53〕

然而遺民的定義在朝代的更替之下，它從古代的認識會變動到一個更為精致的地步。是故到了明代以後。遺民的定義：

> 逐漸成為一種對政治道德操守高下的評判，代表了一類應當受到表彰的人群。至此，「遺民」常用的義項簡化為二：一，亡國或亂離後遺留下來的子民；二，易代之際懷有強烈故國之思、不肯出仕新朝的士人。而它的「後裔」、「前一代遺留之人」、「隱士」等義項，就漸漸弱化了。〔註54〕

由此可見，後人對於自稱遺民如錢謙益，或曾經是可被看待成遺民卻又無所作為的吳偉業，便有一定強烈的高度譴責與否定，以至於錢氏和吳氏本身更對於自己的身分認同有著複雜情感的表現。然而這是客觀歷史對於他們這些大量存在的兩截人一種嚴厲的定位。他們自己本身卻是可以透過對於自己的定義，而獲得自贖的可能性。因此錢氏在晚年仍積極與柳如是資助抗清勢力，和吳氏希望能在死後以僧裝入

〔註53〕李瑄著：《明遺民群體心態與文學思想研究》（成都：巴蜀書社，2008年11月），頁9～11。
〔註54〕李瑄著：《明遺民群體心態與文學思想研究》，頁18。

土，而不依明朝或清朝的喪葬制度入殮，這都有他們心態的根據。重要的是，他們起心動念還是可以成為辨別他們是否具有遺民特性的研究準則。李瑄也曾舉朱彝尊為例：

> 他在康熙十八年博學鴻詞科以後入仕清廷，若按「一生定論」的方式，顯然不能被看做遺民。但至少在康熙十年以前，他多次參加秘密反清活動，遺民意識非常強烈；而且不但沒有出仕的行為，甚至在文集和時人的記錄中也完全看不到他有出仕的意願。〔註55〕

因此李氏說朱彝尊就是一位「特殊的『階段性遺民』」〔註56〕。這種特殊性據後人的研究與發掘或就是大量存在的事實。因此把所謂階段性的概念反觀到貳臣的研究裏，藉此又可以更為細緻地發掘出在明清之際大量存在而可能又被忽視的人物身上了。這兩種不同範疇的研究方向實在值得再另行鈎探。

　　總而言之，明清易代的文人遭際及其自處概況斷不是本文在短短的申述中而能完全呈現的。本文只想強調在明清之際這等混濁而昏暗的時期裏，它環境的複雜性足以造就各種不同形象特出的人物而值得後人一再深入探究。進而在明末朝政不可抗逆的衰變中，務實的思潮激蕩出明末士風百態的積極面。這在後人對於明人率性自為、崇尚新奇的觀點是有著激烈的衝突性。是以復古的態勢又呈現出此前前、後七子所未能總結的一種審美蛻變。

　　可以說，正因為這等復興絕學的決心，組成了明末清初思想文化界百花齊放、眾生喧嘩的興盛局面。從個別遭際的層面上觀察，易代所造成個人對於身在新朝的身分定位及其面對的困境又是時代寄予時人極大的歷史考驗。他們必須面對生與死的決心和忠與孝的取捨。這兩項大範圍的內容可以作為形成後世對於個別主體的人物形象及其心理狀態進行探究，從而拼湊出大時代之下前所未有的現

〔註55〕李瑄著：《明遺民群體心態與文學思想研究》，頁7。
〔註56〕李瑄著：《明遺民群體心態與文學思想研究》，頁7。

象綜述。這其中當然就包含了本文點出了士人與遺民之辨，藉此我
們便能挖掘更多已為時代所淘洗沖刷掉的人物，而李雯就是本文非
常想要再仔細論述的例子之一。

第三章　鬱陶發病死　誰當諒舒章：
埋沒在時空縫隙中的李雯身世

　　如前所述，從晚明過渡到清初這段期間既是個時局昏濁，天崩地解的易代亂世。生活在當時的任何一位有識之士，其身世經歷、生死抉擇、出仕隱退，便是時代給予他們最嚴峻的命題，儼然也成就了後世進行各種不同角度現象觀察的主要素材。從而袞覽文獻，窺探究竟，都能突現出其中浩繁而寶貴的時代價值。舉如龔鼎孳、陳子龍、錢謙益、吳偉業、朱彝尊等，都是各類角度、各種命題熱衷研究之對象。他們都被易代亂世牽動著，而成爲了解明末清初士人、遺民，其士風百態的指標旗幟。他們有足以被發掘出來的典型潛力，藉此看見他們在這段期間所產生的莫大影響。

　　然而易代亂世終究複雜，可以發掘其典型潛力的易代士人除了應有，或已有群體上的相關研究，其展現個人美好或惡劣的特質，仍不能被時間的流逝輕易所磨滅。譬如李雯，他正是易代前後眾多士人當中的一位佼佼者。他與陳子龍、宋徵輿是明末文壇上極有聲名的「雲間三子」，文望詩聲重於一時。李雯家族更是明代松江地區的著姓望族之一。他在崇禎十五年（1642）壬午，即張溥去世後翌年，於蘇州虎丘主盟第四次的復社大會。所以說李雯無疑是明末復社、幾社中，相當活躍的領袖人物之一。雖直至明朝亡於闖賊，他終究只是諸生一名，然而他也曾獲得方岳貢、李建泰等明朝閣中要

員的青睞，聲名本達於崇禎皇帝，並可能將予以任用。只是造化弄人，時勢催迫。甲申之變後，他卻淪爲了降清兩截人。

　　直到近來，當我們再度翻閱眾多史籍、專著的時候，相關於李雯的記載、研究卻是少之又少。這當然攸關李雯本身在於史學和文學的歷史定位上，其成就與影響比及前述諸賢的歷史價值略顯遜色。加之他既爲降清兩截人的特殊身分，不入正史、易代無傳，因而李雯更像是被埋沒在時空縫隙中的局外人，逐漸爲後人所遺忘了。

　　那麼研究李雯獨特的個人情質，乃至於彰顯他影響於當時與後世的文化價值及其人文意義，是否可行？基於文學是人學的思想根源，本文以爲這正有它不可忽視的必要性。尤其是李雯在於當時，可是數一數二的雲間名彥，並爲陳子龍極力推崇的人物，說是：「顧其文。自顧弗如也。語人曰：『昭代文章。復在隴西氏矣。』」（陳子龍，〈彷彿樓詩稿序〉）〔註1〕職是之故，本文擬在此章節裏，收集歷來相關李雯之記載與生平闡述的整合，盡可能梳理李雯的生平、家世、經歷、及其情感歷程等全貌，以藉此對李雯身分作一較爲可能的判斷，並試圖了解他人生與精神魅力的獨特展現。

第一節　生卒何年？貫籍何地？

　　李雯生於萬曆三十五年（1607）丁未，而卒於順治四年（1647）丁亥，享年四十有一，歷來關於此生卒年的判定應無太多異議。因爲就目前所能看見的，相關李雯生平最爲詳盡而幾乎切實的記載，當屬宋徵輿在順治五年（1648）戊子冬天，他爲李雯所寫的一篇〈雲間李舒章行狀〉。其行狀末尾便曾提到：「舒章生于萬曆丁未某月日。卒于順治丁亥某月日。年四十一。」〔註2〕可證明這一點。畢竟此文攸關

〔註1〕明・陳子龍撰，上海文獻叢書編委會編：《陳子龍文集》上下冊（上海：華東師範大學出版社，1988年11月），上冊，陳忠裕公全集，卷7，序1，頁377。

〔註2〕清・宋徵輿撰，四庫全書存目叢書編纂委員會編：《林屋文稿十六卷・

宋徵輿和李雯多年訂交的情誼，就連明亡以後，他們之間仍有書信與創作的來往。而行狀所記述的，正是往生人之世系、籍貫、生卒年月和生平概略的文章。是故唐代李翱在〈百官行奏狀〉中說：「凡人之事蹟。非大善大惡。則眾人無由知之。故舊例皆訪問於人。又取行狀諡議。以爲一據。」〔註3〕宋徵輿給李雯寫的行狀，自然作不得假。

　　只是根據姚蓉在一篇名爲〈李雯生年辨正〉的札記裏，其中提及：

> 程千帆先生主編的《全清詞·順康卷》、張慧劍先生的《明清江蘇文人年表》、嚴迪昌先生的《清詞史》、朱則傑先生的《清詩史》等著作都斷定李雯生活的年代是從 1608 年至 1647 年，與陳子龍生死同歲。〔註4〕

此等差誤很可能是因爲李雯在〈陳臥子屬玉堂詩敘〉說的一句：「臥子及余。年相若也。」以及後來之所謂「今余年與臥子正等。」〔註5〕事實上，陳子龍與李雯相交更深。他在給李雯母親寫〈盛孺人傳〉時

　　　　詩稿十四卷》（濟南：齊魯書社，1997 年 7 月，《四庫全書存目叢書》上海圖書館藏清康熙九籥樓刻本），第 215 冊，集部，文稿，卷 10，行狀 1，頁 359。

〔註3〕唐·李翱撰：《李文公集十八卷》全 2 冊，《四部叢刊集部》，上海商務印書館縮印江南書館藏明成化刊本，第 2 冊，卷 10，奏議狀六首，頁 3～4。

〔註4〕姚蓉：〈李雯生年辨正〉，《文學遺產》第 1 期（2006 年），頁 82。

〔註5〕清·李雯撰，四庫禁燬書叢刊編纂委員會：《蓼齋集四十七卷後集五卷》（北京：北京出版社，1997 年 6 月，《四庫禁燬書叢刊》清順治十四年石維崑刻本），第 111 冊，集部，卷 34，敘 2，頁 494。以下簡稱「石刻本」，並隨文附註，不再重復。**按**：其實在該文下句便曾說道：「而臥子固少。又先余作詩凡十餘歲。」張慧劍在《明清江蘇文人年表》裏，把李雯卒年繫之在「一六〇八　戊申　萬曆三十六年」一條下，說是根據「《屬玉堂集序》」，張氏對〈陳臥子屬玉堂詩敘〉一文所言恐有誤解。詳見張慧劍編著：《明清江蘇文人年表》（上海：上海古籍出版社，1986 年 12 月），頁 407。又，關於「今余年與臥子正等」句，朱則傑在〈「雲間三子」生卒時間與相關問題考辨〉一文引述有誤。詳見朱則傑：〈「雲間三子」生卒時間與相關問題考辨〉，《淮陰師範學院學報》第 32 卷（2009 年 3 月），頁 382。

便曾提到：「而雯長子龍一歲。」〔註6〕因此「生死同歲」說恐怕並不確實。又，姚氏在文中更提出了另一個可以和〈盛孺人傳〉相互印證的說法，即前面所引〈雲間李舒章行狀〉生卒年的記載。那麼李雯生於萬曆三十五年（1607）丁未自當真實可信。

後來，朱則傑在一篇名為〈「雲間三子」生卒時間與相關問題考辨〉的期刊裏，呼應了姚蓉札記的提法。〔註7〕其中更整理並論述李雯生卒年以及身世遭到後人不公對待的成說。至於李雯之死，朱氏則提出了他所發現的兩種說辭。一是宋徵輿所謂的「聞舒章竟以疾卒于燕邸」〔註8〕。然而又一種緣自吳偉業《梅村詩話》的說法是，「舒章久次諸生不遇。流離世故。僶勉一官。反葬請急。遇臥子於九峯山中。期滿北發。未渡江而臥子及禍。舒章鬱鬱道死。」〔註9〕兩者之說雖或在朱則傑的《清詩代表作家研究》裏獲得相當豐富的論辯。然而本文至今尚未獲取此書，因此無法細查高論，尤為可惜。

只是翻查龔鼎孳的七言律詩，他有一篇〈孫伯如自閩海負其叔骸歸里賦此志壯并託寄懷魯山司馬又感述四首〉曾寫道：「供奉夜臺秋草碧。方干詩句嶺猿愁。」這詩歌的前句他自註說：「舒章歿于燕邸」。〔註10〕又，查陳名夏在《石雲居詩集》卷之二裏有一首〈輓李舒章〉寫道，李雯：「欲借雄文起病顏。如何零落死燕關。」〔註11〕亦可以

〔註6〕 明·陳子龍撰，上海文獻叢書編委會編：《陳子龍文集》上下冊，下冊，安雅堂稿，卷11，傳2，頁322。
〔註7〕 朱則傑：〈「雲間三子」生卒時間與相關問題考辨〉，《淮陰師範學院學報》第32卷（2009年3月），頁380～382、407。
〔註8〕 清·宋徵輿撰，四庫全書存目叢書編纂委員會編：《林屋文稿十六卷·詩稿十四卷》，第215冊，集部，文稿，卷10，行狀1，頁359。
〔註9〕 清·吳偉業著，李學穎集評標校：《吳梅村全集》全3冊（上海：上海古籍出版社，1990年12月），卷58，詩話，頁1135。
〔註10〕 清·龔鼎孳撰：《定山堂詩集》共36卷（上海：上海古籍出版社，2002年4月，《續修四庫全書》據北京大學圖書館藏清康熙十五年吳興祚刻本影印），第1402～1403冊，集部，別集類，卷19，七言律詩4，頁619。
〔註11〕 清·陳名夏撰，四庫全書存目叢書編纂委員會編：《石雲居詩集七卷

證明李雯「抵京即卒」這事實。基於入清前後，龔鼎孳和陳名夏皆與
李雯相交甚厚之故，那麼李雯病逝於京師的說法就有了可靠性。而近
人鄧之誠也曾在《清詩紀事初編》裏說：「摯交陳子龍，以順治四年
五月十九日就義，雯方北行道病，抵京即卒，同一死也，而有輕重之
分。」〔註12〕因此宋徵輿的說李雯「以疾卒于燕邸」或更爲有說服力
也不一定。

　　倒是白一瑾在〈論清初貳臣士人的生存罪惡感〉一文中，也提供
了一個李雯「抵京即卒」的有力線索。白氏說：

> 在他回京後，同在京城的另一位貳臣士人王崇簡在《舒章
> 至》中寫道：「經歲猶然識淚痕，幽懷相向各聲吞，惟予悲
> 感心多愧，無復歡娛事可言」，足見李雯在生命即將結束的
> 這數月之中的悲抑心境。〔註13〕

查王崇簡者，就是王敬哉。此人與李雯相交更深。所以李雯曾在〈與
王敬哉書〉裏才會說道：「曩歲陳情闕下。都人之交。相與周旋。相
與勞苦者。惟足下與吉士而已。」（石刻本，卷35，書，頁510）查
王崇簡的《青箱堂詩集》所載，〈舒章至〉一詩原文爲：

> 經歲猶然識淚痕。幽懷相向各聲吞。惟餘悲感心多愧。無
> 復歡娛事可言。勳業漫期新竹帛。風塵可有舊桃源。天涯
> 兄弟傷搖落。把臂如君今幾存。〔註14〕

而此詩又繫年在「丁亥」之下。「丁亥」正是清順治四年（1647）的
干支紀年。由此可見，白氏所言非虛。而李雯「抵京即卒」說法的可
靠性則比「道死雲間」來得更爲可信了。

　　　詞一卷》（濟南：齊魯書社，1997年7月，《四庫全書存目叢書》北
　　　京圖書館藏清初刻本），第201冊，集部，別集類，頁659。

〔註12〕鄧之誠撰：《清詩紀事初編》全2冊，頁475。

〔註13〕白一瑾：〈論清初貳臣士人的生存罪惡感〉，《河北師範大學學報》哲
　　　學社會科學版第33卷第5期（2010年9月），頁112。

〔註14〕清・王崇簡撰，四庫全書存目叢書編纂委員會編：《青箱堂詩集三十
　　　三卷・文集十二卷・遺稿續刻一卷・年譜一卷》（濟南：齊魯書社，
　　　1997年7月，《四庫全書存目叢書》山西大學圖書館藏清康熙二十八
　　　年王燕刻本），第203冊，集部，別集類，頁94。

　　此外，這裏除了有關李雯生卒年暫時得到確認，回到〈雲間李舒章行狀〉一文，宋徵輿在行文開頭便寫道：「舒章諱雯。江南松江華亭人也。」這裏引發的又一問題是，根據上面的邏輯，本文自當也遵循宋氏行狀的紀實性。然而在明代眉史氏，即陸世儀所集錄的《明季復社紀略四卷》裏，他把李雯（甚至是陳子龍）編排在「青浦縣」的條目之下，即說明他（們）是青浦人。〔註15〕近人如劉勇剛在《雲間派文學研究》雖無詳細論述，然而他似乎也援用此說。〔註16〕另外，在清代宋如林修，孫星衍、莫晉纂的《〔嘉慶〕松江府志》裏，李雯卻反而係屬上海人。〔註17〕近人如姚蓉在《明末雲間三子研究》的緒言亦無確切論述，她也援用此說。〔註18〕本文以爲，會發生如此相差甚多之爭議，這很可能與松江府在歷代的行政設置，其繁瑣的擴張有關。

　　參考《〔嘉慶〕松江府志》的〈圖經・建置圖〉，以及卷一的〈古今建置沿革表〉，在嘉靖二十一年（1542）壬寅，「松江府領縣三。華亭、上海、青浦。」此時的「青浦縣分華亭、上海地立縣。治於青龍鎮。」〔註19〕然而這分地而來的青浦縣實屬於「舊青浦縣」〔註20〕。

〔註15〕明・眉史氏（陸世儀）集錄，《中國野史集成》編委會，四川大學圖書館編：《明季復社紀略四卷》，摘自《中國野史集成》全51冊（成都：巴蜀書社，1993年11月，昭代叢書道光本戊集續編），第27冊，卷1，頁660。

〔註16〕劉勇剛著：《雲間派文學研究》（北京：中華書局，2008年2月），頁56。

〔註17〕清・宋如林修，清・孫星衍、莫晉纂：《〔嘉慶〕松江府志八十四卷首二卷圖經一卷》（上海：上海古籍出版社，2002年4月，《續修四庫全書》影印中國科學院圖書館藏清順治刻增修本）經部，地理類，第689冊，卷56，頁8。

〔註18〕姚蓉著：《明末雲間三子研究》（廣州：廣東高等教育出版社，2011年5月），頁2。

〔註19〕清・宋如林修，清・孫星衍、莫晉纂：《〔嘉慶〕松江府志八十四卷首二卷圖經一卷》經部，地理類，第687冊，卷1，頁160。

〔註20〕清・宋如林修，清・孫星衍、莫晉纂：《〔嘉慶〕松江府志八十四卷首二卷圖經一卷》經部，地理類，第687冊，圖經，頁100。

到嘉靖三十二年（1553）癸丑，青浦縣則被罷廢了。其中縣地卻各自歸屬於華亭、上海兩縣。所以說「省青浦仍領縣二。華亭、上海。」〔註21〕最後到了萬曆三年（1575）乙亥，「青浦縣復建。縣移治於唐行鎮。」此時的「松江府仍置青浦縣。領縣三。華亭。上海。青浦。」〔註22〕這裏說的「青浦縣」卻是萬曆元年（1573）癸酉建置的「青浦縣城」。據本文查證，此地與嘉靖二十一年（1542）壬寅的「舊青浦縣」仍有一段距離。〔註23〕加上當時的朝廷若將此地周遭未盡划分之處，包括華亭與上海的部分地域，一再撥歸於復建後的青浦縣——正如嘉靖二十一年（1542）壬寅，也未嘗不是不可能的事。那宋徵輿說李雯是松江華亭人或就自有根本了。李雯及其家族所處的華亭很可能在這兩次的劃撥過程當中，或歷經了青浦縣和上海縣的治理，那麼後人對於李雯是哪裏人的理解便有上述三類的差別，這到底是無可厚非的事。

　　只是近人吳仁安在《明清時期上海地區的著姓望族》一書中，他把李伯璵家族分類在南匯縣邑城的條目之下〔註24〕，則不知吳氏之所依據為何？查李雯正是李伯璵的晜孫，而李伯璵正是李雯的烈祖。又根據《〔嘉慶〕松江府志》所載，南匯縣乃清雍正二年（1724年）甲辰「析上海地置」。〔註25〕因此吳氏才會在書中說到：

　　　　雍正二年（1724年）元月，兩江總督查弼納以蘇松一帶各
　　　　大縣繁劇難治，奏請朝廷各分為二。是年九月得旨，依奏

〔註21〕清‧宋如林修，清‧孫星衍、莫晉纂：《〔嘉慶〕松江府志八十四卷首二卷圖經一卷》經部，地理類，第687冊，卷1，頁160。

〔註22〕清‧宋如林修，清‧孫星衍、莫晉纂：《〔嘉慶〕松江府志八十四卷首二卷圖經一卷》經部，地理類，第687冊，卷1，頁160。

〔註23〕清‧宋如林修，清‧孫星衍、莫晉纂：《〔嘉慶〕松江府志八十四卷首二卷圖經一卷》經部，地理類，第687冊，圖經，頁100。

〔註24〕吳仁安著：《明清時期上海地區的著姓望族》（上海：上海人民出版黃色，1997年9月），頁447。

〔註25〕清‧宋如林修，清‧孫星衍、莫晉纂：《〔嘉慶〕松江府志八十四卷首二卷圖經一卷》經部，地理類，第687冊，卷1，頁161。

> 分縣。於是在雍正三、四年間，先後……分華亭縣的雲間、
> 白沙二鄉之大半設立奉賢縣，置治所於青村千戶所城；分
> 上海縣的長人鄉大半設立南匯縣，置治所於南匯嘴千戶所
> 城。……〔註26〕

如此一來，《〔嘉慶〕松江府志》和姚氏之所言或又變得有一定的可
靠性——即李雯係屬上海人是也。奈何本文暫且無法在此三者之間
看出其中的連接性。畢竟當時的上海縣與南匯縣隔了一條黃埔江。
而南匯縣又與青浦縣分屬東西兩邊。惟上海縣與青浦縣與隸屬松江
府的華亭縣相鄰左右。各縣地合久必分，分久又合，詳情實難逐一
辨析。

　　可以確定的是，因為宋氏與李雯既親厚，又相識最近，李雯是松
江華亭人這個問題或許可以獲得很簡單證明了。再者，華亭縣、青浦
縣和上海縣均屬江南松江府。這點無可爭議。又以溯源角度而言，根
據後人所整理的明代李紹文《雲間人物志》一書，李伯璵係屬「上海
人」。〔註27〕由於此書「自萬曆三十四年（一六〇六）起」，花了六年
時間編寫而成。〔註28〕那麼當時已有上海縣的設置。儘管後來如何分
地成為青浦縣或南匯縣，李伯璵一家及其後代係屬「上海人」便成事
實。不過吳仁安在後來就說得更清楚了，曰：「伯璵貴後常居郡城，
故其子孫府志入華亭。」〔註29〕那麼根據宋氏撰寫的行狀所載，他說
李雯是華亭人，也並不能完全認為宋徵輿有差誤。

第二節　著姓望族與落拓諸生

　　接下來，我們亦可藉此了解李雯具體的家世背景。畢竟一個文

〔註26〕吳仁安著：《明清時期上海地區的著姓望族》，頁31。
〔註27〕明・李紹文著，劉永翔校點：《雲間人物志》共 4 卷，附《家傳》1
　　　卷，摘自《明清上海稀見文獻五種》（北京：人民文學出版社，2006
　　　年 8 月），第 1 卷，洪武至天順間人物，頁78。
〔註28〕劉永翔等整理：《明清上海稀見文獻五種》，陳大康前言，頁 7。
〔註29〕吳仁安著：《明清時期上海地區的著姓望族》，頁447。

人家世的顯赫與輝煌，多少都建構著一整個家學的風氣，並由後來的子孫輩（尤其是嫡長繼承）銜接先代保有的未竟志業，或美好的傳統價值觀，從而發揚光大，踵事增華。一如〈雲間李舒章行狀〉裏便曾說道，李雯：

> 其先出于隴西。明初入本郡。五世祖伯璵。宣德中舉孝廉。其子澄及清俱登進士第。遂為仕族。至舒章之考若鶴公。諱逢申。登萬曆己未進士。崇禎初官水部郎。性剛峻。數上書劾當世權貴。人竟坐法論戍。〔註30〕

可以說，李雯便是出生於一個秉持與堅守特定道德文化——追求高尚、積極向上和具有使命感——的傳統官宦世家。這種被賦予理想性的情感認知，當然也是中國士人獨有的士人文化。對於李雯及其家族而言，這先天性的歷史條件，更使他不能不具有鮮明的價值取向。

首先，「隴西」李氏歷來是大姓。據清代王相在《百家姓考略》裏的記載，李姓：

> 徵音。隴西郡。系出理氏。皋陶之後，代為理官，子孫以官為氏。有理利貞。避紂居李樹下，改為李氏，老子之祖也。其後李牧仕趙，李廣仕漢。唐之李淵，廣之裔也。又晉有里克，衛有禮至，皆理氏之後，與李同源。〔註31〕

因此陳子龍才說「昭代文章，復在隴西氏矣。」後來侯方域在〈中書舍人華亭李公雯〉一詩中更說李雯為人「自矜隴西姓」，卻也謙虛地表現「門閥無敢望」的慎行自重。〔註32〕他們所要表達的都是李氏宗族的尊貴與榮顯。至於其祖上輩可追溯者，有活動於明代早期至中期

〔註30〕清·宋徵輿撰，四庫全書存目叢書編纂委員會編：《林屋文稿十六卷·詩稿十四卷》，第215冊，集部，文稿，卷10，行狀1，頁358。按：「戌」字當為「戍」字。

〔註31〕清·王相著：《百家姓考略》（上海：華東師範大學出版社，2010年9月），頁3。

〔註32〕清·侯方域撰：《四憶堂詩集》共6卷，附遺稿（上海：上海古籍出版社，2002年4月，《續修四庫全書》影印中國科學院圖書館藏清順治刻增修本），第1406冊，集部，別集類，卷5，頁169。

烈祖李伯璵及其兩個兒子李澄、李清——即李雯的天祖輩。他們三人在《〔崇禎〕松江府志》皆有相關簡短的傳記記載。〔註33〕又參見明代李紹文的《雲間人物志》一書，裏頭則把李伯璵父子為人的操守、為官的正直，記載得頗為切實。其文寫道：

> 公名伯璵，字君美，上海人。宣德丙午鄉薦。由學官至淮府長史。從王入覲，左右請他求，公不可，曰：「君臣之間，有錫無求，求則瀆，瀆則不敬。」府使人入貢，與縣令爭道，詔令下獄，不問使者。公請治，以戒生事。王有疾，左右請施僧，乃請貸丁役錢，以甦衛士。所著有《文翰類選》。二子澄、清，並登進士。澄字希范，恬靜有守，不競榮利，仕終福建參議。清字希憲，狷介有志操，始終清謹，仕終湖廣右布政。官南比部時，除母喪謁選，冢宰姚夔有舊恩，欲留之。清謝曰：「荷公盛意，知者謂公自薦，不知者謂清有所干。」姚嘆曰：「真君子也。」〔註34〕

後來也是明代焦竑的《國朝獻徵錄》，裏頭對於李伯璵父子三人的記載就更為詳細了。其在〈淮府左長史李伯嶼傳（子澄清附）〉一文中寫道：

> 李伯嶼。字君美。上海人。宣德丙午鄉薦。歷桐廬山陰訓導。秀水安福教諭。其誨人一以道義。諸生貧而好學者。衣食之。或不率教。雖束修之饋不受。桐廬累舉闕人。伯嶼至識姚文敏公於少年。曰：「一夔足矣。」授以《春秋》。未幾。夔擢第山陰學。或傳風水不利。科目請徙之。伯嶼曰：「顧師弟子。教學何如耳。」卒不徙。其後仕者。相繼陞淮府左長史。從王入覲。左右請他求。伯嶼不可。曰：「君臣之間。有錫無求。求則瀆。瀆則不敬。」府使□入貢。道與一縣令構爭。詔下令于獄而釋。使者不□。伯嶼請治

〔註33〕日本藏中國罕見地方志叢刊：《〔崇禎〕松江府志》全 2 冊（北京：數目文獻出版社，1991 年 10 月），上冊，頁 863、864、878。

〔註34〕明·李紹文著，劉永翔校點：《雲間人物志》共 4 卷，附《家傳》1 卷，摘自《明清上海稀見文獻五種》第 1 卷，洪武至天順間人物，頁 78～79。

之。以戒生事。官校有犯王。械實于市。伯嶼請論如律。
以全其生。王有疾。左右請施僧祈福。伯嶼謂不若貸丁役
錢。以甦衛士。王皆從之。成化癸巳。卒年六十八。所著
有《文翰類選》一百六十三卷行于世。二子澄、清。並登
進士第。澄字希范。終福建左參議。恬靜有守。不競榮利。
有古人風。清字希憲。終湖廣右布政。狷介有志操。始終
清謹。官南京刑部時。除母喪謁選。尚書姚夔以其父舊恩。
欲留之。清謝曰：「荷公盛意。知者謂公自薦。不知者謂清
有所干也。」姚歎曰：「希憲君子哉。」在兵部議儀眞守備。
獨薦都指揮都勝一人。清白請用之。推此類可見。〔註35〕

不管是爲人守正不撓，「誨人一以道義」，又或「恬靜有守，不競榮
利」，甚至是「狷介有志操，始終清謹」，這在在都是李雯祖上一門
俊賢的實質例證。而後又有吳仁安的《明清時期上海地區的著姓望
族》所載，李伯嶼的「卒年八十六歲」與焦氏所載「卒年六十八」
有出入。〔註36〕不過吳氏倒補述了李伯嶼逝世後，得以「從祀鄉賢
祠」。〔註37〕其子李澄是「天順元年（1457）丁丑進士」。〔註38〕李
清則：

少博學，十七歲舉於鄉。景泰五年（1454）甲戌進士，授
工部主事，遷南京刑部郎中。折獄多平反。……改南京兵
部郎，擢河南右僉議，伸陳留民賈忠之冤獄。司徒孫鼎轉
漕黃河之議，調四川右參議。松潘用兵，民賴以蘇，遷左
參議。翦除大盜，境內肅清，尋遷右轄。在蜀十年，李清
謹一節，轉河廣右轄，終於官，年五十二歲。〔註39〕

此後又有李煥然、李復科兩兄弟爲李伯嶼曾孫。復科子李可教，即李

〔註35〕明・焦竑編，周駿富輯：《國朝獻徵錄》全 6 冊（臺北：明文書局，
1991 年 1 月，《明代傳記叢刊》，共 120 卷，綜錄類 26），第 6 冊，
第 104 卷，頁 430。
〔註36〕吳仁安著：《明清時期上海地區的著姓望族》，頁 447。
〔註37〕吳仁安著：《明清時期上海地區的著姓望族》，頁 447。
〔註38〕吳仁安著：《明清時期上海地區的著姓望族》，頁 447。
〔註39〕吳仁安著：《明清時期上海地區的著姓望族》，頁 447。

伯嶼玄孫，卻也是李逢申父親。吳氏記載道：

> （玄）李煥然（伯嶼曾孫），字子文。性安雅，家多藏書，
> 研討淹貫，時號「書麓」。祠部張烈、侍郎蔡汝賢皆其高弟
> 也。

> 李復科（煥然弟，李伯嶼曾孫）：按上海縣誌「逢申傳」載，
> 可教父名李復科。

> （黃）李可教（復科子，李伯嶼玄孫），字受甫，號鶴鳴。
> 年十二能屬文，砥礪名節，以惜福擇交訓子弟，為鄉閭所
> 推重。〔註40〕

由此可見，儘管李雯的祖父與曾祖輩不如先祖般身兼官職，可是他
們學識淵博，徒弟出色，「十二能屬文」之餘，砥礪磨練，立名立節，
家學門風甚為他人所托許尊重。到了李雯父親李逢申這代，美好傳
統價值的承繼當然也就更加明顯了。宋徵輿說李逢申「性剛峻。數
上書劾當世權貴。」是很有根據的。按《〔嘉慶〕松江府志》記載：

> 李逢申。字延之。上海人。伯嶼五世孫。萬曆四十七年進
> 士。除慈谿縣。失奄黨意左遷。丁母憂。服闋。起上林苑
> 監丞。陞工部主事。甫三月。九上封事。劾兵部尚書梁廷
> 棟誤國。疏寢不報。會軍興驗試火器。廷棟以危法中逢申。
> 論戍澂浦。逢申長子雯走京師訟冤。雯弟又伏闕上書。事
> 得白。召為刑部主事。轉工部郎。逢申又五上疏。論時政
> 有所彈射。時流寇已薄秦晉。逢申疏請結義旅。以空名告
> 身。與廷臣分募三輔、山東、兩河豪傑衛京師。廷議中阻。
> 甲申三月。賊陷京師。逢申被執不屈。身受五毒。自經死。
>
> 〔註41〕

作為朝臣而言，李逢申為官可謂膽大積極，且一心憂念國事，不畏權
貴，對朝廷更是耿直勸諫。這其中除了有著家世的淵藪，李逢申母親

〔註40〕 吳仁安著：《明清時期上海地區的著姓望族》，頁447～448。
〔註41〕 清・宋如林修，清・孫星衍、莫晉纂：《〔嘉慶〕松江府志八十四卷
首二卷圖經一卷》經部，地理類，第688冊，卷55，頁630。按：
根據《〔崇禎〕松江府志》的記載，李逢申原名見素。詳見日本藏中
國罕見地方志叢刊：《〔崇禎〕松江府志》全2冊，上冊，頁874。

封太孺人趙氏的嚴明教育〔註42〕，以及李逢申夫人盛孺人的治家有
道，大都引起了一定的關鍵作用。後來當陳子龍在撰寫〈盛孺人傳〉
時，他亦曾略述了李逢申遭梁廷棟中傷前後的狀況。曰：

> 是時李公方起家。爲天子治上林。尋擢營繕員外郎。自謂
> 當天子意。時上疏論得失。歷難漢廷公卿。無得免者。孺
> 人則竊自憂懼。謂雯等：「若父伉直好論事。恐失權貴意。
> 將不免禍。」雯等方年少氣盛。未以爲然。居無何。而李
> 公果爲大司馬鄖陵公所中下獄。〔註43〕

正因爲是被中傷的緣故，所以《嘉慶重修一統志》裏說：「明崇禎間。
雯父逢申。被謫戍而非其罪。」〔註44〕爲此陳子龍後來在〈壽李若鶴
年丈舒章大人也〉一詩，約略表達了他對李逢申際遇的同情與惋惜之
意。其中詩曰：「幾葉公爲廟廊器，登朝十載不得意。萬言伏闕難公
卿，一語論兵忤驃騎。」〔註45〕陳子龍以「廟廊器」形容李逢申的恪
守正道，雖不免於祝壽之俗套，然而管中窺豹，卻亦足以略見一斑。

　　這裏更有一點必須點明的是，李逢申被中傷而遭謫戍的事，應
都發生於崇禎三年（1630）庚午夏天至崇禎四年（1631）辛未這段
期間。換句話說，這很可能是李逢申因「伉直好論事」而罹禍蒙冤
近十餘年的證明。李雯也就不是只有一次地爲李逢申奔走京師，平

〔註42〕比如錢謙益在〈封太孺人趙氏墓誌銘〉中有記載：「逢申舉進士，出
　　　　宰慈谿。太孺人誡之曰：『人知母之慈，不知母之廉。天下有慈母而
　　　　褫子之衣，奪子之食者乎？母慈則必廉，官廉則必慈。汝勿謂不習
　　　　爲吏，以我爲師可矣。』逢申視事，箠楚稀簡，太孺人喜，出而迎
　　　　之，屏內微聞呼譽聲則否，逢申每以此爲候。」詳見清‧錢謙益著，
　　　　清‧錢曾箋注：《牧齋初學集》全3冊，共110卷（上海：上海古籍
　　　　出版社，1985年9月）。卷58，墓誌銘9，頁1425。
〔註43〕明‧陳子龍撰，上海文獻叢書編委會編：《陳子龍文集》上下冊，下
　　　　冊，安雅堂稿，卷11，傳2，頁322。
〔註44〕清‧嘉慶敕修，清‧穆彰阿、李佐賢、泮錫恩、廖鴻荃、龔自珍等
　　　　編：《嘉慶重修一統志》全32冊（臺北：商務印書館，1966年，據
　　　　上海涵芬樓影印清史館藏進呈寫本），第4冊，卷84，松江府3‧人
　　　　物，頁12。
〔註45〕明‧陳子龍著，施蟄存、馬祖熙標校：《陳子龍詩集》（上海：上海
　　　　古籍出版社，2006年4月），卷9，七言古詩2，頁249。

反冤屈。此推論的成立當在於若李逢申爲「大司馬鄢陵公」，即梁廷棟「所中下獄」。梁氏則早卒於崇禎九年（1636）丙子。加上李雯曾在一篇〈亡五弟哀辭并序〉中提及：「曁庚午之夏。大人以直言賈禍。詿誤詔獄。至于西曹。豺狼在道。槖饘不行。」（石刻本，卷38，祭文，頁547）那麼上述情事自然就不會在崇禎九年（1636）丙子以後才發生。爾後李雯在同一篇文章裏亦表示「方大人詔獄。初聞予亦重跰南至。」（石刻本，卷38，祭文，頁547）這對照陳子龍〈盛孺人傳〉所謂「孺人素羸弱。聞難。遣雯北赴。」〔註46〕便有了可信度。

後續的情況是李逢申很快就被讞成了。至少是〈盛孺人傳〉之所謂「至明年李公得以戍還。」〔註47〕李雯在一首名爲〈上王誠宇先生・先生庚午救家君被廷杖者〉的詩作當中〔註48〕，他間接說明了李逢申在這段期間被獲救的事實依據。然而李雯此次的北赴似乎並無訟冤的關鍵動作，更或並非因爲李雯二弟李霙「伏闕上書」的緣故，進而讓李逢申冤屈得白。李逢申只是在崇禎四年（1631）辛未「得以戍還」罷了。至於戍還以後到底是帶著某官職到澂浦上任？即所謂「論戍澂浦」，還是李逢申已回到雲間老家，本文暫且無從得知。只是宋徵輿在〈雲間李舒章行狀〉中說：「庚辰。舒章走京師、訟父冤。章上報罷歸。」〔註49〕也就是相隔至少九年或十年後，李雯爲了父親的論戍，再次到北京爲父訟冤。這其中緣由爲何？目前亦暫時無從辨識。

不過這次上京，李雯並沒有成功讓李逢申脫罪。反而是他二弟

〔註46〕明・陳子龍撰，上海文獻叢書編委會編：《陳子龍文集》上下冊，下冊，安雅堂稿，卷11，傳2，頁322。

〔註47〕明・陳子龍撰，上海文獻叢書編委會編：《陳子龍文集》上下冊，下冊，安雅堂稿，卷11，傳2，頁322。

〔註48〕詩曰：「昔日炎天霜雪飛。曾驚御杖染朝衣。恩深救父何能報。志在陳情恐復違。兩地孤臣同白首。百年高義動丹扉。相憑一紙通佳訊。敢說身同黃雀微。」詳見石刻本，卷25，七言律詩3，頁427。

〔註49〕清・宋徵輿撰，四庫全書存目叢書編纂委員會編：《林屋文稿十六卷・詩稿十四卷》，第215冊，集部，文稿，卷10，行狀1，頁358。

李霙在最後促成了李逢申很可能被免罪的事。所以到了更後來，李雯才會在〈雪冤行懷仲弟在長安〉裏寫到：「長安自日懸滄海。吾父荷戈十三載。阿兄陳冤事不成。阿弟悲啼復請行。」又說：「頭如飛蓬履無襪。叩閽大叫金雞鳴。金雞鳴。沉冤白。聖德如天千萬年。宰相期頤與天格。」（石刻本，卷16，七言古風2，述感2，頁350）查宋徵輿後來曾在其詩作〈寄李舒章・乙酉十月作〉中寫道：「君家嚴親忤權貴。江潭行吟日憔悴。明詔重徵折檻人。時危得見君臣義。」〔註50〕宋氏試圖以李逢申的直言諫諍的動靜比作漢代朱雲這不可多得的直諫之臣——「折檻人」，自然也是欽佩李逢申的爲官的正直不阿。

其中顯而易見的是，這詩歌前兩句說的正是李逢申忤逆了權貴，因此才會在「江潭行吟日憔悴」。到了後兩句，宋徵輿則點出了崇禎十六年（1643）癸未李逢申被重新徵召的情事。因此他在〈雲間李舒章行狀〉裏也寫道：「癸未。其仲弟復上書訟父冤。大白水部公。得故官。而舒章遂從行入京師。」〔註51〕另有一種說法是，李逢申亦爲以廉謹著稱的方岳貢建言所救。因此根據清初葉夢珠在《閱世篇》中

〔註50〕清・宋徵輿撰，四庫全書存目叢書編纂委員會編：《林屋文稿十六卷・詩稿十四卷》，第215冊，集部，詩稿，卷5，七言古詩，頁503。

〔註51〕清・宋徵輿撰，四庫全書存目叢書編纂委員會編：《林屋文稿十六卷・詩稿十四卷》，第215冊，集部，文稿，卷10，行狀1，頁358。按：宋徵輿之所謂「得故官」也仍有一定的斟酌空間。畢竟查李雯〈與周介生書〉一文，此中似乎提及以釣魚比喻舉進士不第的內容，與李雯告訴宋徵輿兩人「既三黜矣」的際遇很像，那此文應寫在崇禎十五年（1642）壬午無疑。其中李雯又對周介生說：「家大人邀福我兄及執政父子。故霙弟上疏。卽蒙寬旨。兩部覆議。謂可赦其原罪。降調幕僚。事可旦夕。而覬在家君獲此。已爲過望。」「降調幕僚」是不是宋徵輿所謂的「得故官」不得而知。詳見石刻本，卷36，書2，頁519。又根據《〔嘉慶〕松江府志》所載，李逢申被梁廷棟中傷下獄前是身負「工部主事」一職。到了崇禎十六年（1643）癸未，李逢申復職後上任爲「刑部主事」。從主事職到主事職，宋徵輿所謂的「得故官」或許說得過去？

所言：「崇禎末，方相國禹修薦之復職。」〔註52〕可見李逢申至少到了崇禎十六年（1643）癸未才得以回到京師，上任朝中官職，這過程曲折如此。

　　儘管李逢申因爲「伉直好論事」而幾經挫敗。然而不管是被謫戍了，又或是蒙冤被貶，鋃鐺下獄，當他有了能力又或是冤屈得白之時，李逢申仍不改本色的不斷上疏議政。直到闖賊殺入京師，崇禎皇帝自經煤山，他更沒有像龔鼎孳等貪生怕死，靦顏事敵。反而因爲被捉住後而不願屈從大順政權，最後「身受五毒」，而自縊殉節。又除了自縊的說法之外，清初計六奇在其《明季北略》中曾把李逢申的記載附屬於「刑辱諸臣」此一條目之中。說其是「夾三次，或云死」〔註53〕。此事暫且無從考究。再查《四庫禁燬書叢刊》順治十四年石維崑刻本的《蓼齋後集》卷五雜文裏，李雯本有一篇〈先君殉難本末〉。（石刻本，後集，目錄，頁 652）然而翻閱此書，卻查無此文，實爲遺憾。

　　另外還可以注意的是，關於「伯璵五世孫」到底是李逢申還是李雯？這點可能無法從宋徵輿爲李雯寫的行狀或宋如林所修的《〔嘉慶〕松江府志》等文獻中進行分辨。姚蓉在其著作裏斷定了宋徵輿有誤。〔註54〕不知其依據爲何？畢竟姚氏文章並無辯證。又遵循前文的邏輯，或許宋徵輿所載較爲貼近李雯。這才不會發生有如姚氏前後矛盾的窘況——一方面認同宋徵輿的記載切實，一方面卻認爲宋徵輿的記載有誤。再如明代何三畏所編的《雲間志略》載〈李長史養庵公傳〉一文。其中結尾寫道：「今五世孫逢申以萬曆丙午掄魁。

〔註52〕清・葉夢珠著，來新夏點校：《閱世篇》10 卷（北京：中華書局，2007年 9 月），卷 5，頁 138。

〔註53〕清・計六奇撰，《中國野史集成》編委會，四川大學圖書館編：《明季北略》，摘自《中國野史集成》全 51 冊（成都：巴蜀書社，1993年 11 月，都城琉璃廠半松居士排字本），第 36 冊，卷 22，刑辱諸臣，頁 361。

〔註54〕姚蓉著：《明末雲間三子研究》，頁 42。

巳末登第。分符爲四明之慈谿令。有志節。能勤其官。公之澤其未斬也哉。」〔註55〕此疑點可謂眾說紛紜，莫衷一是。後來經查吳仁安《明清時期上海地區的著姓望族》一書，若李雯確爲李復科曾孫，那麼李雯即是「伯璵五世孫」便可確信無疑。〔註56〕姚氏質疑不但有誤，明代何三畏或許把李伯璵兒子——李澄、李清，算作一世孫，才會有「今五世孫逢申」之說也不一定。

　　以至於姚蓉在《明末雲間三子研究》中是這麼形容李逢申的。姚氏說李逢申：

> 彈劾過的朝臣，遠不止梁廷棟一人：崇禎二年（1629）十月，他彈劾過輔臣韓爌；崇禎三年（1630）二月，他彈劾輔臣成基命「欲脱袁崇煥罪」；重振三年二月，他彈劾工科給事中顏繼祖「攪亂朝政，傾耗善類」……他彈劾的這些人中間，韓爌是他的座師，成基命是他的同鄉，而且兩人都是東林人士，梁廷棟、顏繼祖則是當時皇帝跟前的紅人。李逢申大膽地彈劾他們，欲爲自己樹立不畏權貴、不避親疏、不結黨營私的直臣形象，竭力博取厭惡大臣結黨的崇禎皇帝的歡心。但他卻始終沒有得到皇帝的賞識，反被坐法論戍，直到崇禎十六年（1643）才昭雪，回到朝中任職。〔註57〕

那麼李逢申的人格形象，即其反映出來的傳統士人價值觀、崇高的道德原則，就亦加鮮明了。這當然直接影響家中嫡長子李雯，並由此可以想見後者所肩負的家世淵源，及其精神壓力，莫此爲甚。尤其是李氏一門凡可查考者，把李綺一併算入，那麼李氏幾代皆多以進士出身。李逢申或許對他六個兒子中〔註58〕，名氣最大的李雯「最寄予厚

〔註55〕明·何三畏著，周駿富輯：《雲間志略》全3冊（臺北：明文書局，1991年1月，《明代傳記叢刊》，共120卷，綜錄類41），第1冊，卷之7，人物，頁527～528。

〔註56〕吳仁安著：《明清時期上海地區的著姓望族》，頁447～448。

〔註57〕姚蓉著：《明末雲間三子研究》，頁42～43。

〔註58〕根據陳子龍寫的〈盛孺人傳〉記載：「李公嘗爲慈谿令。考績得封其配

望」〔註59〕。尤其是當李雯屢試不中，李逢申更加強了對於李雯在寫作上的約束。即如李雯在〈荅戴季仙書〉中所言：「失志以來。家君以荒業見譙。一切外文禁不得作。」而李雯本身就自然對於自己懷有更大的期許了。他自己曾在〈序楚中王季豹詩〉（石刻本，卷35，書，頁511）中聲稱：「平生志願。思得去諸生。作朝廷小官。」（石刻本，卷34，敘2，頁500）因此宋徵輿才說：

> 舒章從其父自京師歸。年二十餘爲諸生。口吃不能強記。自恨殊甚。發奮閉戶。盡取周、秦以來諸古文辭。及漢、魏、三唐諸家詩賦。以次誦習至冬夜。披褐衣、擁布被。伏而讀書。常過夜半。稍假寐。復起篝火、理前冊。聲出金石。以至質明。如是幾盡四冬。水部公衰而勞之曰：「若縱自苦。不爲我地耶。」久之學大就。輒著詩賦及他古文數十百篇。人頗笑之。〔註60〕

這段記述說的還只是尚未成爲雲間創作古詩文名家前的李雯。然而其中時序或然有誤，這恐怕是宋徵輿（比及陳子龍）因在年歲上差異的緣故，從而較晚接觸李雯所不能免。〔註61〕因爲其中所謂諸生，原意

爲孺人云。年五十有五卒。有六子。雯、霙、霆、霞、霽、靄。」詳見明·陳子龍撰，上海文獻叢書編委會編：《陳子龍文集》上下冊，下冊，安雅堂稿，卷11，傳2，頁321～322。按：其實李雯尚有一名從兄曰李綺。至少李雯曾寄有兩首詩於他；一爲〈送從兄友三〉，一爲〈寄懷友三從兄于海外〉。後詩更曾收入於《雲間三子新詩合稿》卷8之中。其詩題名爲〈寄懷季重家兄于海外〉。詳見明·陳子龍、清·李雯、清·宋徵輿撰，陳立校點：《雲間三子新詩合稿　幽蘭草　倡和詩餘》（瀋陽：遼寧教育出版社，2000年1月），《雲間三子新詩合稿》卷8，頁160。以下簡稱「陳立校本」，並隨文附註，不再重復。又根據吳仁安所載：「錢綺（即李綺。李逢申從子，榜姓錢），字友三，號紫公。崇禎十三年（1640）庚辰進士，授瓊山縣知縣。南都潰陷，爲李成棟齋奏迎永曆帝於端州，授西臺。後永曆帝事敗，綺遂殉難於廣城。」詳見吳仁安著：《明清時期上海地區的著姓望族》，頁448。

〔註59〕姚蓉著：《明末雲間三子研究》，頁43。

〔註60〕清·宋徵輿撰，四庫全書存目叢書編纂委員會編：《林屋文稿十六卷·詩稿十四卷》，第215冊，集部，文稿，卷10，行狀1，頁358。

〔註61〕按：年二十餘「發奮閉戶」的李雯，其文學創作既尚未獲得陳子龍

本是指儒生，又或是尚在學校就讀的學生。那麼李雯「年二十餘爲諸生」，應當說的是他通過一些考試，成爲了某州、某府或某縣的學校學習生員。以至於後來李雯在一篇〈反逐貧賦〉中才說自己：「生長素族。少負大志。不事家人產。三辱諸生。」（石刻本，卷 1，賦，頁 198）這話一方面除了表示自己曾經三次赴試而無所獲，一方面則也顯示出一些久處低微的自卑之感。

又宋徵輿在〈雲間李舒章行狀〉中說：「壬午。同落京尹籍。舒章顧徵輿而嘆曰。我與子既三黜矣。異日寧可四乎。其意欲遂絕有司之試云。」〔註62〕終明一代，李雯命途不濟，仕途多舛，實在讓人感到惋惜。他並沒有像陳子龍在兩人訂交後就舉孝廉，進而又舉進士（雖然陳子龍也曾落第歸里）。故此李雯在「年二十餘爲諸生」這段期間是屬於蓄勢待發期——即他在尚未獲得更大功名前，積極地以後天的努力，來彌補先天（如「口吃不能強記」）的不足。一直到崇禎十五年（1642）壬午，他才考上了區區副貢生。〔註63〕而副貢生也只是貢生的一種。因爲只要是鄉試列入副榜的，就不再需要經過考試，而能送入國子監學習。但因爲副貢生並不在正取之列，

青睞，兩人也未相交，那麼這不會是「舒章從其父自京師歸」時候的事。此時應當是天啓五年（1625）乙丑李逢申罷慈谿歸後，崇禎二年（1629）己巳李雯與陳子龍相交前。猶未知宋徵輿的敘事方式，前後或有交替。

〔註62〕清・宋徵輿撰，四庫全書存目叢書編纂委員會編：《林屋文稿十六卷・詩稿十四卷》，第 215 冊，集部，文稿，卷 10，行狀 1，頁 358。

〔註63〕按：根據清代夏燮撰寫的《吳次尾先生年譜》所言，吳應箕在崇禎十五年（1642）壬午「八月九。應南都試。榜揭。實副車。同時膺是選者。多知名士。上江督學金楚畹先生謂。是科副榜之盛。百年所無。千秋致慨。特刻題名。序齒二錄以寵之。按冒序。自言與先生同榜。一時知名士如侯雍瞻〔岐〕、李舒章〔雯〕、宋轅文〔徵輿〕、夏仲文〔四數〕、吳玉隨〔國對〕、宗鶴問〔觀上〕。共百餘人同實副榜。又按《貢舉錄》。是科主應天試者爲何〔瑞徵〕、朱〔統鎬〕。有明一代。賢書遂終於此。」詳見清・夏燮撰：《忠節吳次尾先生年譜》，摘自北京圖書館編：《北京圖書館藏珍本・年譜叢刊》全 200 冊（北京：北京圖書館出版社，1999 年 5 月），第 61 冊，頁 588。

以後如果他們想要參加科考，他們還是得繼續參加鄉試，而不是如同舉人般可以一同趕赴會試。〔註64〕換句話說，比起他人，李雯入仕的腳步終究慢了許多。這入副榜的結果仍讓他一直耿耿於懷，頗有鬱鬱不得志之感。

第三節　雲間訂交與爭言陳李

關於雲間三子在崇禎七年（1634）甲戌以後完成訂交的研究，其實已多有論述。因為這樣的訂交為日後雲間派文學的發展，起了決定性的標誌作用。然而本文多想加以取向的是，陳子龍與李雯訂交所帶出的意義更為特別。這當然有悖於一般對雲間三子研究的印象。再來「好文」與「言詩」兩者，雖有追根究底的差別，然而本文以為：「爭言陳、李」〔註65〕，始終比「或曰陳、李，或曰陳、宋，蓋不敢有所軒輊」〔註66〕發生得更早。陳、李之間的友誼應有更值得為人所注意的地方。

首先在姚蓉的著作裏，她便曾說明以雲間三子作為研究對象的典型性何在。尤其是「雲間三子年紀相仿，家世相近，才華相勝，而出處不同。」〔註67〕其中最為巧妙的觀察，莫過於姚蓉在三人對於社會發生重大巨變時，他們所作出的三種不同的人生選擇，說是「正好代表了明末士人面對家國巨變時選擇的左、中、右三種人生道路。」〔註68〕此話更是一語道破了三人之間命途差異的極端性，以及徘徊左右的無可奈何之處。

〔註64〕周發增、陳隆濤、齊吉祥主編：《中國古代政治制度史辭典》（北京：首都師範大學出版社，1998 年 12 月），頁 112。

〔註65〕清‧宋徵輿撰，四庫全書存目叢書編纂委員會編：《林屋文稿十六卷‧詩稿十四卷》，第 215 冊，集部，文稿，卷 10，行狀 1，頁 358。

〔註66〕清‧吳偉業著，李學穎集評標校：《吳梅村全集》全 3 冊，卷 28，文集 6，序 2，頁 672。

〔註67〕姚蓉著：《明末雲間三子研究》，緒言，頁 3。

〔註68〕姚蓉著：《明末雲間三子研究》，緒言，頁 3。

然而當我們換個角度思考，其實宋徵輿比陳子龍、李雯，年齡還是小了十至十一歲。說宋徵輿和陳、李二人「年紀相仿」，似乎尚有斟酌的空間。此外，吳偉業甚至在〈宋直方林屋詩草序〉一文中說：

> 往余在京師，與陳大樽遊，休沐之暇，相與論詩，大樽必取直方爲稱首，且索余言爲之序。當是時，大樽已成進士，負盛名，凡海內騷壇主盟，大樽睥睨其間無所讓，而獨推重直方，不惜以身下之。余乃以知直方之才，而大樽友道爲不可及也已。〔註69〕

無疑陳子龍對於有能力遵循復古路線進行創作的人（不管是前輩、同輩或後輩）都是給予欣賞與肯定的。當我們回到實際的狀況平心而論，吳偉業此番話的確不能言之鑿鑿去證明宋徵輿在陳子龍多類文獻裏，獲得像是陳子龍在推重李雯般一樣的重視。換句話說，其實陳、李之間的情誼，恐怕比陳、宋之間的情誼還要來得更爲深厚。這在陳子龍不少文獻裏，都能辯明其中眞僞。

舉如陳子龍在自撰的年譜裏，他曾提及崇禎二年（1629）己巳，說「是歲，始交李舒章、徐闇公，益切劇爲古文辭矣。」〔註70〕卻不見他在年譜中提及任何與宋徵輿認識或訂交的確切時候。又如〈寄贈舒章〉一詩，陳子龍說：

> 明月下瑤京，照我吳江水。與君新結交，光輝耀鄉里。結交俱少年。顏色芙蓉鮮。子若雲中龍。天矯清漢前。予如天際鶴。徘徊思九仙。揮手笑卿相。脫口必豪賢。……〔註71〕

此詩乍看之下其實和韓愈一首〈醉留東野〉就顯得非常相似〔註72〕。

〔註69〕 清・吳偉業著，李學穎集評標校：《吳梅村全集》全3冊，卷28，文集6，序2，頁671～672。

〔註70〕 明・陳子龍著，施蟄存、馬祖熙標校：《陳子龍詩集》，附錄2，陳子龍年譜卷上・自撰，頁643。

〔註71〕 明・陳子龍著，施蟄存、馬祖熙標校：《陳子龍詩集》，卷7，五言古詩4，頁199。

〔註72〕 詩曰：「昔年因讀李白杜甫詩，長恨二人不相從。吾與東野生並世，如何復躡二子蹤？東野不得官，白首誇龍鍾。韓子稍姦黠，自慙青蒿倚長松。低頭拜東野，願得終始如駏蛩。東野不迴頭，有如寸莛

韓愈在很多詩歌裏都極力推崇孟郊的「古貌又古心」(〈孟生詩〉)
〔註73〕。比較陳子龍對於李雯的重視，可以說陳子龍亦具有同樣性
質的積極與熱忱。當李雯趕赴金陵省試時，陳子龍在〈送李舒章省
試之金陵〉裏更是力挺李雯的「心雄志大」，是朝廷上下不可或缺
的高尚賢良之人。而這樣的稱譽，亦是陳子龍在〈送宋轅文應試金
陵〉一詩當中的關切度所不能成正比的。前者詩曰：

> 隴西李生氣莫當，心雄志大神揚揚。數年屏居谷水上，三
> 十始登京尹堂。憶昔鄉里八九人，同時恣意成文章。海內
> 聲名忝陳李，伊予弱翮難雁行。歎君深沈廟廊器，霜鍔輝
> 輝未嘗試。風勁高騫識阜雕，時危下坂須良驥。男兒何必
> 早致身，正復難忘天下事。天子常思度外人，公卿最厭澄
> 清志。送君西上心悄然，舊京雲樹秋風前。淮壖烟露白荒
> 草，鄂渚旌旗紅照天。古來往往徒步士，一朝得策稱高賢。
> 不須置酒新亭座，惆悵中原烽火邊。〔註74〕

「海內聲名忝陳李，伊予弱翮難雁行。」「歎君深沈廟廊器，霜鍔輝
輝未嘗試。」都暗藏著陳子龍與韓愈一樣看重孟郊的心意。反觀〈送
宋轅文應試金陵〉一詩〔註75〕，卻大多只是在稱讚年輕才子的才華洋
溢，如「鳳膠麟角世應希」，或是「操筆飛英縱所如」云云。其中期
許的輕重，三人情誼的厚薄，仍然顯而易見。

　　其實關於陳子龍對李雯的評價，甚至比對宋徵輿的評價還要高這
點，李越深在〈論「雲間三子」文學群體的形成〉一文中就辨析得非
常清楚了。他認爲這主要的原因在於「家世之交」、「同社之交」和「文

　　　　撞鉅鐘。我願身爲雲，東野變爲龍。四方上下逐東野，雖有離別何
　　　　由逢？」詳見唐・韓愈著，錢仲聯集釋：《韓昌黎詩繫年集釋》全 2
　　　　冊（上海：上海古籍出版社，1994 年 1 月），上冊，卷 1，頁 58～59。
〔註73〕唐・韓愈著，錢仲聯集釋：《韓昌黎詩繫年集釋》全 2 冊，上冊，卷
　　　　1，頁 12。
〔註74〕明・陳子龍著，施蟄存、馬祖熙標校：《陳子龍詩集》，卷 9，七言古
　　　　詩 2，頁 249。
〔註75〕明・陳子龍著，施蟄存、馬祖熙標校：《陳子龍詩集》，卷 9，七言古
　　　　詩 2，頁 250。

字之交」三方面。〔註76〕一如陳子龍寫的〈盛孺人傳〉所言：

> 雯與子龍最善。繕部公與先屯部稱同年生。交相得也。而
> 雯長子龍一歲。然當幼小時。先君仕京師。雯從繕部公宦
> 東越。故不相見。年二十。始獲交雯兄弟。一見如故人。
> 登堂較藝。月無虛日。而孺人則益烹鮮沸清以供客。間聞
> 子龍等論議。謂雯曰。汝客皆天下士也。宜益厚之。而雯
> 亦自喜。〔註77〕

「繕部公」指的是李雯父親李逢申。而「先屯部」指的是陳子龍的父
親陳所聞。兩人除了恰巧是同年出生，他們更有著同鄉之間的友好情
誼，即其所謂「交相得也」。按《〔嘉慶〕松江府志》記載：「陳所聞。
字無聲。華亭人。祖鉞。好任俠。」〔註78〕又陳所聞和李逢申均是「萬
歷四十七年進士」〔註79〕。為此，陳子龍和李雯都因為他們父親交厚
的關係，原早已結緣甚久。只是後來兩家大人都各有前程，多年來才
斷了聯係。一當陳、李二人再度相交，所謂「始獲交雯兄弟。一見如
故人。登堂較藝。月無虛日。」那兩家關係才顯得更為密切，李雯的
母親盛孺人也才得知李雯結交的陳子龍與其他人等，皆是才德非凡之
人。而陳子龍亦可以藉此了解盛孺人之為人「性至孝」，以及她對李
家上下的「寬厚慈愛自天性」。〔註80〕

　　再回到宋徵輿的〈雲間李舒章行狀〉當中，宋氏就寫到了陳、李
二人相識的過程，前者又是如何由衷把後者推上雲間文壇的群體當
中，提高後者的文學知名度及其地位。文曰：

〔註76〕 李越深：〈論「雲間三子」文學群體的形成〉，《浙江大學學報》人文
社會科學版第 39 卷第 3 期（2009 年 5 月），頁 193～194。
〔註77〕 明・陳子龍撰，上海文獻叢書編委會編：《陳子龍文集》上下冊，下
冊，安雅堂稿，卷 11，傳 2，頁 322。
〔註78〕 清・宋如林修，清・孫星衍、莫晉纂：《〔嘉慶〕松江府志八十四卷
首二卷圖經一卷》經部，地理類，第 688 冊，卷 55，頁 629。
〔註79〕 清・宋如林修，清・孫星衍、莫晉纂：《〔嘉慶〕松江府志八十四卷
首二卷圖經一卷》經部，地理類，第 688 冊，卷 55，頁 629～630。
〔註80〕 明・陳子龍撰，上海文獻叢書編委會編：《陳子龍文集》上下冊，下
冊，安雅堂稿，卷 11，傳 2，頁 322。

時同郡陳臥子子龍。初舉孝廉。名籍甚。性一往。無所推
許。見舒章詩文。則灑然改容。曰。此空同、于鱗間人也。
走其舍與定交。因偏贊其文于諸公。諸公無不自謂高材。
生見舒章文。又無不人人自謂勿如也。臥子方盛自負。得
舒章氣益壯。兩人深相信。各有所論著。輒自方古人。高
自位置。聞者大駭。已而姑蘇姚學士現聞、會稽倪學士鴻
寶亟稱兩人才。桐山方密之以智。時以儁才聞于江北。起
而應之。于是海內翕然稱雲間之學。好文者爭言陳、李矣。

〔註81〕

然而宋徵輿在此的記載亦是有所失誤的。因為一如同前文引陳子龍自
撰年譜所言，陳氏在崇禎二年（1629）己巳就已經和李雯訂交。而到
了崇禎三年（1630）庚午，陳子龍才初舉孝廉。〔註82〕那麼宋徵輿說
二人認識在崇禎三年（1630）庚午之後，當然不可信。

　　繼而是陳子龍可以結識李雯，這對於前者而言更無疑喜出望外。
他獨具慧眼地認定「讀其文。自顧弗如也。」〔註83〕又說「今天下之
詩。未有過於舒章者也。」〔註84〕正是前面之所謂「海內聲名忝陳李，
伊予弱翮難雁行。」然而有別於陳子龍和宋徵輿先天性的才華洋溢，
李雯的不同正在於他的文學名聲，緣自於他後天對於學習詩詞歌賦的
努力奮發。

　　李雯賦詩學文的過程，這除了像在〈雲間李舒章行狀〉裏所說的，
李雯是如何「自恨殊甚。發奮閉戶」，如何「伏而讀書。常過夜半。」
從而「久之。學大就。輒著詩賦及他。古文數十百篇。」根據李雯在
〈陳臥子屬玉堂詩敘〉的自述，他更曾表示：

〔註81〕清・宋徵輿撰，四庫全書存目叢書編纂委員會編：《林屋文稿十六卷・
　　　　詩稿十四卷》，第215冊，集部，文稿，卷10，行狀1，頁358。
〔註82〕明・陳子龍著，施蟄存、馬祖熙標校：《陳子龍詩集》，附錄2，陳子
　　　　龍年譜卷上・自撰，頁644。
〔註83〕明・陳子龍撰，上海文獻叢書編委會編：《陳子龍文集》上下冊，上
　　　　冊，陳忠裕公全集，卷7，序1，頁277。
〔註84〕明・陳子龍撰，上海文獻叢書編委會編：《陳子龍文集》上下冊，下
　　　　冊，安雅堂稿，卷1，序1，頁28。

今江南之士。好作詩者。臥子及余。年相若也。而臥子固
少。又先余作詩凡十餘歲。蓋自其先工部時。臥子方弱齡。
甫握觚槧。輒竊有所作。作又奇麗。而余于是時方捕鳥雀、
跳虎子。瓦雞奇蟲。是爲弄好。年長矣。稍知讀書。二十
出。與臥子交。又三年而始學作詩。則臥子固已絕塵而奔。
不可望矣。（石刻本，卷 34，敘 2，頁 494）

於是李越深便據此推斷李雯進行詩歌創作的時間，說以上的引文給
了我們兩點提示：

其一，李雯作詩晚於陳子龍十餘年，子龍是於天啓二年
（1622）十五歲時師從王元玄（字默公）開始學習詩賦的。
其二，李雯於崇禎二年（1629）與陳子龍訂交後又三年方
始學作詩。如此推算，李雯作詩約始於崇禎四年（1631），
不晚於崇禎五年（1632），因爲編成於崇禎五年的《幾社壬
申合稿》已收入李雯詩多首。〔註85〕

李越深的推斷當然是非常貼近事實的。這可以在李雯的〈水讓居稿
敘〉裏獲得證明。李雯說：

余少不學問。年二十少知讀書。以爲工博士家言。取士資。
矜流俗。如是止耳。又三年而慕古文詞。學作古文。又一
年而慕詩賦。學作詩賦。始願之所及。蓋未至于此。一旦
交遊諸君子間。奮其愚心。操弄毫穎。目潤意奢。風尚彌
屬也。（石刻本，卷 34，敘 2，頁 496）

那麼由此我們也可以補充李越深的推斷，即李雯「年二十少」才「知
讀書」。此時大致在天啓六年（1626）丙寅左右。而又三年之後，即
崇禎二年（1629）己巳，他才嚮往著古文上的創作。因此，李雯「學
作詩賦」的時間還要晚於他嚮往於創作古文的時間，即崇禎三年
（1630）庚午左右李雯才開始詩賦的創作。李雯以其奮發努力的文學
名聲，更爲他在復社和幾社當中獲得非常崇高的地位。根據杜登春的
《社事始末》所記載：

〔註85〕李越深：〈論「雲間三子」文學群體的形成〉，頁 194。

嗚呼。復社自己巳至辛巳。十三年中。凡三大會。至西銘
之變。海內會葬者萬人。壬午之春。又大集虎阜。維揚鄭
超宗先生元勳。吾松李舒章先生雯爲主盟。桐城方密之先
生以智。伊弟直之。其義孫振公先生中麟。合肥龔孝叔先
生鼎孳。溧陽陳百史先生名夏。宋其武先生之繩。江右曾
庭聞先生傳燈。武林登樓諸子。如嚴子岸先生灝。嚴子問
先生津。嚴子餐先生沆。吳錦雯先生百朋。陸麗京先生圻。
陸鯤庭先生培。陳元倩先生朱明。吳岱觀先生山濤。禹穴
張登子先生陛。及錦雯之徒丁子飛濤澎。海鹽范文白先生
驤。查伊璜先生繼佐。彭仲謀先生孫貽。嘉興陳子木先生
恂。徐亦于先生枏臣。曹秋嶽先生溶。秦中韓聖秋先生詩。
楚中杜于皇先生濬。白下郭臥侯先生亮。余澹心先生懷。
鄧孝威先生漢儀。葉天木先生舟。白孟調先生夢鼎。白仲
調先生夢鼐。武進唐采臣先生德亮。戚价人先生藩。董玉
虯先生文驥。維揚冒辟疆先生襄。吳門黃心甫先生。暨前
所稱諸先生之子弟。雲間之後起皆與焉。其它各省名流。
余不能悉得之。長兄端成。及內父無近。公所傳稍稍憶及。
嗣後復社之大會。無復再舉矣。復社之大局雖少衰。而吾
松幾社之文會則日以振。〔註86〕

可以想見張溥在世之時，虎丘大會本已規模盛大。而當張溥去世之
後，眾人以李雯爲首，主盟此次大會。這應屬當是時文壇群彥給予
李雯一個莫大的肯定。而且此次大會蜂附雲集，杜登春還說就屬這
次以後的復社大會，「無復再舉矣」。且看杜氏所列舉出席此大會的
當世名流，其中方以智、龔鼎孳、陳名夏、曹溶與李雯有著不可斷
開的命運交集。其他諸子更與李雯或有唱和，抑或他們在清初以後
有著一定的文學地位（如查繼佐、彭孫貽、冒襄）。顯然李雯在於當
世的優越知名度，恐怕是不能隨意忽視的。

〔註86〕 清・杜登春著，《中國野史集成》編委會，四川大學圖書館編：《社
事始末》，摘自《中國野史集成》51 冊（成都：巴蜀書社，1993 年
11月，昭代叢書道光本戊集續編），第 27 冊，頁 636。

　　儘管在這段期間雲間文學亦隨之逐漸興起，即杜登春之所謂幾社文會「則日以振」，然而這並無助於李雯後來在明朝的仕途。而陳子龍在仕途上的際遇（甚至是後來仕清的宋徵輿）卻比及李雯順遂得多。陳子龍尤其在崇禎十年（1637）丁丑中舉進士以後，他亦不時賦詩以勉勵李雯。如〈歲暮懷舒章・八首〉其四〔註87〕、〈宋廷尉九青先生極稱舒章詩又謬賞鄙作賦此以慰舒章〉〔註88〕和〈立春前三日寄舒章京師〉〔註89〕不等。李雯在明詩殿軍、一代詞宗的眼裏，其重要性可想而知。

第四節　遭難、遭忌與仕清、葬父

　　如同前面所說，崇禎十六年（1643）癸未，李逢申二兒子李霙爲其伸冤得白之後，李逢申就被重新召入京師，並或者官復原職。此時的李雯除了副貢生的身分，仍未有半點更高的功名，而他也隨從其父，一次又一次地趕赴上京，侍奉於左右。只是這期間的前後，李雯雖說是趨近了天子腳下，然而他並不覺得特別輕鬆快樂，或有所作爲。一如宋徵輿在〈李舒章詩稿序〉裏是這麼記載著李雯進京前後的感受。他說：

> 李子既從其尊大人北征閱月。而走書一章告余曰：「我浮淮上。濟千里而遙。冷風之所吹。狐、狼、烏、鳶之所啤。我是涉是寢。我肌骨焦黑。我所見者。敝車病馬。我所行者。百里而無人。我無所休息。我無所告哀。」

> 又閱月。則已抵京師。復走一章告余曰：「雯出無羸馬。居無披裘。效蟄物室穴。以禦盛陰。壯士顏色盡矣。富貴者

〔註87〕明・陳子龍著，施蟄存、馬祖熙標校：《陳子龍詩集》，卷17，七言絕句，頁582。

〔註88〕明・陳子龍著，施蟄存、馬祖熙標校：《陳子龍詩集》，卷15，七言律詩3，頁502。

〔註89〕明・陳子龍著，施蟄存、馬祖熙標校：《陳子龍詩集》，卷10，七言古詩3，頁281。

宜市朝。貧賤者安丘澤。而雯之行藏。反覆如是。魚入鼠穴。其口囁囁。鹿登牛塲。其視遑遑。使高世之士知有李雯。豈不病耶。」

最後得一章則又告余曰：「都下所遇。有華州東孝廉雲雜。青州趙大行輟退。萊陽姜舍人如須。素所知者。則桐城方密之。本郡朱早服。是五君者。風雅之選也。我雖抑鬱不自得。相與上下。薄有所作。亦以自廣身。旣卑賤無所能見。然《小雅‧巷伯》。猶不廢其感焉。古人運覽結髮。我以篇章當之也。兼欲宋子共勵之。」〔註90〕

由此可見，李雯在這段期間實是極其羞慚之能事。他哀怨自己的對於功名的無能爲力，儘管李逢申把他帶在身邊，自也是想爲其籌謀，並增加李雯在天子眼中的能見度。然而走往京師的路途上，他跋涉了千里之遙，卻仍舊見無所能見。正如李雯〈古詩一百首‧其二十三〉之所謂「驊騮思伯樂。寶劍待風胡。」（石刻本，卷10，五言古詩2，述感2，頁293）他並沒有什麼被任人唯賢，人盡其才的際遇。又如〈古意‧其一〉說的「妝成不可見。楊柳深春院。」（石刻本，卷11，五言古詩3，述感3，頁307）直到了京師以後，他更只能軟弱地表示自己像多藏的動物，無法因爲誰的賞識而出頭露面。「富貴者宜市朝。貧賤者安丘澤。」生活過得如魚如鼠，如鹿如牛。他常思度著就算有人知道李雯這號人物，會否亦有著見面不如聞名之憾？正如同宋徵輿隨後也認同，李雯至此仍不是那個「馳驅周道給王事也」的人物，他更沒有「京洛遊戲丈夫壯遊」的勢能。〔註91〕

這樣的不偶而又企望能被發現的複雜感受，一直圍繞在李雯心中，好幾年來都不能自拔。翻看這前後好些他寫給別人書信，李雯也一再表達著自己心中的鬱鬱寡歡。如〈與吳子遠書〉一文，他說：

〔註90〕清‧宋徵輿撰，四庫全書存目叢書編纂委員會編：《林屋文稿十六卷‧詩稿十四卷》，第215冊，集部，文稿，卷2，序，頁271～272。
〔註91〕清‧宋徵輿撰，四庫全書存目叢書編纂委員會編：《林屋文稿十六卷‧詩稿十四卷》，第215冊，集部，文稿，卷2，序，頁272。

丈夫遇明主。爲上將。折衝千里。封侯萬戶。馬革裹尸。
乃其由來許國之願。又復不關年齒矣。向使伏波生於今日。
窮在青氈之上。老在棘墻之下。聚米之志不及展。站鳶之
景不及見。行無下澤車。出無欵段馬。使馬棧下黃口小兒。
三年一揶揄之。吾不知能更作此語否。即作此語。又誰爲
聞之。而誰爲傳之耶。嗟乎。儒冠之禍。使我父子相望。
僮僕相侮。妻妾詈語。朋友曠疎。獨行無聊。呫呫書壁日。
烏鵲爲上賓。旭日爲慈母。望乞兒若神仙。視雞狗如龍象。
當此之時。無論人類凡有血氣者。皆勿若之矣。(石刻本，卷
36，書2，頁516)

所謂「又誰爲聞之。而誰爲傳之耶。」不正是李雯久久「無所告哀」
的哀思銜悲嗎？到了〈報顧偉南書〉一文，李雯話說的也就更直白了：

總是失志之民。倀倀靡騁。雖云侍親宦遊。雅非素願。一
入京華。所稱太息流涕者。萬倍曩時。君乎。牧乎。余將
誰告。惟仰視天蒼蒼。而日芒芒耳。上不能與梅福、董養
之儔。高蹈遠見。絕跡風塵。下不能爲郇模男子。披髮持
畚。一字一事。上悟至尊。乃呫呫持敝帚。補縫掖。踢促
車馬間。或問其鄉里姓氏。則曰此待兩年後。鄉貢試諸生
李雯者也。偉南幸知雯。則聞而悲之。使世復有如偉南者。
不嘖而笑之乎。(石刻本，卷36，書2，頁524)

李雯在許多文章或詩詞裏都難不免流露著一股自憐自艾的嗟卑口
氣。他志願很大，一如在〈詠懷·其八〉裏，李雯似乎在說著自己：
「少有鳳凰志。十年不一飛。」(石刻本，卷11，五言古詩3，述感
3，頁304)他「以布衣諸生。再遊京輦。落落之性。入於炎炎之場。
去風雅而親塵沙。懷牢騷而對軒冕。中情憤懣。如何可言。」(〈與陳
臥子宋轅文書〉)幸虧，他在京師裏結識了不少志同道合的名人才士。
藉此增加了相互應和的創作或學習的機會，多少能充實他近似無以爲
繼的生活，並且淡化他一些不偶的怨誹與惆悵。其中最知名的相交應
莫過於他與哲學家方以智來往甚密的關係。他們之間多有相互憐惜的
書信、詩作之來往，這也算是李雯困頓不堪中一點的難得機緣吧。

　　儘管因爲書寫的緣故，李雯把自己描繪得很是不堪。然而他亦曾透過不少途經盡可能表現自己才能。最明顯的例子是陳子龍不斷把他介紹給當世一些名流認識。如〈與吳恭順國華・丁丑〉〔註92〕、〈與吳駿公太史〉〔註93〕和〈上石齋座師・壬午〉〔註94〕，陳子龍都盡可能在書信中提及李雯的優點，希冀對方可以扶攜提拔。其中恭順侯是明朝重臣，吳偉業更是當時文名卓著一時俊彥，黃道周則爲明末忠義之士。而陳子龍在〈上石齋座師・壬午〉裏說：

> 同郡李雯字舒章。品識端朗。才致淹雅。子龍之畏友。如
> 在師門。登堂之彥也。山川間阻。未承提命。然平生標準。
> 實同陶冶。迹其所至。異日必爲國家諍士。故子龍敢爲介。
> 以其所上書達於左右。幸我師收之宮牆。賜以一言之教。
> 則李生益自奮勵。亦我師中陵之教育也。〔註95〕

爲此，李雯便也汲汲營營融入朝廷上下的關係圈子裏。其中他更寫下了〈上李括蒼閣學書〉（石刻本，卷37，書3，頁526）、〈上方閣學老師書〉（石刻本，卷37，書3，頁527～534）和〈再上李閣學書〉（石刻本，卷37，書3，頁534～535）等書信，洋洋灑灑，暢談自己對於國事的憂慮，以及晚明以來那政治、經濟、軍事、法律、官制、賦稅、人才等諸多方面的精深思辨。他甚至還在〈上方閣學老師書〉一文中提及「聖志之當啓」（石刻本，卷37，書3，頁527）作爲其對時政之首要見解。這不可不謂有志於世，而相當積極主動，甚至膽大疏狂。他更寫下了兩首類似干謁的古詩，名爲〈上李括蒼老師〉，或是希冀藉此而能獲得一點關注。詩曰：

〔註92〕明・陳子龍撰，上海文獻叢書編委會編：《陳子龍文集》上下冊，下冊，安雅堂稿，卷14，書牘2，頁406～408。

〔註93〕明・陳子龍撰，上海文獻叢書編委會編：《陳子龍文集》上下冊，下冊，安雅堂稿，卷14，書牘2，頁411。

〔註94〕明・陳子龍撰，上海文獻叢書編委會編：《陳子龍文集》上下冊，下冊，安雅堂稿，卷14，書牘2，頁437～439。

〔註95〕明・陳子龍撰，上海文獻叢書編委會編：《陳子龍文集》上下冊，下冊，安雅堂稿，卷14，書牘2，頁439。

幽谷想離升。暘旱待雲興。俯仰瞻皇塗。跂予懷世英。夫子攫汾澮。恒岳揚精英。珪璋旣森富。武庫亦縱橫。華鍾鏗在懸。發言盈形庭。恭承屬光眎。吐握俄已傾。豁達恢世網。慷慨異朝纓。應龍匪虛躍。丹鳳不妄鳴。眷言整黃裳。大業欣躋登。昭此下世士。拭目觀承明。（石刻本，卷13，五言古詩5，贈答，頁323）

承明何業業。高雲翼華榱。槐棘羅南榮。燕雀繞戶飛。念此周披垣。大廈待天支。王明簡帝臣。哲匠痛頹維。更絃鳴寶瑟。鵠鼎賴和齊。伊予蓬室士。局促安所知。義同漆女憂。心興杞人思。誰言腹背羽。不爲六翮資。大海挹流泉。太山納隆坻。將母總羣策。慚此長渴饑。（石刻本，卷13，五言古詩5，贈答，頁323）

此詩雖屬於有所爲而作，並且文辭隱晦，典重有餘，不過詩裏說「伊予蓬室士。局促安所知。義同漆女憂。心興杞人思。」卻不是李雯的虛言空說。實際上，這何嘗不是李雯一直希望能施展抱負，積極用世的積極表現？因此李雯在崇禎末年便眞獲得方岳貢和李建泰的賞識。

一如清代葉夢珠在《閱世篇》裏的記載：「長子舒章雯，以文望傾動士林，亦由相國所薦，待詔金馬」。〔註96〕方岳貢和李建泰當眞舉薦了李雯給崇禎皇帝。所以李雯才會在〈再上李閣學書〉裏說自己「過蒙老師噓獎。至以姓名上聞。至尊諸生。得此逾分溢榮。未知捐麋何所。」（石刻本，卷37，書3，頁534）李雯是雲間三子中唯一親沐皇恩的人。〔註97〕只是李自成大軍驟至，李雯「未及登仕」，還

〔註96〕清・葉夢珠著，來新夏點校：《閱世篇》10卷，卷5，頁138。
〔註97〕按：李雯後來曾寫作一篇〈大行皇帝輓詩〉共十首。其九說：「憶昔今王月。蓬萊仗甫移。微名勞玉指。陋質隔龍墀。幹棄非明主。藏身荷聖慈。及今憂國淚。難洒萬年枝。」爾後李雯有一段小序在此詩下寫道：「今春曲沃、縠城以賤名上達先皇。先皇問其字作何寫。宰相以雯字對。先皇親書御几。幸未授官。得全其生。故云。」此事恐誠爲李雯所恨恨難平，卻也正是李雯沒有選擇一死以謝皇恩的關鍵所在。這正是因爲他並沒有獲得官位的緣故。詳見石刻本，後集，卷2，五言律詩，頁660。

不曾得到崇禎皇帝的任用，就「會甲申之變」了。〔註98〕此時李雯的
父親不但死於闖難，李雯自己更在登仕夢碎之後，身陷偽朝險地。宋
徵輿在〈雲間李舒章行狀〉裏便曾寫道：

> 明年三月。京師陷于賊。水部公竟殉難。時舒章已不食四、
> 五日。絮血行乞。僅得棺。朝夕捧一壺漿。跪而奠父前。哭
> 不絕聲。又餓且病。形狀變易。幾死矣。會　朝廷以大兵破
> 賊。遂收京師。而舒章守父骨不復動，氣息奄然。〔註99〕

李雯當真有萬般不得已。就像是在陳子龍眼裏，李雯的母親盛孺人是
「性至孝」的。李雯受其教育薰陶，又何能棄置老父屍首於不顧？入
清後李雯曾在〈李子自喪亂以來追往事訴今情道其悲苦之作得十章〉
一詩中就說得很明白了：

> 君子有明訓。忠孝義所敦。豈曰無君父。背之苟自存。念
> 我親遺骸。不能返丘園。偷食在人世。庶以奉歸魂。彼軒
> 非我榮。狐白非我溫。太息儔侶間。密念誰見伸。落日悵
> 悠悠。策馬望中原。枯蓬飛爲塵。猰㺄居人垣。造物豈我
> 私。氣結不能言。（石刻本，後集，卷1，五言古詩，述憫，頁655）

李雯不是不知道報國死君的道理。然而他曾在一首〈五言古〉裏說
道：「亡國無貴士。興朝無素功。雖懷女蘿心。恐未當長松。」（石
刻本，後集，卷4，十體詩花朝社集秋岳絲限韵，頁684）天意既然相乖，
自身能力有限，老天爺硬是把李雯推上了不得不盡孝，而難以盡忠
的悲劇命途。孝與忠的命題在他看來似乎是兩相對等的道德價值
觀。因此這裏頭就並沒有所謂「無君父」的困窘命題，以至於「偷
食在人世。庶以奉歸魂。」他就非要到了幾近與老父一同駢死京師
之際，正如宋徵輿所說：

> 侍御曹公秋岳見而憐之。謂少司馬金公豈凡曰。是故所稱
> 雲間李雯者也。以父喪故在此。旦暮不得食。即死耳。于
> 是兩公同薦之內院。給饘粥舒章就食。一、二日稍蘇。內

〔註98〕 清・葉夢珠著，來新夏點校：《閱世篇》10卷，卷5，頁138。
〔註99〕 清・宋徵輿撰，四庫全書存目叢書編纂委員會編：《林屋文稿十六卷・
　　　　詩稿十四卷》，第215冊，集部，文稿，卷10，行狀1，頁358～359。

> 院試令撰宣諭北直、山左、河北詔書。則援筆立就。諸公
> 大稱善。即用其文布告中外。傳至江左。識者皆曰。此李
> 生筆也。以是知　今朝廷得士焉。內院諸大學士既奇舒章
> 才。則強之以官。薦授內翰林弘文院誥敕撰文中書舍人。
> 時甲申之秋也。〔註100〕

李雯至此便正式成為了降清兩截人。深究李雯從未當過明朝官員的身分，仕清應當算不上貳臣。然而李雯終究是明朝子民，他更是一個具備士人傳統的價值觀念、書聲琅琅的端然讀書人。為了曲盡孝道，不讓李逢申客死異鄉，並將其靈柩盡可能送返故土，他選擇悖離了儒生忠君報國的價值觀，偷生苟活，並聽取了貳臣曹溶、金之俊的建議，成為清朝中樞內院翰林院的中書舍人。

　　而中書舍人又屬於什麼樣的職位呢？其實中書舍人在魏晉南北朝期間實權日重，並曾一度權傾天下。不過到了明清兩代，中書舍人「僅掌書寫誥敕等事。清代一般稱中書刻中書，已降為低級的文官」〔註101〕。儘管如此，明清文人對於這樣的職位仍有非常大的期待與肯定。尤其湊巧地是，陳子龍就曾寫過一篇〈百官箴〉以表達對於為官者應有本分的告誡與規勸。裏頭正有「中書舍人」一條。其文曰：

> 中書政本。古稱機衡。舍人要職。入參國經。歷代委任。
> 或重或輕。潤飾王言。惟官之典。苟非才雋。其文弗顯。
> 國有詞命。王有訓誥。服我聖謨。彰我文告。居室以善。
> 千里奉教。明如日月。而煥夫大號。夙夜出納。弘宣帝道。
> 蓋言者動於天而應於人。安可以不誠。姤以施命。而重巽
> 風行。得說乃雍。實代武丁。仲虺數桀。矯誣布命。慎爾
> 出話。而武稱睿聖。舍臣司詔。敢告執政。〔註102〕

「苟非才雋。其文弗顯。」「服我聖謨。彰我文告。」「蓋言者動於天

〔註100〕清・宋徵輿撰，四庫全書存目叢書編纂委員會編：《林屋文稿十六卷・詩稿十四卷》，第215冊，集部，文稿，卷10，行狀1，頁359。

〔註101〕俞鹿年編著：《中國官制大辭典》上下冊（哈爾濱：黑龍江人民出版社，1992年10月），上冊，頁190。

〔註102〕明・陳子龍撰，上海文獻叢書編委會編：《陳子龍文集》上下冊，下冊，安雅堂稿，卷12，箴，百官箴，頁344～345。

而應於人。安可以不誠。」說的都是中書舍人應有的特質和本分。試想這篇章倘若看在李雯眼裏，又怎能不是既苦又澀的滋味？李雯已然身為新朝官員，並以文望傾動朝野；他不但「援筆立就」那些「援宣諭北直、山左、河北」的詔書，清初以後更盛傳他為攝政王多爾袞揮兵南下賦寫了一篇〈清攝政王遣副將唐起龍致史可法書〉〔註 103〕。這檄文措辭機巧，既動聽得體，卻也咄咄逼人。閱讀過的人都覺得此與〈史可法答書〉〔註 104〕俱為歷代檄文之佳構。

　　李雯文友宋琬便曾在〈重晤李舒章〉其一裏是這麼形容著李雯賦寫檄文的心念。詩曰：

> 漠漠陰風吹草萊。故人悲喜更銜杯。競傳河朔陳琳檄。誰念江南庾信哀。避地何如金馬署。傷心莫問栢梁臺。蛾眉自昔逢謠諑。嗟爾登高作賦才。〔註 105〕

用陳琳寫檄文的文采來比喻李雯的檄文，用庾信羈留北周的遭遇比喻李雯的現況。是故葉嘉瑩曾為此解說道：

> 宋琬典故用得很巧妙，他把松江李雯之被留在北方比作江南庾信。而作為江南人的庾信一直不忘故國，所以寫了《哀江南賦》。宋琬寫這兩句詩的意思是說：大家都傳說李雯為滿清在河北寫了這篇檄文，誰又知道他寫這篇檄文是非常不得已，他有像南朝江南庾信那樣的悲哀。（〈從雲間派詞風之轉變談清詞的中興〉）〔註 106〕

〔註103〕 清‧計六奇撰，《中國野史集成》編委會，四川大學圖書館編：《明季南略》，摘自《中國野史集成》全 51 冊（成都：巴蜀書社，1993年 11 月，都城琉璃廠半松居士排字本），第 36 冊，卷 7，甲申九月，頁 555～556。

〔註104〕 清‧計六奇撰，《中國野史集成》編委會，四川大學圖書館編：《明季南略》，摘自《中國野史集成》全 51 冊，第 36 冊，卷 7，甲申九月，頁 556～558。

〔註105〕 清‧宋琬撰：《安雅堂未刻稿八卷入蜀集二卷》（上海：上海古籍出版社，2002 年 4 月，《續修四庫全書》據清乾隆三十一年刻本影印），第 1405 冊，集部，別集類，第 4 卷，頁 165。

〔註106〕 葉嘉瑩著：《清詞叢論》（北京：北京大學出版社，2008 年 4 月），頁 12。

李雯既為降清兩截人，他有他不願意盡心扮演的新貴官員的角色，而後他卻被迫寫下似乎不為少數的檄文，用清朝官員的身分聲討尚在南方的前明政權。他心底的痛苦是可想而知的。以至於〈清攝政王遣副將唐起龍致史可法書〉這樣的「大偽之文」〔註 107〕是不是李雯所寫，至今雖猶未確知。然而後人至今都認定了「一時詔誥。咸出其手。」〔註 108〕他們甚至願意相信，這一篇如斯重要的〈清攝政王遣副將唐起龍致史可法書〉更是李雯代筆寫就。舉如清代皇室和碩禮親王（後來革爵）昭槤便曾在《嘯亭續錄》裏這麼評論此事：

> 純皇帝嘗閱《睿忠王傳》，以其致明史忠正公書未經具載回札，因命將內閣庫中所貯原稿，補行載入，以備傳世。真大聖人之所用心，初不分町畦也。嘗聞法時帆言，忠王致書乃李舒章雯捉刀，答書為侯朝宗方域之筆也。二公皆當時文章巨手，故致書察時明理，答書義嚴詞正，不惟頡頏一時，洵足以傳千古，亦有賴忠王、閣部二人之名節昭著故也。〔註 109〕

後來清代劉錦藻也特別在《皇朝續文獻通考》裏記載道：

> 方濬師內閣中書題名跋曰。有明甲申之變。我　世祖削平流寇。定鼎燕京。華亭李公雯參攝政睿親王幕府。維時福藩僭位。南都馬、阮諸黨乘間肆其殘虐。睿邸致道鄰閣部一書。責以春秋大義。洋洋灑灑。名正言順。實出華亭手。雖閣部答書。亦極鯁直。究不能不為之心折。二百年來。傳誦人口。〔註 110〕

而且近人如鄧之誠更在《清詩紀事初編》裏寫說：

〔註 107〕劉勇剛著：《雲間派文學研究》，頁 88。

〔註 108〕清・黃之雋等撰：《江南通志》精裝 5 冊（臺北：京華書局，1967年 8 月，清・乾隆二年重修本），第 5 冊，卷 266，人物志，文苑，松江府，頁 2798。

〔註 109〕清・昭槤撰，何英芳點校：《嘯亭雜錄》（北京：中華書局，1980 年12 月），嘯亭續錄，卷 3，頁 464。

〔註 110〕清・劉錦藻撰：《皇朝續文獻通考四百卷》卷 242 至卷 312（上海：上海古籍出版社，2002 年 4 月，《續修四庫全書》），第 819 冊，史部，政書類，卷 276，頁 344。

雯負才名，官中書，一時詔告書檄，多出其手。致史可法
書，其最著也。近從內閣大庫檢出攝政王致唐通馬科書稿
各一通，亦其手筆。是時草創方始，舍人之職綦重，多擢
卿寺方面。龔鼎孳嘗疏薦李雯，稱為文妙當世，學追古人
之李雯，國士無雙，名滿江左，石祿天祿，實罕其儔。陳
名夏尤交相引重，非無騰驤之路。又其時給假至難，雯卒
前一年，南歸葬父，期以經年，頗稱異數，必有大力左右
之者。乃憂傷憔悴以卒。〔註111〕

葉嘉瑩也曾在她的講演稿裏表示：

我所看到的是手抄本一冊，所收錄的就是李雯當了清朝中
書舍人時替清朝所寫的那些文章，其中就有這一篇給史可
法的信。他底下注的很清楚，是「代洪承疇作」，所以大家
都說是洪承疇寫的檄文，其實是李雯的代筆。(〈從雲間派詞
風之轉變談清詞的中興〉) 〔註112〕

後來劉勇剛更從李雯善於代言模擬的習作當中，讀出了他極有
可能寫作此文的事實性。〔註113〕然而這對李雯而言始終是人生一大
污點。當他終於被統治者所任用時，卻已是明清易代之後的事。在
上位的人是異姓皇帝，不是那個將要器重於他的崇禎。李雯有一首
〈李子自喪亂以來追往事訴今情道其悲苦之作得十章〉其三便把他
當時的心情寫得特別傳神了。他說：

富貴非我鄰。我生獨不辰。龍胡不可望。雉昧貽我親。枯
楊梯為棺。蓬蔝屈為衾。哀號從虎穴。擗踊俱未伸。白刄
挾道周。側之城南垠。竄身瞀井間。別棘誠苦辛。(石刻本，
後集，卷1，五言古詩，述慟，頁655)

〔註111〕 鄧之誠撰：《清詩紀事初編》全2冊 (上海：上海古籍出版社，1984
年2月新1版)，頁475。
〔註112〕 葉嘉瑩著：《清詞叢論》，頁12。
〔註113〕 劉勇剛著：《雲間派文學研究》，頁84～88。按：劉氏說陳名夏與李
雯並無交往，又怎麼會如此引重李雯？此話多有不實。因為陳名夏
亦曾參與李雯所主盟的虎丘大會。可以說陳名夏是復社中人。兩人
並非不相識。

富貴本非他所好。不偶便是時不予他的不可抗拒的命數。爾後偏偏又
讓他遭逢了亡國、喪親之痛，此李雯〈甲申夏日寫懷〉之所謂「父讐
國難兩茫茫」（石刻本，後集，卷3，七言律詩，頁669）。若不是一
邊因悲傷而呼號痛哭，一邊聽從了建議，屈仕清朝這等龍潭虎穴，他
恐怕仍舊得用凋枯的楊樹樹木作為他父親的棺木，用葦或竹編成的粗
席，將就作為他身上的衣服。這亦是他不能預想的結果吧。於是他只
能軟弱地，試圖謹守這餘下人生僅有的職務。一如宋徵輿在〈雲間李
舒章行狀〉裏說：

> 舒章名以文得官。而其友稱譽之過當。于是忌者日益甚。
> 乙酉八月與北闈分考。所取士皆選。忌者爲蜚語曰。舒章
> 且考授內院編檢。御史某遂露章爭之曰。故事非進士。不
> 官翰林。李某諸生。不當得此官。有　詔詰御史。何以知
> 李某且官翰林。具以狀對。御史窘。即引翰林數公以自救。
> 章竟下。刑部給事中某爭之不得。諸公三置對。事始解。
> 各罰俸有差。而舒章亦不自得。思告歸矣。丙戌秋。請假
> 葬父。得　俞旨。奉水部公柩。馳傳歸里。〔註114〕

宋徵輿或雖基於厚道，而不把御史某和刑部給事中某的姓名給寫出
來。不過按談遷在《北遊錄》裏「李雯」條目下的記載：

> 華亭李雯舒章。甲申寓燕。仕清爲中書舍人。凡大制作多
> 出其手。少宰陳名夏。欲推陞內翰林。學士胡統虞。御史
> 張端不欲也。喉給事中陰潤劾少宰樹私。奪祿三月。雯內
> 艱。不允奔喪。後告歸一載。即入朝。中晹道卒。〔註115〕

樹大招風風撼樹，李雯既身爲清朝新貴，裏頭雖不能確定有無參雜李
雯心中諸多的不願，才會借著被彈劾的事件而有著「亦不自得」之感。
不過這不自得的感受，恐怕還是和朝廷不允許他回家埋葬老父的事情

〔註114〕　清‧宋徵輿撰，四庫全書存目叢書編纂委員會編：《林屋文稿十六
卷‧詩稿十四卷》，第215冊，集部，文稿，卷10，行狀1，頁359。
按：「戍」字當爲「戌」字。

〔註115〕　清‧談遷撰，汪北平點校：《北遊錄》（北京：中華書局，1960年4
月），紀聞下，頁369。

脫離不了干系。畢竟李雯要安葬李逢申才是他仕清的最大目的。他曾在〈九日又和令昭〉裏說道：「思吾生处惟鄉土。滯洛浮沉豈宦遊。」（石刻本，後集，卷 4，七言律詩，頁 678）然而從甲申春去前，到清順治三年（1646）丙戌夏天至秋天左右，李雯才如願告歸的把李逢申之靈柩運返松江。可以說，他已經沒有任何身分去對明朝盡忠了，此李雯〈旅思〉之所謂「家國今何在。飄零事日非。」（石刻本，後集，卷 2，五言律詩，頁 661）夏完淳〈人日懷舒章〉之所謂「御柳金堤是。宮花玉燕非。」〔註116〕

　　而到了這般田地，李雯只能完成盡全孝道的試煉。於是在此期間他所面臨的屈辱辛酸──身陷闖賊攻下的京師而幾近餓死；冒著降清兩截之罵名，當上中書舍人；雖有文望於一時，卻也遭忌、遭害──李雯坎坷的心路歷程，真有著不足為外人道的千斤重擔，直教人難以易身處地，而為之設想。

第五節　自卑愧悔與病卒異地

　　若把看待李雯心路歷程分作兩個時期來進行觀察與揣摩，明亡前與明亡後無疑是兩個關鍵的過程。這前後之相輔相成，我們可以在劉勇剛的論述裏獲得不少了解。〔註 117〕比如以後人為之編錄的《蓼齋集》而言，「蓼」是蓼屬植物的泛稱。據說其中有葉味辛，有籽微苦，還可用以調味。因此「蓼齋」之為名，多少透露著裏頭包含了李雯人生經歷所有的停辛貯苦、吞酸茹險之事。

　　「蓼」（ㄌㄧㄠˇ）者，亦可以讀作「蓼」（ㄌㄨˋ）。一如《詩經》中有《小雅》〈小旻之什〉的〈蓼莪〉篇。其中詩曰：「蓼蓼者莪。匪莪伊蒿。哀哀父母。生我劬勞。蓼蓼者莪。匪莪伊蔚。哀哀父母。生我勞瘁。缾之罄矣。維罍之恥。鮮民之生。不如死之久矣。……」

〔註116〕明・夏完淳撰，白堅箋校：《夏完淳集箋校》（上海：上海古籍出版社，1991 年 7 月），卷 5，頁 259。
〔註117〕劉勇剛著：《雲間派文學研究》，頁 58～66。

〔註 118〕此「蓼」雖意指植物高大的樣子，而「莪」才是整篇詩歌當中的主體興發。然而此詩的表達，不正是不能奉養雙親以終老的哀痛之意？

這作者帶點自怨自艾的說到「民莫不穀。我獨何害。」又說「民莫不穀。我獨不卒。」反觀李雯在崇禎四年（1631）辛未左右失去了母親盛孺人。到了崇禎末年，李雯本有機會報效朝廷，以慰對之期待已久的老父。但一夕之間卻也落得國破家亡；李逢申死於闖難，爾後李雯又不能盡孝地把李逢申之靈柩運返故土。李雯泣血行乞，屈意仕清，他何嘗不無李逢申起初那種「自傷爲子無狀，不得大葬太孺人也」（〈封太孺人趙氏墓誌銘〉，錢謙益）〔註 119〕的悲嘆？

無論如何，《蓼齋集》實爲李雯兩位兒子——李詧、李疇與石維崑所編錄。「蓼齋」之意雖不一定確有所指，但李詧、李疇既爲李雯之子、李逢申之孫，其命名緣於李氏家風意志的繼承，是可以推本溯源的。加之《詩經》中亦有《周頌》之〈小毖〉篇。其詩云：「未堪家多難。予又集于蓼。」〔註 120〕亦有「蓼」之意象，所帶出來無限想象的延展性。回到李雯心態自卑的這一焦點上，其實從現有的文獻回顧最初，李雯在年二十餘時就有著明顯的自卑癥狀。一如宋徵輿說李雯因爲「年二十餘爲諸生。口吃不能強記。自恨殊甚。」這就是他輕視自己能力的開端。加上困作諸生此事，本與學習「周、秦以來諸古文辭」以及「漢、魏、三唐諸家詩賦」並無直接的關聯性。可以說，李雯其實是因爲在仕途上的「自恨殊甚」，他才以學習詩詞歌賦來補償自己能力的不足，爭取更多存在於當時社會的優越感，藉此而獲得認同。

這補償自卑的方式當然不容易，卻也是某程度上一種非常成功

〔註 118〕宋・朱熹集註：《詩經集註》仿古字版（臺北：萬卷樓圖書股份有限公司，1991 年 8 月），頁 115～116。

〔註 119〕清・錢謙益著，清・錢曾箋注：《牧齋初學集》全 3 冊，共 110 卷，卷 58，墓誌銘 9，頁 1425。

〔註 120〕宋・朱熹集註：《詩經集註》仿古字版，頁 183。

的自贖途徑。而這樣的方式亦爲歷代多數文人所自覺或不自覺地進行挪用，才造就一代有一代之文學宗風。只是對於李雯而言，詩詞歌賦學有所成，卻終究無法平服那份不能獲得賞識與任用的憂慮、羞恥或若有所失之感。是故我們便不難在李雯諸多詩文中不斷發現自怨自艾的窮言雜語。如在〈與吳次尾書〉所見，李雯說：

> 雯于足下禮在兄事。及乎接言論。見丰采。慷慨歷落。若披長松而拂雄劍。當此之時。未嘗不心折氣下。自視若無物者。足下自此以往。堅壯之節。不失作馬伏波。顧如雯者。又將遠讓朱勃耳。（石刻本，卷35，書，頁505）

此處李雯援用〈馬援傳〉的典故，把吳應箕比作本自覺言行舉止，皆不如朱勃的馬援。然而後來馬援仕途卻遠比朱勃順遂，成爲了伏波將軍、新息侯，朱勃卻仍舊只是一名縣令。李雯說自己「遠讓朱勃」，當然就是因爲自己久困諸生，連朱勃都自覺不如了。

　　李雯具有強烈仕進功名的願想是可以理解的。要不他也不會因爲在仕途上的不偶，而在〈獨立〉一詩慨嘆道：「論交四海將安屬。託志蒼生良自嗤。」（石刻本，卷23，七言律詩1，述感，頁411）又如在〈沈景期詩敍〉裏，李雯曾描寫到：

> 李子遊于谷水之陽。登曠莽之臺。飄風吹衣。水波沉淫。見有羣鳥。啾啾嗆嗆。或集飛蓬。或起榆枋。顧謂沈子曰：此夫物之卑居而愁思耶。茸處而悲吟者耶。抑夫不得其志。姑爲此聲。以自娛者耶。（石刻本，卷34，敍2，頁499）

此段敍述雖不免有「子非魚安知魚之樂」的詰問，然正因爲李雯本身難以擺脫內心裏無以名狀的精神壓力，他把壓力移情至身外的物象，並藉此物象反射出自己的抑鬱不得志。此篇詩敍要說的雖是「悲沈子之徒不遇也」（石刻本，卷34，敍2，頁499），然而又何曾不是李雯內心話語的自我投射？所謂「啾啾嗆嗆」，就如他對於古詩文努力奮發的學習與創作，這正是「以自娛者」的一種方式。

　　以至於李雯曾寫過一首〈蒼鷹詩〉。其詩之小序就是這樣說道的：「寒雲蒼深。北風正厲。仰視飛鷹。動出林末。轉翼揚聲。意無

不可。李子感而嘆之曰。此亦物之感動自得者矣。作此詩。」（石刻本，卷12，五言古詩4，述感，頁313）爾後詩云：

> 孟冬何蕭騷。寒風自北至。浮雲千里陰。桑柘苶然黟。有鳥越荒林。飛揚見鋒銳。遊翼霄漢間。側目飛鳥背。雖無鸞鶴姿。頗有風雲思。時物憑高天。揚音自清屬。不見鳥雀儔。啾啾無氣勢。平生愧此流。身在蓬蒿內。有羽何嘗飛。蒙茸但垂淚。（石刻本，卷12，五言古詩4，述感，頁313）

觀察李雯對於蒼鷹的體悟，此詩說蒼鷹「雖無鸞鶴姿。頗有風雲思。時物憑高天。揚音自清屬。」其實頗有李雯自身的影子在。因爲一流的人物恐怕自有不可磨滅的天資稟賦。然而蒼鷹沒有，它有的只是對於風雲天象的認識，意指有志於時勢的人，具備自身的雄韜大略、高情遠志。然而因爲自己後天的助力不足，即所謂「不見鳥雀儔。啾啾無氣勢。」李雯藉此更進一步的貶抑自身，連此種品類、等級皆有所不如者。因爲自己不是沒有「飛揚見鋒銳」的羽翅，只是他沒有被賞識、不能飛，而越顯得自己軟弱無力的樣子。

　　李雯對自己一直有著過大的期許。這或許是自卑情結所給他帶來過度補償的情意所在。試看他與方以智多次的通信就能了解。他在〈與方密之書〉中說：

> 弟則幽居忽忽。不復自聊。一身爲累。逃之不可。負丈夫之意氣。殆乞食于人間。雖未能忘習。聊作詩篇。意促調寒。彌爲沉下。此是失職之士。固其常態耳。及觀彝仲、臥子。釋巾褐。踐皇塗。以爲將抗議雲臺之上。奮身丹青之間。據地指天。一當明主。而茲二子身若處女。心如驚鴻。搖手轉喉。恐犯時諱。乃知時勢更有大不可者。布衣徒步之子。其又何所望耶。（石刻本，卷35，書，頁507）

礙於當時文化的限制，李雯本一心之所想，即若非「將抗議雲臺之上。奮身丹青之間。」便只是「負丈夫之意氣。殆乞食于人間。」這顯然是兩處偏激的、極端的思維模式。然而他也由此看見了，「時勢更有大不可者」。因爲既身爲一般諸生的他，又可以有什麼樣作爲

呢？這恐怕也不是李雯一時負氣的話語。他就是這麼一直在對比著周遭文友同伴的高度——所謂珠玉在側，他便總是不斷地與之在自慚形穢。他曾在〈荅方密之書〉裏表示：

> 足下與賢舅遂已飛鳴人間。而弟之相格乃出意外。旣已任運而往。此事應不復措懷。爲達人所笑。而身無夷皓之性。每思與足下翺翔。輒恨羽毛之敗。恐自此以往。飛者日飛。沉者日沉。囘視向者臨秦淮、望鐘阜。曲室細語時。此事良不容易。是以終夜徘徊。撫枕獨嘆。豈特爲不遇哉。（石刻本，卷35，書，頁513）

李雯自恨「身在蓬蒿內。有羽何嘗飛。」以至於他和這些以詩文相交的朋友，恍如相隔天壤之間。舉進士、官名立的人「飛者日飛」，是爲「達人」；不能飛的，卻只能沉寂在蓬蒿、草野之內。李雯的內心是何其窘迫不堪。一如李雯在又一篇〈與方密之書〉裏說，他自己：

> 一身旣放。斯願遂矣。若使天上人欲與井中人共語。不獨當借之羽毛。且須惠其綆縻。而弟之窮頓困鬱。雖有垂天之羽。無所附其身。千丈之綆。不能接其體。惟呼其近井者。時一語之若舍親。宋尚木是已。（石刻本，卷36，書2，頁518）

他太在乎「飛者日飛」與「沉者日沉」的人，是「天上人」與「井中人」的差別。並且身爲「井中人」的他，或應有「天上人」能爲其扶助，可惜他卻自以爲並沒有這種足以讓垂天羽附身、千丈綆接體的美好本質。這就是他顯得自卑不已的地方。李雯更又在另一篇〈與方密之書〉裏說自己「身如五石之瓠。但可浮之江湖而已。而俯仰之間。枝蔓自結。非斧柯所可斷。是以增其憂愁。」（石刻本，卷36，書2，頁517～518）這究其緣由，仍不過是李雯太過於輕視自己的主要病癥。也就是他在〈與周介生書〉裏藉以自嘲的「鄉有老女。嫁而不售。」（石刻本，卷36，書2，頁519）〔註121〕因此

〔註121〕按：劉勇剛在其《雲間派文學研究》中說此文爲李雯寫給方以智的

劉勇剛才會認為李雯：

> 這不單純是「士不遇」的問題，將是對自尊的顛覆。如果他能效法「獨與天地精神往來」，自有長林豐草之樂，所謂「潛虬媚幽姿，飛鴻響遠音」，飛者自高，沉者自沉，各得其所，豈有尊卑之分哉？〔註122〕

　　然而李雯一直求的是有用於世，又何能輕易的出世？他曾在〈與金長留書〉裏說：「先生望雲間之樹。雯也望長安之門。皆不可得。」（石刻本，卷35，書，頁510）這間接顯示他盼望著能在國都之間有所為的想望。然而李雯只落得個「諸生落度不偶」。並且一如〈與王敬哉書〉中所言：「上之不能雪老父之奇冤。中之不能酬良朋之雅望。下之不能發慷慨之悲歌。當此之時。視日月其何色。顧妻子其何顏哉。」（石刻本，卷36，書2，頁515）他不是不了解莊生處世待物的豁懷，然而在〈與王敬哉書〉裏，他卻帶點擇善固執的說：

> 平生每持達人之懷。以為此身為主名遇。為實竊笑。當途之士。馳朱輪。擁華蓋。顧盼左右。輒生光映者。皆是挾客勢以驕人。于主人無與也。及久居卑賤。廢然自失。眉目無所施。歡笑無所展。乃是慕其所賓。而愁其所主。此莊生所謂知其不可而又不能不為者也。（石刻本，卷35，書，頁510～511）

除此之外，李雯亦曾在〈與吳子遠書〉裏說：「歲月如馳。人生能幾堪頓足。又不知自此以往。足又應幾頓耶。」（石刻本，卷35，書，頁510）隨著年華老大，子胥日暮途遠之感，杜甫儒冠誤身之嘆，亦時而在他的文章裏俯拾皆是。如同〈答陳臥子書〉一文中，他寫道：

> 弟成人兄弟六人。五年之中。已折其二。自理髮莖。十白其三。鬚亦有三、四莖白者。鑷之既去。旋復更生。誠恐桐柳之姿。望秋欲替。既無竹帛之勳。復廢名山之業。修名未立。身同委灰。則出處之事。都為儒冠誤盡。此雯所為一夕而九思。臨殞而不知七箸者也。（石刻本，卷36，書2，

　　書信，恐有差誤。詳見劉勇剛著：《雲間派文學研究》，頁60。
〔註122〕劉勇剛著：《雲間派文學研究》，頁60。

頁 515）

「修名未立。身同委灰。」李雯幾次都聲稱自己早已死去仕進的心意。
然而屢困諸生的李雯，儘管年三十餘，卻仍然如〈客諷〉中所感：

愁思無理。欲自炫鬻。則羞于奔趨。傷素士之節。欲退息
躬耕。則思戀聖明。期得一當。不能自決。乃因〈客難〉、
〈賓戲〉之文。作〈客諷〉一篇。突梯寓言。用慰幽思。（石
刻本，卷 40，雜文 2，頁 561）

他就是有著一種士人引以為傲的自矜與堅持，卻猶疑在強烈的功名之
念。他總惦記著的是當今崇禎皇帝仍有作為，自己無論如何都不能輕
言放棄。於是他極其淩賤之寄語，一方面在〈與周介生書〉中說自己：
「窮愁拂鬱。與身俱長。遠睨富貴之事。如乞兒之過朱門。意無所期。
覓夢都絕。」（石刻本，卷 36，書 2，頁 519）一方面卻在〈與顧偉
南書〉中說自己：「身無井源之高潔。每望風塵飛動之物。若有凌雲
之狀。及其自視。不啻若蛙黽。似此情味。終為學道者所棄耳。」（石
刻本，卷 36，書 2，頁 522）可以說，在所有的夥伴同道面前，李雯
就是要把自己打入了無望於仕進的深淵。唯一稍見其帶點正面想法的
是在〈與周介生書〉裏，李雯說：

但區區之志。不欲與涕唾俱盡。尚思出金石之聲。發芻蕘
之論。為國家羽儀昇平。歌咏聖德。惟此一事。未能忘情。
然有仁兄先我著鞭。則景末光而承後塵者有日矣。（石刻本，
卷 36，書 2，頁 520）

察其明末前一兩年仍不放棄的努力獲取朝中閣臣乃至於崇禎皇帝的
認同，李雯的自卑當然也多少帶給他一股追尋優越感的推動力。只是
這樣的推動力讓闖賊一破了京師後，就什麼都推散了。由此可見，李
雯的自卑與後來愧悔是不能分別而視之的。

李雯在自卑之中淩賤自己於眾人的認同，他也因為身在這樣的自
我解嘲之下，而獲得努力奮發的勇氣，藉此蚌病成珠，獲得起碼的文
壇聲名。然則他的終極目標卻非以詩文傾動文林，他要的卻是自己可
以有作為於國家社稷。只是明朝滅亡了，現實中他並沒有辦法完成這

願望。隨後結合現實中不期然而然的悲劇性遭遇，他選擇了屈仕清朝，成爲中書舍人。他由衷地愧悔之情，便因此滋生蔓延。

　　舉如忠君報國之心，卻毫無身分可論。尤其是在清朝頒發薙髮易服令的時候，更讓李雯爲此而涕泗交流。大概在順治二年左右，他曾寫過一篇〈答髮責文〉（石刻本，後集，卷5，頁690～691）。李雯儼然就塑造了一位「髮之神」，並對自己作出嚴厲的道德拷問。其中他模擬「髮之神」責問自己道：「余爲亡國之遺族。子爲新朝之腼仕。念往者之綢繆。莫深文以相刺。」而李雯自己則自問自答的解嘲說：

> 今天子聖德日新。富有萬方。一旦稽古禮樂。創制顯庸。余犬馬齒長。不及於盛時矣。而爲子之族類支黨者。尚得炤燿星弁之下。巍峩黼黻之上。余幸以戴白之老。乞靈於鹿皮竹冠。以庇子焉。所謂鄙人不敏。以晚蓋者也。我子其亦有意乎。（石刻本，後集，卷5，頁691）

因此所謂愧悔，意即是慚愧懊悔；李雯的慚愧懊悔其實在明亡國變之後的創作集結──即《蓼齋後集》，就有著非常沉鬱的意境轉變。這在之後的章節亦將逐步予以解釋。本文在這裏想要關注的是，雲間三子中與李雯極爲親厚的抗清英傑陳子龍，究竟是怎麼看待這命途多舛的昔日密友。宋徵輿曾在〈雲間李舒章行狀〉裏寫道，李雯於順治三年（1646）丙戌秋天順利把李逢申的靈柩送返松江：

> 襄事畢。臥子與徵輿往與慰勞。如生平歡。而舒章已內病。顏色枯槁。蓋深以得官爲恨。臥子解之曰。子不官。則不得食。必死。死則父骨不歸矣。語有之。觀過知仁。子之官。孝也。復何恨。舒章謝唯唯。〔註123〕

此時的李雯或已抑鬱病發，形之心顏，所以宋徵輿說他「蓋深以得官爲恨」，才會有顏色憔悴的跡象。而他所謂的「內病」，說的或許是李雯這心病所帶來身體機能上的實質傷害。所謂「白雲流水日堪思。心跡雙違豈世知。窮尚有途猶未哭。病當無藥亦安之。」（石刻本，後

〔註123〕　清・宋徵輿撰，四庫全書存目叢書編纂委員會編：《林屋文稿十六卷・詩稿十四卷》，第215冊，集部，文稿，卷10，行狀1，頁359。

集，卷 4，七言律詩，頁 680～681）李雯在十首〈丁亥夏日行役之作時余假滿抱病北上日占以代呻吟而已〉透露出多少心跡之苦、在世之羞，以及自己給予自己的人身之懲。畢竟站在陳子龍面前，李雯心底是有多不容易？其內心會有多痛苦不堪？——一如陳名夏在《石雲居詩集》卷之一裏〈李舒章來詢報國寺就詢雲間同學諸子〉中所言：「翩翩同學侶。誰作故人看。」〔註 124〕可以說，這疑問其實在李雯回來葬父前就應有很深刻的心理準備、感受與體會。

　　當上中書舍人以後，李雯或許與陳子龍、宋徵輿有短暫的時間失去聯係。然而當宋徵輿將三人的詩歌作一集結，並付梓成書，名為《雲間三子新詩合稿》，而陳子龍則為之題序。李雯可否有接觸過這詩集？當是時應為順治元年（1644）甲申三、四月左右，這比對陳子龍年譜以及〈三子詩選序〉可了解一二。陳子龍在序中提及了當初三子之間「衡宇相望，三日之間必再見焉」（陳立校本，〈三子詩選序〉，頁 8）的親密友誼。而文後陳子龍更在結尾前若有所指的為陳、李二人日後之相見留下伏筆。其文曰：

> 今宋子方治婚宦之業。而予將修農圃以老焉。自此以往。未知所屆。若夫燕市之窔。狗屠之室。豈無有擊筑悲歌南望而流涕者乎。蘆漪之側。有漁夫焉。予將和日月之章。以續此編。不敢遂咏參辰之作也。（陳立校本，〈三子詩選序〉，頁 9）

誰是哪個身在北方，將會為了故國之衰亡而悲慨長歌、痛哭流涕的人呢？陳子龍問道真的會沒有任何一個這樣的人存在於北方嗎？而當時李雯不就正處於北方，也剛接受了中書舍人一職，屈仕於清朝的人嗎？陳子龍說的會否就是李雯呢？後人都會做這樣的聯想，卻並不是有意荒謬的推論。因為他們的文友吳騏便有著一首非常經典的絕句，哀戚地為李雯追念道：「胡笳曲就聲多怨。破鏡詩成意自慚。庾信文章真健筆。可憐江北望江南。」（〈書李舒章詩後〉）〔註 125〕當年庾信

〔註124〕　清・陳名夏撰，四庫全書存目叢書編纂委員會編：《石雲居詩集七卷詞一卷》，第 201 冊，集部，別集類，頁 615。

〔註125〕　清・沈德潛選編：《明詩別裁集》（石家莊：河北人民出版社，1997

亦曾不得已的羈留北周，因而他以雄健的文筆，寫下了爲人所傳頌的
〈哀江南賦〉。李雯雖未有一如〈哀江南賦〉的文學佳作，然而他倆
的際遇以及一時的文望，又是何等相似？

　　李雯或許過了一段時間才獲悉這樣的序文。當他終於決定要請假
南歸以葬父。他寫過一篇逼促深刻的〈東門行寄陳氏·附書〉，表達
自己對於陳、李友誼的深刻愧悔。其詩曰：

> 出東門。草萋萋。行入門。淚交頤。在山玉與石。在水鶴
> 與鶄。與君爲兄弟。各各相分攜。南風何颽颽。君在高山
> 頭。北風何烈烈。余沉海水底。高山流雲自卷舒。海水揚
> 泥不可履。喬松亦有枝。落葉亦有心。結交金石固。不知
> 浮與沉。君奉鮐背老母。余悲父骨三年塵。君顧黃口小兒。
> 余羞三尺童子今成人。聞君誓天。余愧無顏。願復善保南
> 山南。聞君慟哭。余聲不續。願復善保北山北。悲哉復悲
> 哉。外不附青雲。生當同蒿萊。知君未忍相決絕。呼天叩地
> 明所懷。（石刻本，後集，卷1，樂府，頁653）

其書道：

> 三年契潤。千秋變常。失身以來。不敢復通故人書札者。
> 知大義之已絕於君子也。然而側身思念。心緒百端。語及
> 良朋。淚如波湧。側聞故人頗多眷舊之言。欲訴鄙懷。難
> 於尺幅。遂伸意斯篇。用代自序。三春心泪。亦盡於斯。
> 風雨讀之。或興哀惻。時弟已決奉柩之計。買舟將南。執
> 手不遠。先此馳慰。（石刻本，後集，卷1，樂府，頁653～654）

從詩歌的部分看，李雯承載著一貫的自覺形穢的路線，用「玉與石」、
「鶴與鶄」、「君在高山頭」和「余沉海水底」、「喬松」與「落葉」等
意象不斷求取他不能不仕清的諒解。他自以爲偷生苟活的理由，應會
與陳子龍本身所面對的一樣；前者因爲父親死於闖難而泣血行乞，後
者則會因爲老祖母的年邁多病，而決意於國難當前，「請急還里」（陳
立校本，〈三子詩選序〉，頁8）。然而兩者不同的結果是，李雯悖離

年8月），頁168。

了自己身爲明朝貢士諸生的身分。而陳子龍仍積極加入抗清的行列。
李雯詛咒自己必當「歾不附青雲。生當同蒿萊。」然而不正因爲陳子
龍透露著自己對於李雯在北，有否像往日贈別所提及的那樣「黽勉立
奇節」（〈擬古三首別李氏也〉）〔註126〕，所以李雯或從〈三子詩選序〉
知道了陳子龍還是對自己懷有這樣的期許。這正是「知君未忍相决絕」
的前置所在。爲此李雯又怎不會「呼天叩地」，希望陳子龍能諒解他
的失節呢？

一如從這首詩的附書中所見，「三年契濶。千秋變常。」李雯因
爲成爲了清朝新貴，本不敢望再以降清兩截人的身分與陳子龍通
信。李雯過度自責，而又因爲這樣的身分愈加的自卑自憐，即所謂
「知大義之已絕於君子也」。然而李雯內心又怎麼能捨棄這樣與他
「衡宇相望，三日之閒必再見焉」的親密文友？一當李雯證實了陳
子龍仍有「眷舊之言」，他才匆忙的寫就此詩，並賦上書信，希冀能
在「千秋變常」以後再度相見，並藉此悔罪自贖，意欲求得原諒。

然則見是見著了，李雯尚且不能撫平自身的焦慮與不安。陳子龍
試圖以《論語》之所謂「觀過知仁」來調適李雯的自責感，後者卻沒
有因此而獲得片刻心安。因爲這過錯已然鑄成了。而他既身爲明朝的
人，如有著仁愛之節操，日後又何嘗沒有不滅的污點？當時或自吳偉
業始，便時有傳聞道：「李舒章仕而北歸。讀臥子〈王明君〉篇曰：『明
妃慷慨自請行。一代紅顏一擲輕。』則感慨流涕。」〔註127〕又或者

〔註126〕明・陳子龍著，施蟄存、馬祖熙標校：《陳子龍詩集》，卷7，五言
古詩4，頁174。
〔註127〕清・吳偉業著，李學穎集評標校：《吳梅村全集》全3冊，卷58，
詩話，頁1135。按：其實關於這吳偉業足以如此繪聲繪影的說出李
雯此刻的心境，很可能是因爲李雯在順治四年（1647）丁亥仕而北
歸之前，曾到太倉與之相會。而在李雯《蓼齋後集》中有一首〈春
日小飲吳魯岡先生齋同吳駿公宗伯朱昭芑文學賦〉應可爲之佐證。
詩云：「莫向罇前問亂離。東風楊柳復垂垂。多君黃綺眞高致。歎
我求羊亦數奇。煙火春城催社鼓。廎廎小雨散晴絲。青門瓜種知偏
盛。遲日還同倒接䍦。」詳見石刻本，後集，卷4，七言律詩，頁

他人亦傳言說，「丙戌以父喪歸葬，道過淮安，故人萬孝廉壽祺以僧服見。李子望之泣下，曰：『李陵之罪，上通於天。』」〔註128〕愧悔以求贖罪，其緣自於有負於他人對自己期望。這恐怕是就連李雯本身也不能預料，他與陳子龍的相交，自己最終會有如此不堪的際遇。

最後，到了順治四年（1647）丁亥夏天，陳子龍因吳勝兆之變被捕。他趁守備不察之際，投水而死，勇以捨身成仁。李雯亦在假滿回京之後，抱病而卒，時在季冬之月。李雯在後期曾有一首〈暮秋自遣〉其三寫道：「不見丹楓落。愁看白草多。亂雲飛不盡。征雁日相過。難說昇天引。何堪據地歌。買山今未得。薜荔意如何。」（石刻本，後集，卷2，五言律詩，頁662）而「難說昇天引」句，又曾自注道：「余嘗云生今之世惟有白日飛昇乃佳」。如同不少明遺民一樣，李雯或本有意逃禪修道，希冀藉此能擺脫自身給予自己道德與倫序的壓力。然而他終究沒有真正踏出此步，以至於不能隱遁避世，隨後更以清臣的名義病死京師。其中懊恍喪志之情，無不讓人感到痛惜不已。

第六節　歷史身分的還原及其定位

總而言之，李雯是易代亂世眾多悲劇當中的其中一例。他擁有非常良好的家世背景，配合他後天的努力奮發，倘若讓他遇見的是承平盛世，假以時日，或許終將會有不錯的際遇。然而適逢國事日傾、政治動蕩的明清之際，李雯無法如願一展對於國家社稷的志向與願望。又常說是國家不幸詩家幸；倘若天下太平，他會否也只是時局安寧下，一名毫不起眼的貢試諸生？

順治十七年（1660）庚子，宋徵輿因念及往昔他與雲間多位領袖文人的情誼，他特地為雲間五文人設立了一座靈祠，並為之題記。這

680。

〔註128〕王培蓀撰：〈重刻雲間三子新詩合稿序〉，摘自明・陳子龍、清・李雯、清・宋徵輿撰，陳立校點：《雲間三子新詩合稿　幽蘭草　倡和詩餘》（瀋陽：遼寧教育出版社，2000年1月），序，頁2。

除了因爲宋徵輿「思其人而不可得」，他也期望日後「凡思見夫五君子者。與從事於翰墨者。舉得至而致敬焉。」（〈雲間五文人祠記〉）〔註129〕此外他還寫下了〈同郡五君咏有序〉。其中除了提及：「李生之夭。亦有憂患焉。」〔註130〕在「李內翰舒章」一條下，宋徵輿更爲李雯緬懷道：「舒章好奇節。蓬蒿自冰矜。文王如可待。豪士仍特興。呑舟徙江海。青冥辭弋矰。歸爲河梁別。蘇李良可稱。」〔註131〕後來周茂源亦在《靜鶴堂集》卷一的〈同郡五君咏〉裏亦有所慨嘆的說：「李生乃數奇。途窮每瞻顧。蕭騷梁父吟。踟躕金門步。飄然返故丘。悲傷戀儔伍。吹篪良有因。稅冕更何慕。」〔註132〕比較兩人的詩歌來看，宋氏跳脫出對於李雯一生的評價，除了說他「好奇節」、「自冰矜」，較能彰顯李雯個人的精神面貌，其中難以深切感受到他對於李雯遭際的同情。反觀周氏的詩雖不比宋氏有一貫到底的英氣，然而周氏在前四句卻精確地抓準了李雯命運之多舛，常自踟躕的徘徊，茫然不知該前進抑或後退的命途窘境。李雯有著抱負不能實現的鬱悒悲愴，他更只能游走在清明兩朝之間的金馬門與金明門——這實則比喻著在明朝的李雯只能待在學生待詔的位置，在明亡後的李雯卻晉升到翰林院之所在。只是這已不是明朝所屬的翰林院。李雯又怎能不「悲傷戀儔伍」呢？

縱觀李雯一生戲劇性的宿命。他從具備傳統士人觀念的官宦望族中出生，並積極於達成三不朽的終極標的。他祖上幾代皆是舉人、進士，並都有著對君主忠貞、對國家摯愛的豐富事跡，班班可考。然而

〔註129〕　清・宋徵輿撰，四庫全書存目叢書編纂委員會編：《林屋文稿十六卷・詩稿十四卷》，第215冊，集部，文稿，卷7，記1，頁331。

〔註130〕　清・宋徵輿撰，四庫全書存目叢書編纂委員會編：《林屋文稿十六卷・詩稿十四卷》，第215冊，集部，詩稿，卷4，四五言古詩，頁497。

〔註131〕　清・宋徵輿撰，四庫全書存目叢書編纂委員會編：《林屋文稿十六卷・詩稿十四卷》，第215冊，集部，詩稿，卷4，四五言古詩，頁497。

〔註132〕　清・周茂源撰，王鴻緒拜譔，：《靜鶴堂集》19卷：清康熙間天馬山房刻本，卷1，五言古詩。

他三辱諸生，總自覺有負於家中老父的期盼。他卻懂得自強，以後天之努力所學，轟動於明末騷壇墨士之間。此外，他與陳子龍、宋徵輿等一眾有志之士把臂入林，成爲明末關鍵的文學流派領袖。他本將以聲名稟受上賞，幾近擢登於文華御殿，從此爲國家出謀獻策，鞠躬盡瘁。然而後來卻演變成自己屈仕清朝，儼然只成就了一個失節失身的降清兩截人。他心底到底有滿滿地抑鬱不得志。他自卑、他愧悔，最終也無法因獲得陳子龍的諒解而稍加寬恕自己不能抵禦的罪。末了，他恰恰又病卒於或可因咸與維新的時代巨變，而不能發展成更不一樣的李內翰舒章。就在才將底定的泱泱新朝，他卻從此埋沒於易代亂世之中，逐漸被名聲更爲響亮、存活更久的後來人所湮滅。時光洪流，漚生云滅，李雯的遭際實在讓人感到惋惜萬千。

　　侯方域爲此更寫了一大篇非常好的〈哀辭九章〉。序文曰：
　　　　哀辭者，感羣公之既沒而作也。倪、周二公，師也；練公，
　　　　父執也；史公，世舊且明存亡所係也；張公以下，友也。
　　　　哲人既萎，情見乎詞。李公以雄才終於卑官，抑更傷其志，
　　　　有難言者，用附於末，蓋亦少陵之哀鄭台州云爾。〔註133〕
對於李雯而言，侯氏或眞乃知人也。因此他在「中書舍人華亭李公」一條下，寫下讓人印象非常深刻的五言古詩。詩曰：
　　　　人生感遭逢。何止參與商。故人悲素絲。黑白不相妨。食
　　　　魚必魴鯉。娶妻必姬姜。請聽蒿里曲。薦哀君子堂。李公
　　　　起雲間。文賦久擅場。摛藻風雲變。探源崑崙長。天才紛
　　　　艷發。弱冠即老蒼。海內傳一字。珍重若珪璋。眷言千秋
　　　　業。尤在百行臧。雅志託皎日。變態矢秋霜。自矜隴西姓。
　　　　門閥無敢望。一嘆少卿辱。再笑太白狂。天路九萬里。長
　　　　駕有驌驦。朝發宛城野。暮宿金臺廂。壯士重遠到。伏櫪
　　　　未嘗忘。豈知蹉跎久。白首終爲郎。秋月照粉署。殊非舊
　　　　明光。仰視天漢星。淚下不成行。我今朱顏醜。何以歸故

〔註133〕清・侯方域撰：《四憶堂詩集》共6卷，附遺稿，第1406冊，集部，
　　　　別集類，卷5，頁163～164。

> 鄉。鬱陶發病死。誰當諒舒章。〔註134〕

此詩正可爲李雯一生的際遇、人格、困窘寫下最貼切的註解。「食魚必魴鯉。娶妻必姬姜。」說的正是李雯一直以來的自修自立，自覺自強。而李雯的文字尤其爲海內所珍重。「眷言千秋業」、「雅志託皎日」說的亦是李雯的有志見用於世。然而正因爲李雯自身堅持，「豈知蹉跎久。白首終爲郎。」他因爲太多直接或間接的悲劇性遭際而誤了歲月前程。「秋月照粉署。殊非舊明光。」「粉署」說的是李雯所任職的翰林院，這照在翰林院的「秋月」已不是往昔明亮的月光。意即就是此翰林院已是清廷的翰林院，而不是明朝的翰林院。「我今朱顏醜。何以歸故鄉。」是代擬李雯所發言。因爲李雯屈仕清朝，他就有著不可原諒自己的那份憂鬱與軟弱，常自謂「朱顏醜」者，即他已無美好的青春年少，去面對故鄉裏的每個人了。若把「醜」字比作動詞用，侯氏更把李雯那種無法面對亡明朱姓皇朝的悲思給寄寓其中。最後「鬱陶發病死。誰當諒舒章。」李雯只落得個鬱結難抒，發病而死，後來的人又有誰可以去諒解李雯呢？恰巧是周茂源與侯方域都用疑問句爲他們緬懷李雯的詩句作結，這無疑又增添了不少其中難以言喻的愁慨。李雯一生的無可奈何，藉此可以完全的感受到時人亦是如此爲李雯而低回不已。

　　特別的是，李雯失節仕清的身分並沒有被收錄在明朝紀傳性的正史當中。而時至清亡以後，我們仍舊很難在清史裏發現有關李雯的片言隻字。這或許顯示了李雯在兩朝之間，並無實質對歷史具體發揮其影響力的關係。也因此我們最多只能在一些地方誌裏頭，才約略看見那麼一點關於李雯及其家族的相關記載。本文在此會有這樣的綜述，也只是就史學的歷史定位上，而論及李雯在歷史脈絡下的價值性。相較於其他有一定官職的雲間諸子，李雯當然是略顯遜色的。然而這裏既尚未碰觸到文學定位的部分。而且到了乾隆年間，當時乾隆皇帝意

〔註134〕清・侯方域撰：《四憶堂詩集》共 6 卷，附遺稿，第 1406 冊，集部，別集類，卷 5，頁 169。

欲更加鞏固清朝政權的穩當性，並藉此在某程度上緩和滿、漢兩族的民族矛盾，進而瓦解仍舊根深蒂固的民族意識。他下令編纂的《欽定勝朝殉節諸臣錄》以及《欽定國史貳臣表傳》等官修史書，都無把李雯編錄在內。前者自然是因為李雯並無殉節，後者反而間接顯示出，李雯之為中書舍人，在清朝官方認定中，他卻不屬於大節有愧之人。這當然是因為李雯並無在明朝中接受過任何官職的緣故。李雯受的純粹為某種華夷間判然分明的春秋大義所苦。這也不能不是李雯所保有的刻板傳統士人的價值觀。可以說，這也是歷代文人本是引以為傲的固有文化限制，我們也就不必苛責於李雯人格意識的有所矜持。

　　至於有關李雯著作流傳的部分，他生前留下的詩詞歌賦著實為數不少。尤其是明亡以前的作品，李氏兄弟與石維崑為之編錄了幾近齊全的《蓼齋集》共四十七卷。明亡後僅僅四年，李雯就發病離世，其創作仍為李、石三人集結成《蓼齋後集》共五卷。此兩者也大都包含了《陳李倡和集》、《幽蘭草》、《幾社壬申合稿》、《皇明詩選》和《三子詩選》所收錄的著作種種。並或因裏頭充滿了一名清朝官員對明朝留有無限眷戀之辭，因此到了乾隆年間，李雯的著作很快就被列入禁燬名單，禁止為《四庫全書》所收錄了。本文所採取的文本依據，也正是一九九七年《四庫禁燬書叢刊》所出版的清順治十四年石維崑編刻本。又聞此書尚有清光緒丁酉年孫氏蘭枝館抄本，係為孫孟延所鈐印，本文至今仍未獲得。後人亦未見任何對李雯著作進行集校箋註。是以本文所收集的文獻或有不足。但也大致涵蓋了李雯不少的著作。

　　另查李靈年、楊忠主編的《清人別集總目》，李雯的《蓼齋集》四十七卷與《後集》五卷更應有三個版本：即一、順治十四年石維崑西爽堂刻本。而分別收藏在大陸北圖、上圖、南圖、首都、吉圖、中科院、南開、南大、復旦以及日本內閣等地。二、即順治十四年石維崑刻補修本，並收藏在大陸中科院裏。三、則是《蓼齋集》四十七卷與《後集》五卷的抄本，收藏在大陸上圖裏。又應尚有獨立的一份《蓼

第四章　李雯《蓼齋》詩論析

　　雲間文學在歷史上的價值是慢慢被開發出來的。畢竟雲間文學所處的歷史位置，是它夾纏在兩個朝代的間隙當中；它從屬於一種空間上地域性的文學派系，以及理論上局限性的價值影響。其對於整體中國文學史的發展，尤其是對於清初文壇所引起推波助瀾的作用，都有一定不同程度，而不能被輕易忽視的重要性。主導其詩學最主要的政教理念——即明代復古主義的再興之效，正有賴於雲間三子及其同伴不間斷地進行創作所帶來的豐碩成果。陳子龍就是雲間諸子裏能使其立論與實踐兼備的領袖代表。於是乎後來的文學史、詩學史乃至於批評史等多方論述，都以他留存的文獻進行系統的整理與闡發。只是這也難免讓人好奇，號稱被「爭言陳、李」的李雯，在裏頭又扮演著什麼樣的角色？

　　查看李雯現存的文獻，無疑他在詩學的貢獻上是非常有限的。這很可能是因為他與宋徵輿大都服膺於陳子龍及其雲間詩學的立說。於是他（們）對於詩歌概念或多半引用陳子龍所言，從而為他人詩集作序，宣揚相關理念。然而李雯為別人所寫的詩序數量不算多，也不盡是在闡發自身對於詩歌的理念，因此要想從中獲得李雯自身更系統的詩學思想便幾乎不太可能。又，李雯曾在〈水讓居稿敘〉裏自稱弱冠出頭才學著如何進行詩賦的創作。加上從宋徵輿的

〈李舒章集序〉中，我們可以了解到李雯對於詩文創作的努力與用心。儘管這種種並無益於整體文學史及其理論的發展，李雯對於詩的實踐卻比詩的立論來得讓人敬佩不已：

> 予少從李舒章遊。與同硯席者。十有餘年。見其自旦至暮。
> 或作文。或誦書。無頃刻之暇。哀其疲苦。常勸其早休。
> 舒章曰：「我非此不樂。但恨日不足耳。」偶一日晚起。則
> 必曰：「我於枕上得幾律矣。」或曰：「我得幾絕句矣。」
> 其勤如此。是以年僅四十有一。而合計所作。與空同、滄
> 溟相埒。〔註1〕

宋徵輿這序文大概是寫於李雯去世以後的。所以宋氏才說李雯「年僅四十有一」，他的詩作總數卻可以和前、後七子的領袖人物——李夢陽和李攀龍，相互比儔。並根據本文不完全確切的統計，宋氏在此所言並非對李雯的創作成就有所溢美或阿好。而是查四庫禁燬書叢刊石維崑刻本的《蓼齋集》，李雯就有一千八百二十二首詩作左右。〔註2〕這其中尚不包括李雯於相當有分量的樂府裏，他在同一個主題之下，所進行重復書寫的詩歌。或按李雯較早於《雲間三子新詩合稿》所輯錄，裏頭實際采輯了李雯三百零八首詩作。這裏頭除了因《蓼齋集》有缺頁，而可以從《雲間三子新詩合稿》裏進行補遺和補闕之外，兩者的實質內容其實並沒有太大出入——大致是這其中除了有三首詩作並沒有在石維崑的刻本裏發現，其餘大都有收錄在《蓼齋集》。〔註3〕又，《蓼齋後集》收錄了兩百五十九首

〔註1〕 清‧宋徵輿撰，四庫全書存目叢書編纂委員會編：《林屋文稿十六卷‧
　　　　詩稿十四卷》（濟南：齊魯書社，1997年7月，《四庫全書存目叢書》
　　　　上海圖書館藏清康熙九籥樓刻本），第215冊，集部，文稿，卷5，
　　　　序4，頁307。

〔註2〕 清‧李雯撰，四庫禁燬書叢刊編纂委員會：《蓼齋集四十七卷後集五
　　　　卷》（北京：北京出版社，1997年6月，《四庫禁燬書叢刊》清順治
　　　　十四年石維崑刻本），第111冊，集部，卷3～30，頁216～463。以
　　　　下簡稱「石刻本」，並隨文附註，不再重復。

〔註3〕 明‧陳子龍、清‧李雯、清‧宋徵輿撰，陳立校點：《雲間三子新詩
　　　　合稿　幽蘭草　倡和詩餘》（瀋陽：遼寧教育出版社，2000年1月），

李雯入清以後的詩作。(石刻本,後集,卷 1〜4,頁 653〜684)這數量之比例雖然不及入清前龐大,但也確實是後人認為的,此乃李雯詩作之精華所在。後來,本文更從二十卷的《幾社壬申合稿》裏,其收錄的一百四十首李雯詩作當中,發現有四十五首詩歌亦未在《蓼齋集》裏看見。〔註 4〕由此可知,從李雯數量這麼龐大的詩歌創作來看,他對於詩歌的努力實踐,相較於雲間諸子來說確實是用功非常,而並不輸於他人。

　　當然我們也不能否認,在李雯近兩千兩百首的詩歌當中,詩作的數量並不能等同於詩作的質量。回歸最深入而應該被探討的詩作,其在於文學史、詩歌史上的價值,李雯從楚騷寫到三四言的古詩、五七言的古詩、五七言的絕句以及五七言的律詩,他在各種體裁上的創作皆嘗試依照著雲間詩學對於各個體裁的理想規範。他會否有著更多不一樣的嘗試呢?又據後人的搜查以及從研究文獻中所得:「天啟六年左右,李雯父親李逢申丁母憂,李雯隨父親回到了松

《雲間三子新詩合稿》全 9 卷,頁 1〜199。以下簡稱「陳立校本」,並隨文附註,不再重復。而石維崑《蓼齋集》刻本所沒有收錄的三首詩作,分別為卷五,五言律詩〈立秋日萬動貞招飲葛元恒靜業寺園同農父密之動貞同賦〉的其三「池敞青蓮域」和其四「傲客停絲轡」;以及卷六,五言排律的〈鄭洪渠明府以越藩擢撫應天二十韻〉。詳見陳立校本,頁 81、122。

〔註 4〕這四十五首詩歌,分別為〈枯魚過河泣〉、〈善哉行〉、〈懊惱曲〉、〈夜度娘〉、〈傚古〉十二首、〈寓言〉四首、〈幽人〉、〈田家詩〉二首、〈旱〉、〈雨〉、〈家園詩次年少韻〉、〈寒園詩〉二首、〈分詠西京雜記‧斬蛇劍〉、〈病鸚鵡〉、〈枯損〉、〈送董子出塞〉二首、〈野祠〉、〈穆天子〉、〈中秋風雨懷人〉、〈同遊陸文定公墓舍〉、〈同遊山莊次勒卣作〉、〈病起〉、〈謝人贈牡丹〉和〈大堤女〉四首。至於剩下的一首來自於〈感秋〉。〈感秋〉本有三首,然而《蓼齋集》只收錄了兩首。剩下的一首便可由《幾社壬申合稿》補遺。又合稿目錄卷之十七言律詩一裏本有〈傷春〉二首。然而合稿內文只見其一。第二首仍可由《蓼齋集》補闕,特此說明。詳見明‧杜騏徵等輯,四庫禁燬書叢刊編纂委員會:《幾社壬申合稿二十卷》(北京:北京出版社,1997 年 6 月,《四庫禁燬書叢刊》明末小樊堂刻本,中國科學院圖書館藏),第 34 冊,集部,卷之 5〜卷之 11,頁 585〜701。

江，其時李雯『詩襲竟陵，古文非剿竊則拖沓而已』。……」〔註5〕
作者李新在句中所引，乃摘自方以智的〈李舒章傳〉。然而可惜的是，
本文尚無法獲得此文，不能詳加參閱。但這亦提供了我們有關李雯
在融入雲間藝林之前，其詩學觀念之由來實與陳子龍之所謂「楚風
今日滿南州」〔註6〕脫不了干系。

　　以至於後人對於李雯詩作的認識，大致都肯定了他入清晉升中
書舍人以後，其愧悔自卑的心境抒發。比如鄧之誠便曾在《清詩紀
事初編》裏就有段記載，說李雯：

> 少與子龍齊名。倡雲間詩派。高擬三唐。極才情思致之妙。
> 然集中樂府遂至六卷。不脫七子窠臼。所謂規北地而述信
> 陽。蓋猶實錄。祖昭明而禰李杜。則誇語也。入清之詩。
> 眷念平生。摧抑不堪卒讀。文摹六朝。尚有才調。摹左國
> 史漢則支矣。秦漢韻文。無一字之似。大約與子龍同病。
> 〔註7〕

這話雖或可有斟酌的空間。但是入清以後，李雯的詩歌「最能打動
人心」〔註8〕，卻也並非鑿空之見。配合李雯身世遭遇的悲劇性質，
因此朱則傑便曾在他的《清詩史》裏寫道：「正是這種身世遭遇和愧
悔的心理，使得李雯的詩歌創作從早期的空洞模仿轉為抒寫羈留北
方、違心事仇的真情實感，顯示出自己的特色。」〔註9〕這話顯然

〔註5〕 李新著：《陳子龍詩文創作與文學理論研究》（天津：南開大學出版
　　　　社，2012年10月），頁263。
〔註6〕 語出陳子龍《遇桐城方密之於湖上歸復相訪贈之以詩》其二。詩云：
　　　　「仙才寂寞兩悠悠，文苑荒涼盡古丘。漢體昔年稱北地，楚風今日
　　　　滿南州。可成雅樂張瑤海，且剩微辭戲玉樓。頗厭人間枯槁句，裁
　　　　雲翦月畫三秋。」詳見明・陳子龍著，施蟄存、馬祖熙標校：《陳子
　　　　龍詩集》（上海：上海古籍出版社，2006年4月），卷13，七言律詩，
　　　　頁415。
〔註7〕 鄧之誠撰：《清詩紀事初編》全2冊（上海：上海古籍出版社，1984
　　　　年2月新1版），卷4，甲編中，江南，頁476。
〔註8〕 霍有明著：《清代詩歌發展史》（臺北：文津出版社，1994年11月），
　　　　頁19。
〔註9〕 朱則傑著：《清詩史》（南京：江蘇古籍出版社，2000年5月），頁21。

篤實的呈現出李雯詩作在於文學史、詩歌史上的價值地位。然而這價值或也僅止於所謂「抒寫覊留北方、違心事仇的眞情實感」，後學們亦就未再或未能仔細深究李雯早期詩歌創作是否只有空洞的模仿。

　　總體而言，李雯是深曉復古主義在明代歷來文學發展的概況。他或曾因襲竟陵詩風的冷僻不根，在了解了其中弊端以後，才下定決心透過對於古學的莫大用功，重新奠定他對詩文及其力返風雅的認識。一如他在〈黃正卿詩印冊敍〉中所言：「詩曰盛唐。篆曰秦漢。足矣。然而通才好古之士。作詩者。必博之六朝。泝于漢魏。曰如是。而僅乃得唐也。……」（石刻本，卷 34，敍 2，頁 497）於是他服膺於陳子龍等對前、後七子的稱揚。他們一起標舉文學的復古，意圖繼承前、後七子未能完善的立論，以明詩銜接漢魏、盛唐詩，並直接反對宋代的詩歌創作，正因其背離了風雅的傳統——即嚴羽之所謂的「終非古人之詩也」〔註 10〕。他們主張經世之學，並嘗試運用自己對於國家社會的關懷，融入於詩文創作之中。這當然就有別於公安派的「獨抒性靈」與竟陵派的「幽情單緒」那種注重一己性情的寫作傾向。而他們卻可以在動蕩的易代之際，賦予詩文創作更爲廣大深刻的社會內容。

　　爲此，李雯在這裏所扮演的角色，除了維護風雅傳統的繼承性，他應也積極的共造出雲間詩學理論的系統性。李雯這種維護與共造，雖然並沒有特別突出的表現，但本文以爲，這也只是李雯在這一大塊體系的建構當中，他極力扮演著不可或缺的小螺絲，並帶起潤滑的作用。只是後人多從陳子龍的角度切入，以準確把握雲間詩學的整體面貌，雲間其餘諸子的努力及其影響，也就很容易被草草地帶過了。本

〔註10〕語出嚴羽《滄浪詩話》。文曰：「近代諸公乃作奇特解會，遂以文字爲詩，以才學爲詩，以議論爲詩。夫豈不工，終非古人之詩也。」文中所言之「近代」，大概就是北宋時期乃至於嚴羽所處的南宋時期。詳見宋・嚴羽著，郭紹虞校釋：《滄浪詩話校釋》（北京：人民文學出版社，1983 年 8 月第 2 版），詩辨，五，頁 26。

文擬就李雯提出的幾個對於詩歌的創作見解，切入他個人依靠後天努力所換來的詩壇高度及其辨識度，並從而爬梳李雯詩學的思想依據，及其詩作較爲突出的題材或風格特性。藉此我們可以深入比較其中李雯人格與詩格的契合度，而這才是李雯詩歌不管是入清前還是入清後，都有其非常動人的地方。卻也絕不是只有在時代變動以後，他的詩歌才得以在短短四年的餘生當中，獲得美好的讚賞。

第一節　合體之作　詩本於情：陳、李詩論主張的共通性

　　如前所述，李雯自身的詩學體系恐怕不能成爲完全的系統論述。然而他所主張的對於詩的理念，應當與備受後人所矚目的陳子龍相同。比如在一定的程度上，他們兩者的論述都是具備相互探討出來的共通性——如同李雯在〈陳臥子屬玉堂詩敘〉裏所記載的陳子龍英分與雄分論，就可以判斷這點應當不會有太大的爭議才是。（石刻本，卷34，敘2，頁493～494）因此我們可以依循之而推演出，雲間諸子一方面具備的是經世致用的精神。正因爲晚明政治環境的腐敗，而終究醞釀出社會空前的危機。這危機進而也喚醒了士人們得勇於面對與擔當著社會如此黑暗的責任。就在這樣觀念的影響之下，雲間諸子在另一方面透過尊經復古的方式，重新確立了儒家詩學中政教精神的正統性。於是也便在政教精神的催使下，陳子龍等首先有兩種詩歌的原理，在大體上是被眾人所認同的；一是詩歌中怨刺諷喻功能的強調，一是溫厚和平盛世之音的倡導。

　　此兩者在張健的《清代詩學研究》當中就有著很深入的探討，而這樣的觀點自然有別於劉勇剛在《雲間派文學研究》的判斷。一如前者以爲，此兩者原理都是出自一份「詩人對於社會政治的干預精神，而不是教化精神」〔註11〕。因爲詩歌在陳子龍看來，他應該

〔註11〕張健著：《清代詩學研究》（北京：北京大學出版社，1999 年 11 月），

就是「憂時託志之所作也」。而這才是詩歌的根本——即「詩之本」。
〔註12〕為此，陳子龍便一再明確地於〈六子詩序〉中表示：「夫作
詩而不足以導揚盛美。刺譏當時。託物連類。而見其志。則風不必
列十五國。而雅不必分大小也。雖工而余不好也。」〔註13〕這都在
在說明他對於各種深廣的社會政治內涵，融入於詩歌創作當中，是
寄予理論可以得到實踐的厚望。陳子龍希望能藉助詩歌為政治服務
的精神表現，反映到士人對於國家命運的積極關注。這關注的方式
——即稱美與諷惡——雖然亦有時代環境難易程度的尷尬限制，然
而這並不影響詩人對於詩歌風尚的自主性質。

張氏在此的觀察可以說是非常細緻的，而這部分並沒有被劉勇
剛所否認。但後者卻相信：「更值得稱道的是，陳子龍大膽地背離了
儒家詩學『溫柔敦厚』的傳統」〔註14〕。事實恐怕並非如此。在進
入這爭議之前，我們不妨先看一看陳子龍〈詩論〉的一段引文：

> 夫居今之世。為頌則傷其行。為譏則殺其身。豈能復如古
> 之詩人哉。雖然頌可已也。事有所不獲於心。何能終鬱鬱
> 耶。我觀於詩。雖頌皆刺也。時而思古之盛王。嵩高之美
> 申。生民之譽甫。皆宣王之衰也。至於寄之離人思婦。必
> 有甚深之思。而過情之怨。甚於後世者。故曰皆聖賢發憤
> 之所為作也。後之儒者。則曰忠厚。又曰居下位不言上之
> 非。以自文其縮然。自儒者之言出。而小人以文章殺人也
> 日益甚。〔註15〕

會發生劉氏這般誤解的緣由，主要是他並沒有抓準陳子龍提出的兩

頁16。
〔註12〕明·陳子龍撰，上海文獻叢書編委會編：《陳子龍文集》上下冊（上
　　　海：華東師範大學出版社，1988年11月），上冊，陳忠裕公全集，
　　　卷7，序1，頁375。
〔註13〕明·陳子龍撰，上海文獻叢書編委會編：《陳子龍文集》上下冊，上
　　　冊，陳忠裕公全集，卷7，序1，頁376。
〔註14〕劉勇剛著：《雲間派文學研究》（北京：中華書局，2008年2月），頁51。
〔註15〕明·陳子龍撰，上海文獻叢書編委會編：《陳子龍文集》上下冊，上
　　　冊，陳忠裕公全集，卷3，論1，頁142～143。

個可以怨刺當政者，又可以避免殺身之禍的創作途徑。這是對比後來小人之所為，從而顯示此二途徑更為貼近「聖賢發憤之所為作」。換句話說，怨刺當政者並不與溫柔敦厚之旨相違背。反而陳子龍在非常的時期，卻非常注重溫厚和平盛世之音的倡導。這一點倒是張氏他精細地了解到陳子龍詩論有這樣的曲折面向。因此他才說道：

> 在陳子龍看來，詩人在時代盛衰面前並不只有被動的一面，還有主動的一面。詩人當然無法決定時代的盛衰，但詩人可以決定自己的性情。陳子龍說：「和平者，其志也；其不能無正變者，時也」（〈佩月堂詩稿序〉）。正是強調了詩人的情志有不受時代決定的一面。時代政治有正和變之分，正是盛，變是衰。從詩人方面說，詩人的性情也有正和變之別，和平是正，哀怨是變。如果從時代盛衰決定詩歌的一面說，則時代的正變決定詩人性情的正變。詩人性情的正變與時代的正變具有一致性。但是，在這裏，陳子龍卻強調的是另一面，詩人雖然不能決定時代政治的正變即盛衰，但可以決定自己的性情。詩人處衰變之世，也可以有和平之性情；詩人處衰變之世，也可以作盛世之音。這樣詩人的作品就可以不成為國運不詳的徵兆。正因為有這一面，所以他強調「詞貴和平」（〈宣城蔡大美古詩序〉）。……〔註16〕

陳子龍還是有折中的表示詩人仍有自己對於時代盛衰作出判斷的空間。他們創作詩歌的當兒，對於應當溫厚和平與否的選擇，都可以視自己所處的實況而定。因此讚美古代盛世來譏刺當代者可行，或如陳子龍在〈莊周論〉所謂「辨激悲抑之人。則反刺詁古先。以蕩達其不平之心」〔註17〕者也可行。陳子龍在儒家詩學體系下所設立的怨刺條件可以說是非常有彈性的了。因此他也才會把詩歌內容「寄之離人思婦」之說，亦不必忌諱其中的「甚深之思」與「過情之怨」。

〔註16〕張健著：《清代詩學研究》，頁28。
〔註17〕明・陳子龍撰，上海文獻叢書編委會編：《陳子龍文集》上下冊，上冊，陳忠裕公全集，卷3，論1，頁153。

本文會先打從陳子龍此二詩歌原理出發，主要是不管在於怨刺諷喻的干預功能，還是溫厚和平的盛世之音，它們都基於一種對政治社會現實的情感志趣。這攸關的正是雲間詩學的最高綱領，即陳子龍在〈佩月堂詩稿序〉裏之所謂「情以獨至爲眞。文以範古爲美。」﹝註18﹞這前一句裏說的正是對於「情」的要求。後者我們會在接下去的部分再進行了解。此兩者甚至還有次序先後的問題，並被張健與謝明陽二人做出不一樣的解釋。然而我們必須先理解，雲間詩學對於「情」的要求就是包括了情感與志趣兩範圍。這兩者的關係有異於緣情即緣情，言志即言志，它在雲間詩學當中隸屬二合一的關係。因此陳子龍才把「憂時託志」作爲「詩之本」。如果必須更深入去了解「憂時託志」的意涵，陳子龍在〈青陽何生詩稿序〉裏更把它延伸出：「明其源。審其境。達其情。本也」的說法。在文中他進一步的解釋道：

> 夫夏之五子。商之箕子。周之姬公、吉甫。衛之莊姜。楚
> 之屈平。之數子者。皆以抒忠愛、寄惻隱也。下至枚蘇曹
> 劉。斯義未替。及唐杜氏。比興微矣。而怨誹獨存。其源
> 遠。故其流長也。古人之詩也。不得已而作之。今人之詩
> 也。得已而不已。夫蘇李之別河梁。子建之送白馬。班姬
> 明月之篇。魏文浮雲之作。此境與情會。不得已而發之詠
> 歌。故深言悲思。不期而至。今也既無忠愛惻隱之性。而
> 境不足以啓情。情不足以副境。所紀皆晨昏之常。所投皆
> 行道之子。胡其不情而強爲優之啼笑乎。故曰明其源。審
> 其境。達其情。本也。﹝註19﹞

顯而易見，陳子龍所謂「憂時託志」的內容，就是上文中提及的「抒忠愛、寄惻隱」。這「忠愛惻隱之性」更是其來有自的，並有一定正統系譜可以往上追溯；其最初就是「夏之五子」，而後「下至枚蘇曹

﹝註18﹞ 明・陳子龍撰，上海文獻叢書編委會編：《陳子龍文集》上下冊，上冊，陳忠裕公全集，卷7，序1，頁381。

﹝註19﹞ 明・陳子龍撰，上海文獻叢書編委會編：《陳子龍文集》上下冊，下冊，安雅堂稿，卷2，序2，頁36～37。

劉」，到了唐代的杜甫詩歌，對陳子龍而言更只是「比興微矣。而怨誹獨存。」這是陳子龍對於風雅傳統「明其源」的認知。其中更萬般不離對於政治道德內涵的忠愛或怨誹。以至於「審其境」則進一步強調了，此種遭際的「境與情會」。其中的情感必然是最爲眞誠的本心。而只有最爲眞切的境遇才能啓誘最爲眞誠的本心，也只有最爲眞誠的本心才能與最爲眞切的境遇相配稱。這都是「不得已而發之詠歌」，而不能是「不情而強爲優之啼笑」的「詩之本」。

由此可見，雲間詩學強調的是詩歌抒情言志的功能，這在歷來詩學的發展恐怕並不算是特別新穎的主張。然而一如陳子龍在〈詩經類考序〉中再三強調：「夫詩以言志。喜怒之情。鬱結而不能已。則發而爲詩。其託辭觸類。不能不及于當世之務。萬物之情狀。此其所爲本末也。」〔註20〕這說的還是陳子龍所謂「憂時託志」的內容。也只有「當世之務」與「萬物之情狀」相連類，詩歌言志與抒情的功能才能發揮其最大的效用。而李雯對此又是怎麼理解的呢？在李雯有限的詩論當中，〈彭燕又敬亭悲秋二稿敘〉就有一段意思很接近的記載：

> 夫高山流水之調。使冠蓋者爲之。辭雖立而神不善。紫宮帝闕。軒車劍佩。使蓬蒿下士流連而詠嘆焉。浮慕雖工。要非合體之作也。故曰詩生于境。境生于情。鳥夜鳴獸。朝呼閻閈。婦子悲愁。啼笑黃冠。野夫負日。簷下鼓腹。田中賈客之帆檣。征夫之介冑。蟲之啾啾。草之芊芊。凡此者情之屬也。彼其無文。故不能傳焉。而詩人一唱三嘆。流連而疏繪之詞。賦即小道乎。方其意得。感動天地。悲泣鬼神有以也。（石刻本，卷34，敘2，頁498）

在這段引文裏，我們可以獲得的訊息並不會少。其中自然就是李雯本身反對那些「辭雖立而神不善」的作品。因爲這些作品寫的都是「紫宮帝闕」或「軒車劍佩」，倒有點像歌功頌德，即頗爲人非議的臺閣

〔註20〕 明·陳子龍撰，上海文獻叢書編委會編：《陳子龍文集》上下冊，下冊，安雅堂稿，卷3，序3，頁64。

體系的意味。這些作品表面上寄託了詩人好高騖遠的仰慕之情，然而這始終沒有詩人本身與事物精微之所在相配稱的高度與深度。這事物精微之所在是必須結合詩人乃至於讀者自身的神情意態、風采神韻，於是乎才有李雯所謂「詩生于境境生于情」的詩學理想。

　　這命題是古老的。也是詩人們多半一直在追索的創作境界。一如鍾嶸曾於《詩品》中提及：「氣之動物，物之感人，故搖蕩性情，形諸舞詠。」〔註21〕這詩歌起源於人對周遭境遇的感動，而感動本身就是情感對於境遇的延展。因此凡是「鳥夜鳴獸。朝呼閨閨。婦子悲愁。啼笑黃冠。野夫負日。簷下鼓腹。田中賈客之帆檣。征夫之介胄。蟲之啾啾。草之芊芊」等種種情境，都是「辭立神善」的詩歌來源。關於這一點，我們更能從李雯另一篇〈王子樹越中吟敘〉中獲得更確切的證明。李雯在此說道：

> 夫古者能言之家。才高情深。依類托寓。而風旨用興。然方其隱約失志。則搜奇遐荒。抗思往古。當此之時。獻酬之事少。而矜情之意多。故其詩激而幽。及乎富貴高明。順時而運。覽神皐之巨麗。揚薦紳之英華。當此之時。矜情之意衰。而獻酬之事盛。故其詩顯而浮。（石刻本，卷34，敘2，頁499）

詩人只要有這樣高深的才情，並善於「依類托寓」者，他仍舊可以基於在面對如何困難或富貴的情境之下，藉移情之作用，爲現況作出最爲激幽或顯浮之詩歌──當然相較於顯浮，這裏的李雯應當更推崇詩歌激幽的風格。故其在結尾時才又說道，詩歌的寫作，大都是「稱情而言。應感而作。」（石刻本，卷 34，敘 2，頁 499）這才是詩歌應有的一種寫作之眞性情。而惟有把其中這樣的眞情實感延伸出來的境遇，將之化爲詩句，才有可能感天動地，驚神泣鬼。於是我們便不難發現，這與陳子龍「不得已而發之詠歌」的「詩之本」是相一致的，對於復古詩歌寫作充滿理想的論調之一。

〔註21〕南朝梁‧鍾嶸著，曹旭集注：《詩品集註》（上海：上海古籍出版社，1994 年 10 月），頁 1。

　　除此之外，李雯還有一篇〈湘眞閣稿序〉，記載了雲間三子對於詩歌創作「三審」的衡量標準。這序文其實並沒有收錄在《蓼齋集》裏。而且「三審」之說——審情、審氣、審音者，雖分別出自李雯、宋徵輿和陳子龍三人之手，然而本文以爲，這還是有著他們三人之間對於詩學立論的共識存在，也決不只是各持其說罷了。因此，李雯才會在文末說道：「蓋三子之所以言詩備矣」〔註22〕。對於審情的部分，恰巧這正由李雯作出詳細地解釋，並可以和上文的〈彭燕又敬亭悲秋二稿敘〉和〈王子樹越中吟敘〉三者相互參照一二：

> 凡詩之情，和厚而渾深，悲離而近眞，留連於物而無黷褻之心，毋苟爲逞極而失其平。道之，以觀其通也；湫之鬱之，以鳴其不得已也；隱之，以觀其思也；約之，以示其不淫也。故審情之作，十不失四五焉。〔註23〕

可以說，相較於宋徵輿審氣的「十不失三四」和陳子龍審音的「十不失一二」，審情在李雯（或雲間三子）看來是「十不失四五」的重要衡量過程。他對於情志在詩歌裏的要求就是要溫和敦厚，而且質樸純正，最重要的則是「近眞」。只要可以入乎其內而出乎其外，詩歌就能寫得較爲通達而有情思，亦不會出現情志寄寓過猶不及的尷尬處境。其中所謂使得詩歌中這樣的情志凝集和鬱伏，就可以達到「鳴其不得已也」的目的。這說的還是陳子龍「不得已而發之詠歌」，即「詩之本」的理論範圍。因此詩歌之於李雯，詩本於情的重要性同樣爲他復古主義的詩學理念所注重。特別的是，李雯在較前期的一篇〈沈景期詩敘〉中也曾提到：「故曰詩者。貧賤憂戚易爲工。富貴逸樂難爲善。」（石刻本，卷34，敘2，頁499）這與中唐詩人韓愈的「物不得其平則鳴」〔註24〕和「讙愉之辭難工，而窮苦之言易好也」〔註25〕，

〔註22〕明・陳子龍著，施蟄存、馬祖熙標校：《陳子龍詩集》，附錄三，各集原序，頁770。

〔註23〕明・陳子龍著，施蟄存、馬祖熙標校：《陳子龍詩集》，附錄3，各集原序，頁770。

〔註24〕語出韓愈〈送孟東野序〉。詳見唐・韓愈撰，馬其昶校注，馬茂元整理：

都屬於同一個論述脈絡，或可謂機杼同出。

回到〈彭燕又敬亭悲秋二稿敘〉的部分，在引文中李雯亦提及詩本於情以外的另一項不能切割的課題。即「浮慕雖工。要非合體之作也。」這呼應的其實正是前面所提及的，「文以範古爲美」這雲間詩學的最高綱領之一。這綱領又與陳子龍〈青陽何生詩稿序〉裏的：「辨其體。修其辭。次也」〔註26〕相關聯。簡言之，「文以範古爲美」的「文」應當就包括了詩與文的創作。而所謂「範古」，說的正是要以古人詩文的形式風格爲範圍。如果超越了這範圍，就不是「合體之作」。對於不是「合體之作」，雲間諸子就不會認爲這是好的詩文。因此辨別這些創作的體格，修飾這些創作的語言，自也是不可或缺的學詩過程。可以注意的是，這裏便牽涉了前面所謂張健的「等級範疇」與「程序先後」的問題。

就「等級範疇」來看，也就是在上文當中，我們可以很清楚地了解到雲間諸子，尤其是陳、李二人，都很強調詩歌以情志爲本，體格形式爲次的主張。相較於陳子龍在〈佩月堂詩稿序〉裏，他就曾標舉自己是當然樂見那詩歌的情感與形式風格兩者不能偏廢的重要性。觀其文曰：

> 貴意者。率直而抒寫。則近於鄙朴。工詞者。黽勉而雕繪。則苦於繁縟。蓋詞非意則無所動盪。而盼倩不生。意非詞則無所附麗。而姿制不立。此如形神既離。則一爲游氣。一爲腐材。均不可用。〔註27〕

此中「意」者當是指情感方面而言，「詞」者則是指形式方面而言。根據陳子龍的論點，如果過於「率直而抒寫」，詩歌將會顯得有些粗

《韓昌黎文集校注》（上海：上海古籍出版社，1987年6月），頁233。

〔註25〕語出韓愈〈荊潭唱和詩序〉。詳見唐・韓愈撰，馬其昶校注，馬茂元整理：《韓昌黎文集校注》，頁262。

〔註26〕明・陳子龍撰，上海文獻叢書編委會編：《陳子龍文集》上下冊，下冊，安雅堂稿，卷2，序2，頁36。

〔註27〕明・陳子龍撰，上海文獻叢書編委會編：《陳子龍文集》上下冊，上冊，陳忠裕公全集，卷7，序1，頁381。

俗而質樸。這矛頭指向的應該就是當時公安派詩學主張所帶來的弊端。如果過於「黽勉而雕繪」，詩歌將會顯得有些繁密而瑣碎。這矛頭指向的也應該就是當時竟陵派詩學主張所帶來的弊端。然而究極的問題更在於，「意」與「詞」的統一，「宜其易於兼長而不逮古者」〔註28〕。因此三代以前，陳子龍認爲「民間之詩」——比如《詩經》，就很有效地把情感與形式作有機的統一。這些作品就「意」的部分而言可以「動於情之不容已耳」〔註29〕，就「詞」的部分而言又「何其婉麗而雋永也」〔註30〕。只是在陳子龍看來，三代以後的詩人：

> 情莫深於十九首。文莫盛於陳思王。今讀其青青河畔草。
> 燕趙多佳人。遂爲靡麗之始。至贈白馬王彪。棄婦情詩諸
> 作。淒惻之旨。溢於詞調矣。故二者不可偏至也。〔註31〕

這裏雖然強調了「意」與「詞」所謂「二者不可偏至」，事實上情感的深至卻可以因爲情境的淒涼，而顯得益加悲婉。這是詩歌形式風格所維繫不住的眞摯之情。因此要想在「意」與「詞」之間不能有所偏廢，可見並不是件容易的事。也或者因爲這樣的緣故，詩歌若能以情志爲本，體格形式爲次，其價值意義並不亞於情詞合一的最高境界。

只是問題又來了，陳子龍的〈宣城蔡大美古詩序〉在情感與形式風格之間，又作了狀似矛盾的詮釋。也就是理想上對於詩歌的期許和實際操作上的情況似乎略有不同。他說：

> 夫今昔同情。而新故異製。異製若衣冠之代易。同情若嗜
> 欲之必齊。代易者一變而難返。必齊者深造而可得。故予
> 嘗謂今之論詩者。先辨其形體之雅俗。然後考其性情之貞

〔註28〕 明·陳子龍撰，上海文獻叢書編委會編：《陳子龍文集》上下冊，上冊，陳忠裕公全集，卷7，序1，頁380～381。

〔註29〕 明·陳子龍撰，上海文獻叢書編委會編：《陳子龍文集》上下冊，上冊，陳忠裕公全集，卷7，序1，頁380。

〔註30〕 明·陳子龍撰，上海文獻叢書編委會編：《陳子龍文集》上下冊，上冊，陳忠裕公全集，卷7，序1，頁380。

〔註31〕 明·陳子龍撰，上海文獻叢書編委會編：《陳子龍文集》上下冊，上冊，陳忠裕公全集，卷7，序1，頁381。

　　邪。假令有人操胡服胡語而前。即有婉孌之情。幽閒之致。
　　不先駭而走哉。夫今之爲詩者。何胡服胡語之多也。〔註32〕

所謂「先辨其形體之雅俗。然後考其性情之貞邪」，就是在實際操作
上卻以形式風格爲優先考慮，而把其中情感的端方眞誠或妖異怪誕，
是要相對於形式風格而作出詩歌是好是壞的考量。張健以爲會發生這
樣的現象，主要是：

　　所謂「本」、「次」是表示價値等級的範疇，是在兩者之間
　　判定哪一個爲根本，哪一個更爲重要，因而在判定詩歌價
　　値的時候，要以哪一個爲更根本的標準。而所謂「先」、
　　「後」，在陳子龍來説，並不表示價値高低的意義，而是表
　　示程序的先後。先辨形體並不等於説以形體爲根本，只是
　　表示這方面的問題應該優先考慮。從理論上説，兩者並不
　　矛盾。〔註33〕

也就是說，詩歌的呈現效果是多樣性的。判斷詩歌價値的高低，陳子
龍固然會以情志爲本，然而只要碰上了形式風格不合乎風雅傳統的詩
歌，就算其中的情志合乎了風雅傳統的要求，但這也不能算是好的詩
歌作品。由此可見，陳子龍對於詩歌好壞的判定是曲折而嚴謹的。只
是後來謝明陽對此卻有不一樣的解釋。

　　謝氏以爲，〈青陽何生詩稿序〉的本次問題，當屬於「作詩」的
進程而論，反觀〈宣城蔡大美古詩序〉的先後問題，當屬於「論詩」
的進程而論。前者是以創作者的角度論詩，後者則是以閱讀者的角度
論詩。因此謝氏覺得：「『情志』與『格調』的優先順序端視考察視角
而定，不能執一而論。」〔註34〕本文以爲，謝氏的論述確實有助於明

〔註32〕明・陳子龍撰，上海文獻叢書編委會編：《陳子龍文集》上下冊，下
　　　　冊，安雅堂稿，卷2，序2，頁35～36。
〔註33〕張健著：《清代詩學研究》，頁56。
〔註34〕謝明陽著：《雲間詩派的詩學發展與流衍》（臺北：大安出版社，2010
　　　　年3月），頁95。按：其實陳子龍在〈詩經類考序〉中有段關於「言
　　　　詩」與「作詩」的論述，或可佐證謝氏所言。文曰：「夫言詩者與作
　　　　詩者之旨殊。論詩者苦其語焉而太詳。泥于古人之所偶然。而以爲
　　　　必然。宋人之説經。宋人之言詩。一也。至于作詩則不然。用意必

朗化張健在《清代詩學研究》的曲折理解。然而兩者都不可能做出最終的屬於陳子龍詩歌理念的論定。本文姑且藉助張、謝二人之說，聊備陳子龍詩學立論之一。

至此，李雯的對於「合體」「生情」的期待，終究還是面對合了什麼體，才能達到生情效果的質問？我們不妨再看看李雯詩論中最為完整表達雲間諸子好尚前、後七子及其復古主義的〈皇明詩選序〉。尤其是這已普遍作為雲間詩學的共同價值觀。本文便不厭其煩的詳引全文如下，以便作一完整的理解：

> 夫時俗易好。山川異音。風騷之作。隨世適化。嗚呼尚矣。然降自三百。漢魏以來。下迄盛唐。各建美一代。靡有兼綜。至於昭代二祖列宗。文治昭明。遂通羣軌。而高材之士。心應風雅者。亦復上採下獲。風律畢臻。聲詩之道。於是備焉。紀厥源流。殆有三變。

> 洪永之初。草昧雲雷。靈臺偃革。薪林未薙。而精英澄湛之風。已魄已兆。時則有季廸、伯溫唱之。而袁、楊諸公和之。皆颷然特起。才穎初見。雖騰踔甫驚。而流風不競。俚者猶元。腐者猶宋。

> 至于弘正之間。北地、信陽起而掃荒蕪。追正始。其於風人之旨。以為有大禹決百川。周公驅猛獸之功。一時並興之彥。蜚聲騰實。或号或歌。此前七子之所以揚丕基也。

> 然而二氏分流。各有疆畛。勁者樂李之雄高。秀者親何之明婉。蓋才流競爽。而風調不合者。又三、四十年。然後濟南、婁東出。而通兩家之郵。息異同之論。運材博而攜會精。譬荊棘之既除。又益之以塗茨。此後七子之所以揚盛烈也。

> 自是而後。雅音漸遠。曼聲竝從。本寧、元瑞之傳。

周而取象必肖。然後可以感人而動物。」詳見明‧陳子龍撰，上海文獻叢書編委會編：《陳子龍文集》上下冊，下冊，安雅堂稿，卷3，序3，頁65。

> 既夷其樊圃。而公安、竟陵諸家。又實之以蕭艾、蓬蒿焉。
> 神、熹之際。天下無詩者。蓋五六十年矣。
> 　予小子不敏。嘗與同學之士。臥子陳氏。轅文宋氏。
> 切磋究之。痛蜩螗之羣鳴。憫英韶之莫嗣。遂掞材覃思。
> 紹興絕業。歷序一代之作者。裒其尤絕。附於採風之義。
> 亦其勉厥所學。昭示來者。用彰本朝之巨麗云。〔註35〕

這序本有三篇文章，分別由雲間三子所寫就。而李雯在此序文中，便首先標舉了明代以前，詩歌最美好的時代大致有《詩三百》時代、漢魏時代以及盛唐時代。這三個時代都有自己不可取代的特點，所以李雯才會說，這是詩之爲體隨世適化的「各建美一代」。李雯此說當然能與陳子龍在〈青陽何生詩稿序〉往上追溯的三個風雅傳統譜系相闡發。因此不可置疑的是，其中又以《詩三百》時代作爲詩歌標準衡量的最高價值，漢魏時代則次之，盛唐時代再次之。

　　這理想的三個時代之所以會逐漸退化，主要是詩人並無法將這三個時代的特點都兼理綜合起來。於是乎李雯覺得只要把三者都兼理綜合起來，風雅傳統的回歸就不會是件難以完成的事。而把三者兼理綜合起來的重擔就落在了明代的肩膀上，並藉著前、後七子以及他們的對於復古的願想與實踐，得到一定的成果。這當然也就說明了，盛唐以後乃至於明代以前，李雯並無特別推崇那個時期的詩歌風尙。李雯追步的復古主義便由此清晰可見。

　　只是他又覺得，這明代詩歌雖是「風律畢臻」，然而迨至明末之際，詩學的發展在這期間的仍有三大變化，而不得不讓人注意。在這三大變化當中，洪武、永樂時期的高（啓）、劉（伯溫）、袁（凱）、楊（基）等的詩歌成就，並不及於後來的李（夢陽）、何（景明）、王（世貞）、李（攀龍）等的詩歌成就。這是因爲後者能把詩歌的風雅傳統發揚成巨大的基業，以及傳播出盛大的功業。前者詩作則只

〔註35〕明・陳子龍、清・李雯、清・宋徵輿撰，上海文獻叢書編委會編：《皇明詩選》全 2 冊（上海：華東示範大學出版社，1991 年 12 月），上冊，頁 7〜10。

是「俚者猶元。腐者猶宋。」李雯對於前、後七子的崇尚也就表露無遺了。

因此，李雯所謂「合體」「生情」之說，其中只要合乎的正是《詩三百》時代、漢魏時代以及盛唐時代的詩歌體格，只要有「痛蜩螗之羣鳴」的情意，以及「憫英韶之莫嗣」的志趣，這才能達到他心目中創作與識別美好詩歌，及其繼承風雅傳統的境地。李雯對於詩的立說就是這麼依循著雲間詩學，尤其是陳子龍立論的整體趨向。他沒有突破陳子龍詩學的藩籬，反而他總覺得不論是詩歌的創作還是詩論的建立，自己總是不如陳子龍般「既其才而專其學」（〈湘眞閣稿序〉）〔註 36〕。又所謂對於詩之爲道，「臥子蓋深知之，而能言之，迺今而身至之矣」（〈白雲草序〉）〔註 37〕。因此相較於李雯他自己，在〈陳臥子屬玉堂詩敍〉當中，他便自謙地說：「臥子固已絕塵而奔，不可望矣」（石刻本，卷 34，敍 2，頁 494）。至於李雯對詩歌實踐的部分，本文試著分述如下。

第二節　不囿於成見：李雯擬古詩中追慕古人的抒情體驗

在中國文學史的發展過程當中，擬古似乎是文人學習創作，或對古人致敬的普遍歷程。一如漢魏之擬騷，以及六朝之擬古樂府，或擬古詩都屢見不鮮。唐代以還的擬古創作更可謂層出迭見。然而這裏存在的疑義是，擬古者有無自己時代的本來面目以及詩歌的特點，應當是研究者可以反復進行檢驗的空間。明末胡應麟曾於《詩藪》中感慨道：「建安以還，人好擬古。自三百、十九、樂府、鐃歌，靡不嗣述，幾於充棟汗牛。」〔註 38〕這現象持續到了明末清初，雲間在擬古的實

〔註 36〕明・陳子龍著，施蟄存、馬祖熙標校：《陳子龍詩集》，附錄三，各集原序，頁 770。
〔註 37〕明・陳子龍著，施蟄存、馬祖熙標校：《陳子龍詩集》，附錄三，各集原序，頁 766。
〔註 38〕明・胡應麟撰：《詩藪》（上海：上海古籍出版社，1958 年 10 月第 1

踐上更無疑顯得殫精畢力。查看雲間三子等人的作品集結，裏頭就有不為少數的擬古之作，是無可否認的事實。根據張健在《清代詩學研究》所歸類：

> 雲間、西泠派五言古詩學漢魏，體現在創作上有兩類：一類是直接以擬古為題的作品，標明所摹擬的詩人及作品名稱。……還有另一類未標明為擬古的作品。這些作品主要是在抒情方式、審美特徵上學習前人，儘管不是直接的擬作，但摹仿的痕跡也是很重的。〔註39〕

除此之外，擬作古樂府也是雲間創作實踐的一種過程。於是陳子龍的詩集裏大致有七卷的創作、宋徵輿的詩集則有四卷的創作，甚至是周立勳、徐孚遠、彭賓以及柳如是等，都在在把擬作的學習反應在他們的詩集當中。至於李雯，一如前文所述，他對於詩的創作實踐在雲間諸子當中確實是用功非常，而並不輸於他人。於是在於擬古的過程裏，他以將近十來卷的創作數量，積極摹擬古人的詩歌。這還尚不包括那些在七言古風或律詩、絕句當中，同樣以上述兩類的創作手法來進行摹仿擬古的詩作。這摹擬的手法與價值在後人看來，雖然並不能給予太多的肯定。畢竟不少的論者仍然相信，摹擬的詩除非有著自然的天才縱逸，否則後出轉精的可能性幾乎是微乎其微。

　　然而本文以為，摹擬之作從來都有商榷的空間。畢竟無論於詩、於文，擬作之人，即作者在行文、下筆當中，都有一定的目的和寄寓。尤其是雲間詩文之風，因宋氏家族的倡導以及相始終的參與〔註40〕，又因陳子龍等豎立復古的大纛而振起之；他們不斷進行的詩酒唱和、社課交流，直接與間接都影響著其中詩文所呈現出來的具體品質。比較來看，他們在擬古樂府的方面都較有相互鬥筆爭輝的預設空間，反之在擬古詩方面則較能投入其真情實意的興發感動。一如

版，1979 年 11 月新 1 版，原中華上編版），外編，卷一，周漢，頁 131。
〔註39〕張健著：《清代詩學研究》，頁 88。
〔註40〕朱麗霞，羅時進：〈松江宋氏家族與幾社之關係〉，《北京大學學報》哲學社會科學版第 42 卷第 2 期（2005 年 3 月），頁 77～82。

吳喬在《圍爐詩話》卷之二中曾說道：

> 凡擬詩之作，其人本無詩，詩人知其人與事與意而擬爲之詩，如擬蘇子送別詩及魏文帝之劉勳妻者最善；其人固有詩，詩人知其人與事與意而擬其詩，如文通之於阮公，子瞻之於淵明者亦可。十九首之人與事與意皆不傳，擬之則惟字句而已；皮毛之學，兒童之爲也。阮籍、郭璞詩有憂時慮患之意，文通所擬皆失之。〔註41〕

「十九首」而後的說辭雖然能細細斟酌。而詩人「本無詩」與詩人「固有詩」的評論，倒可說是一針見血的要言妙道。詩人「本無詩」者，就是詩人以代言模式進行詩歌的創作。其內容與事情的經過、情意的生發，或者皆與自己毫無關係，但詩人卻可以代入其人，而嘗試擬之爲詩。這說的正恍如無論詩人如何著力擬古，如果詩人並不能達到「知其人與事與意」的條件，其詩作霧裏看花、醉中逐月的視角，似乎終將與古人的詩歌境界相去甚遠。

以雲間詩作中最常被拿來檢視的古樂府爲例，如漢鐃歌十八曲之一的〈上邪〉。原詩云：「上邪，我欲與君相知，長命無絕衰。山無陵，江水爲竭，冬雷震震夏雨雪，天地合，乃敢與君絕。」〔註42〕這樂府無疑是一首情感非常熱烈、眞摯，氣勢非常奔放、雄健，而能夠打動人心的民間情歌。詩人化作詩中之我，用深刻地情意表達出那種要以天地爲證，並與情人相親相愛，直到天地重歸於混沌境界的決心。其中用詞雖然淺顯，然而寫情逼人，眞情不渝，氣勢蓬勃，這是後人很難企及的一種渾然境界。因此這樂府一落到陳子龍和李雯之手，就似乎變了調：

> 上邪！自託與君相知，妒人之子當知之。流言罔極，陰陽可移。左有佞伯，右有讒姬。黃金如山甘如飴，不敢與君

〔註41〕郭紹虞編選，富壽蓀校點：《清詩話續編》全4冊（上海：上海古籍出版社，1983年12月第1版），頁516。

〔註42〕宋·郭茂倩編撰：《樂府詩集》共2冊（臺北：里仁書局，1999年1月10日），第1冊，卷16，鼓吹曲辭1，頁231。

相疑。（陳子龍）〔註43〕

上邪。我與君相知。日出月沒天知之。烏白馬角魚高飛。
鳥下沒龍伯。人生竈足出。山海易。不敢與君息。（石刻本，
卷3，樂府1，擬漢鐃歌，頁217～218）

陳子龍的擬作算是思緒流暢而主題明確的。只是他作品的情感框
架，始終流於刻意怨刺的表現。其中所創造的藝術性質大概就是少
了與人較為親近的真情實感。因此相較於原來的〈上邪〉，陳子龍的
擬作略顯得有點剛硬無華。至於李雯的擬作恐怕就更相形見拙了。
張健說：「這首擬作從主題到結構到抒情主人公全與原作相同，只是
換了幾個意象，但與原作相比，顯得機械做作，其藝術性與原作真
有雲泥之別。」〔註44〕誠為公論。尤其是李雯一樣以不可能實現的
情事來比喻要「與君相知」的毅然決心。然而這份情意與志趣，並
無法透過太精致而複雜的意象汩汩流出。相較於原來的〈上邪〉，李
雯的擬作便無法突破原有的自然境界，即如同吳喬所謂「擬之則惟
字句而已」。

　　如同〈上邪〉例子的古樂府在雲間擬作之中實在不勝枚舉。這是
就連「破盡蒼蠅蟋蟀之聲」〔註45〕的陳子龍都無法完全避免的事。我
們不妨再以同樣流傳甚廣的吳聲歌曲的〈華山畿〉為例。〈華山畿〉
的原作有二十五首，隸屬樂府清商曲辭之下。陳子龍在此只擬作了第
一首。而李雯卻擬作了二十四首。我們就以其中的第一首作相互的比
較。原詩云：「華山畿，君既為儂死，獨生為誰死。歡若見憐時，棺
木為儂開。」〔註46〕這樂府在《古今樂錄》裏本連接著一段非常動人
的愛情故事。因此作為當時流傳甚廣的愛情民歌而言，〈華山畿〉的

〔註43〕明‧陳子龍著，施蟄存、馬祖熙標校：《陳子龍詩集》，卷2，古樂府
2，頁42。
〔註44〕張健著：《清代詩學研究》，頁89。
〔註45〕清‧朱彝尊輯錄：朱竹垞太史選本《明詩綜》全30冊共100卷（康
熙四十四年秀水朱氏六峰閣藏刊本），第25冊，卷75。
〔註46〕宋‧郭茂倩編撰：《樂府詩集》共2冊，第1冊，卷46，清商曲辭1，
頁669。

情感仍舊飽滿並頗具典型性。畢竟它亦是從平易的詞句中帶出驚天地、泣鬼神的悲劇張力。只是這又落到陳子龍與李雯手裏，其中藝術的境界似乎又被精致化，而少了民俗歌調的自然神韻：

> 華山畿，其高五千仞，儂情重于山。仙掌雖云雄，不能持雙鬟。(陳子龍)〔註47〕

> 儂今大織作。晝夜庭不眠。紝素未成匹。中心自可憐。(石刻本，卷5，樂府3，擬吳聲歌曲，頁246)

陳子龍的擬作仍嘗試圍繞在華山畿的現地抒寫，以及附著於原作那透入棺中的女子故事之上。他把華山仙人掌峰的高聳標雄，對照出「儂情重于山」的深刻程度。因此不管這「儂」者說的是「你」還是「我」，這個「情」的高度與濃度就有了一定的震懾力。只是相較於原作而言，這樂府的藝術性質始終顯得疏樸了些。至於李雯的擬作就顯得更加跳脫了。他寫的純粹是一個織作思婦，其克勤克儉之貌。這思婦優厚深長的情感恐怕必須配合剩餘的二十三首一起觀摩，才能仔細拼湊出其中寄寓的千愁萬恨。可以說，陳、李二人在這些擬作大都「本無詩」，儘管他們了解到詩歌原作的內容與事情的經過、情意的生發，然而他們發揮不出原來作品最能動人心魄的真情實感。這應當是後人擬作前人作品時難免的窘境。

　　於是這現象亦同樣發生在五言古詩的擬作上。尤其是擬作〈古詩十九首〉的部分，頗為後人所詬病，進而呈現出這種擬古傾向過猶不及的缺陷所在。即便是吳喬稱之為「皮毛之學，兒童之為也」這種過甚其辭的評價，然而有關擬古之必然，這在雲間諸子的詩集當中還是能找不少典型的案例。本文以最為人所熟悉的〈行行重行行〉為例。原詩云：

> 行行重行行，與君生別離。相去萬餘里，各在天一涯。道路阻且長，會面安可知。胡馬依北風，越鳥巢南枝。相去

〔註47〕明・陳子龍著，施蟄存、馬祖熙標校：《陳子龍詩集》，卷1，古樂府1，頁15。

日已遠，衣帶日已緩。浮雲蔽白日，遊子不顧反。思君令
人老，歲月忽已晚。弃捐勿復道，努力加餐飯。〔註48〕

作爲漢代五言詩相當成熟的代表作，〈古詩十九首〉在歷來文人的心
目中都有一個非常崇高的地位。它代表的是一種直接的、樸實的寫作
方式，結合了文人在裏頭把語言運用得凝練自然，足以感傷不已而又
能抒發情感。因此鍾嶸曾在《詩品》中把〈古詩十九首〉列爲詩歌之
上品。並於〈古詩〉一文中評價〈古詩十九首〉道，此十九首：「文
溫以麗，意悲而遠。驚心動魄，可謂幾乎一字千金！」〔註49〕因此我
們在〈行行重行行〉裏便可以看到這樣美好的特點。

　　〈行行重行行〉寫的雖然是思婦對於即將遠行的丈夫，那種相
思、不捨與眷戀之情。然而其中別離過苦的況味，以及相對於逐臣
之間的寄寓，卻是那麼的纏綿悱惻、措辭溫厚，並且表現出詩人含
而不露的深刻情意，這與《詩三百》的表現風格是很接近的。也因
此鍾嶸在〈古詩〉中一開頭就直接說道：「其體源出於〈國風〉。」
〔註50〕莫怪乎雲間詩學在爲風雅傳統建立譜系之時，漢魏詩風僅次
於《詩三百》之後。而陳子龍和李雯又是如何處理〈行行重行行〉
的呢？且看詩云：

征途一何渺，萬里安足期？飛蓬亦有根，君行竟誰知？遙夜
託清夢，眷言心念誰？浮雲依大野，春風動華滋。感物易成
響，撫物易成曩。胡爲慷慨士，因之多俯仰！思君恐後時，
天寒馳宿莽。我勞復何如？音徽日以往。（陳子龍）〔註51〕

驅馬迅行邁。遠道不可知。凤昔寐徽音。誰爲三春期。歲
月徂以修。君行安所之。青蕪生往路。明月留去帷。去去
君不返。悠悠妾心斷。驚風吹朔馬。遊子星下飯。寶帶爲

〔註48〕南朝梁·蕭統編，唐·李善注：《文選》全6冊（上海：上海古籍出
　　　　版社，1986年8月），第3冊，第29卷，詩已，雜詩上，頁1343。
〔註49〕南朝梁·鍾嶸著，曹旭集注：《詩品集註》，詩品上，古詩，頁75。
〔註50〕南朝梁·鍾嶸著，曹旭集注：《詩品集註》，詩品上，古詩，頁75。
〔註51〕明·陳子龍著，施蟄存、馬祖熙標校：《陳子龍詩集》，卷5，五言古
　　　　詩2，頁111。

君寬。鬢髮爲君亂。離別安可爲。沈憂誤芳旦。（石刻本，卷
9，五言古詩，擬古，頁282）

顯而易見，相較於古樂府詩句的長短不一，形式自由變化，參差錯
落，並且不拘一格。陳、李二人或能在五言古詩這方方寸寸之間拿
捏得較爲得宜。且看其二人的擬作前三句都以疑問句襯托出離別前
後的沉重情思。只是陳子龍的詩句較爲剛健清朗，而李雯的詩句較
爲委婉繾綣；陳子龍的措辭取象，沉潛鬱勃，而李雯的詩句較爲絲
絲入扣，情意綿密有致。這些特徵卻恰恰都與精煉生動、韻味深長
的原作大相庭逕，即所謂形似而神不似。而這也正是雲間擬古詩篇
所不能避免的缺失現象之一。

又如一首被張琦評爲「忠臣見疏於君之辭」〔註52〕的〈迢迢牽
牛星〉爲例。原詩云：

迢迢牽牛星，皎皎河漢女。纖纖擢素手，札札弄機杼。終
日不成章，泣涕零如雨。河漢清且淺，相去復幾許。盈盈
一水間，脈脈不得語。〔註53〕

就表面的意義上，這首詩仍然顯示出思婦因秋夜即景，而引起了愁
苦的夫妻離別之情。其詩歌的興發感動，以及即景生情、寓情於景
的古樸手法，透過牛郎與織女星倆倆相望、相隔於天河之上，來訴
說欲以相親而又不能相近的淒然之境。後人大都從比興寄託的視
角，判定牽牛寓意了君上，而織女寓意了人臣；只因爲人臣無法獲
得君上的關注，故而託辭於織女望牛郎之情。因此清代姚鼐才評論
說，此詩是「近臣不得志之作。」〔註54〕那麼陳子龍和李雯又是如
何擬作〈迢迢牽牛星〉的呢？詩云：

蜿蜿雲間龍，濯濯月中兔。仙人攜素手，渺然一相遇。靈
藥欲遺誰？遲哉悲往路！沈吟河漢西，常愁清景暮。眄眄

〔註52〕 隋樹森編著：《古詩十九首集釋》（北京：中華書局，1955年3月），
卷2，箋注，其10，頁16。

〔註53〕 南朝梁・蕭統編，唐・李善注：《文選》全6冊，第3冊，第29卷，
詩巳，雜詩上，頁1347。

〔註54〕 隋樹森編著：《古詩十九首集釋》，卷2，箋注，其10，頁16。

希令顏，千秋誰能度？（陳子龍）〔註55〕

燦燦河鼓星。湜湜銀漢瀾。約約天孫姿。媞媞凌彩烟。靈
軒浩方駕。千秋有常歡。懷茲舜英子。杳若居雲端。何不
隔萬里。相望不可攀。（石刻本，卷9，五言古詩，擬古，頁283）

陳子龍在這首詩的擬作上其實是較有清晰的思緒傳達。而且他不以牽
牛、織女的神話故事作爲詩歌主軸，反而運用了嫦娥奔月的典故，在
「靈藥欲遺誰」的矛盾中，強化終於選擇離別後的千愁萬緒。相較於
李雯之所作，後者則是運用許多疊字詞來雕鏤出神女可望而不可攀的
靈秀之美。李雯擬作的措辭似乎頗讓人嫌其餖飣，而其意義更是相對
的單薄。因此無論是陳子龍的沉著詩意，還是李雯的刻意爲之，這始
終不及〈迢迢牽牛星〉原作般的親切樸實，措辭簡約流暢。他們詩歌
境界就是少了應有的獨至之情，而不能顯得渾然天成。

　　要而言之，雲間諸子致力於擬古的原因，主要還是爲了風雅傳統
的回歸與實踐。陳子龍曾在〈左伯子古詩序〉裏表示：「吟詠之道。
以三百爲宗。」〔註56〕這與李雯在〈皇明詩選序〉裏極力推崇《詩三
百》的時代其實是殊途同歸的。尤其是《詩三百》已代表了詩歌最高
價值之典範。其次又如陳子龍在〈宣城蔡大美古詩序〉中表示：

詩自兩漢而後。至陳思王而一變。當其和平淳至。溫麗奇
逸。足以追風雅而躡蘇枚。若其綺情繁采。已隱開太康之
漸。自後至康樂而大變矣。然而新麗之中。尚存古質。巧
密之內。猶微平典。及明遠以詭藻見奇。玄暉以朗秀自喜。
雖欲不爲唐人之先聲。豈能自持哉。在其當時。鐘記室之
品詩也。於鮑則曰險俗之士多附之。於謝則曰爲後進所嗟
慕。固已知其流漸矣。夫文采日富。清音更邈。聲響愈雄。
雅奏彌失。此唐以後古詩所以益離也。〔註57〕

<hr>

〔註55〕明‧陳子龍著，施蟄存、馬祖熙標校：《陳子龍詩集》，卷5，五言古
　　　　詩2，頁114。
〔註56〕明‧陳子龍撰，上海文獻叢書編委會編：《陳子龍文集》上下冊，下
　　　　冊，安雅堂稿，卷3，序3，頁82。
〔註57〕明‧陳子龍撰，上海文獻叢書編委會編：《陳子龍文集》上下冊，下

也就是說，詩歌只要越偏離《詩三百》時代，甚至是漢魏時代、盛唐時代，就五言古詩（應該也包括了古樂府）而言，文辭雖然變得越是雅麗華美，然而其中清越的聲音卻越不如以往；詩歌的風調越是雄健，然而高雅的文辭卻越是消失了。這當然是為什麼後人如雲間諸子的擬古之作，是怎麼都不能與真正的古詩、古樂府相比擬。只是本文相信，這並非完全是對於詩歌理念沒有斟酌餘地的結論。對於陳子龍而言，他可能也一度了解到擬古本身不能避免的限制與缺點。因此在〈彷彿樓詩稿序〉裏，他曾表示：

> 蓋詩之為道。不必專意為同。亦不必強求其異。既生於古
> 人之後。其體格之雅、音調之美。此前哲之所已備。無可
> 獨造者也。至於色采之有鮮萎。丰姿之有妍拙。寄寓之有
> 淺深。此天致人工。各不相借者也。譬之美女焉。其託心
> 於窈窕。流媚於盼倩者。雖南威不假顏於夷光。各有動人
> 之處耳。若必異其眉目。殊其玄素。以為古今未有之麗。
> 則有駭而走矣。〔註58〕

可以想見，陳子龍其實也沒有特別否認後人可以在體格、音調方面獨有新創的可能性，他只是認為後人也許不足以創造出符合風雅傳統的體格與音調，進而媲美於古人最高的價值典範。因此如同在〈青陽何生詩稿序〉裏，陳子龍說：「生於後世。規古近雅。創格易鄙。然專擬則貌合而中離。群彙則采雜而體亂。」〔註59〕那麼如果必須對於風雅傳統有所回歸與實踐，他們能做的除了是在體格與音調上盡可能追摹古人，他們其實還可以在作品的「色彩」、「丰姿」、「寄寓」三方面，既「審美」和「內容」兩大方向去表現出自己的時代與個人結合的獨至特點。

　　本文以為，這倒與上文所引吳喬之所謂詩人「固有詩」者可以

冊，安雅堂稿，卷2，序2，頁35。
〔註58〕明・陳子龍撰，上海文獻叢書編委會編：《陳子龍文集》上下冊，上
　　　　冊，陳忠裕公全集，卷7，序1，頁377～378。
〔註59〕明・陳子龍撰，上海文獻叢書編委會編：《陳子龍文集》上下冊，下
　　　　冊，安雅堂稿，卷2，序2，頁37。

兩相結合來論述。正因爲詩人本身「固有詩」，儘管詩人以代言模式
進行詩歌創作，其內容與事情的經過、情意的生發，便能與自己的
遭際，作出更符合現實情意與志趣的相互聯係。這說的正是詩人著
力於擬古，詩人或能藉此達到「知其人與事與意」的條件，其詩作
就更不會因爲不符合古人風雅傳統中的體格與音調，而對此有著天
差地別、截然不同的困難處境。本文相信，這一點在雲間諸子的詩
作裏是應該被看見的。因此後人在看待陳子龍的詩作時，都覺得那
些擬古之作如〈薤露〉、〈蒿里行〉、〈行路難〉或者雜詩系列等，都
有他成功的憂世與詠懷的抒發。

　　回到李雯的古樂府以及古詩的擬作上，我們便不難再舉數例，
藉此印證其實儘管是擬古，李雯還是可以把它處理得周妥而有著自
己的寄寓。好比相對於鬱勃而古樸的古詩，李雯的古樂府如擬平調
曲的〈銅爵伎〉：

　　翠輦辭朱陛。明妝入總幃。不愁歌舞盡。但苦艷陽非。月
　　冷青松樹。香銷金縷衣。年年漳水上。千里暮雲飛。（石刻
　　本，卷4，樂府2，擬平調曲，頁229～230）

這樂府又名〈銅雀臺〉，或〈銅雀妓〉。歷來甚爲不少詩人所偏愛與
擬作。譬如謝朓、何遜、江淹、王勃、鄭愔、劉長卿不等，都曾有
過相關的摹效。而〈銅爵伎〉主要所憑弔的，是被曹操羈鎖在銅雀
臺上的歌伎；即詩人都同情著她們在曹操去世以後，仍不得離開銅
雀臺的不幸遭遇。因此在每首詠史般的詩歌裏，其中大都貫徹著詩
人對於歌伎所遭受的幽禁寄予深厚的同情，及其以曲筆銜接了自己
人生在世，卻難以自得的幽苦之境。李雯在處理這樂府的時候，其
實很能抓住其中悲楚的況味。「不愁歌舞盡。但苦艷陽非。」便可謂
簡潔而含義深刻的警句。畢竟當初以富麗之姿，深爲如曹操這般在
上位者所賞識。一旦艷陽不再、日暮將近——寓意在上位者的昨是
今非，以歌舞爲生的歌伎又將以歌舞再取悅於何人？這種雖生猶死
之情，到了後四句以景物代入情意，並作爲詩歌的收束，其實有著

讓人低回不已，吟詠再三的委婉勝境。又如一首擬楚調曲〈怨歌行〉
爲例。詩云：

> 幽蘭生君側。託體自言芳。何期遭毀折。棄擲眞路旁。意
> 苦常見疑。情深固難量。伯奇帶冰藻。行歌心內傷。班姬
> 旣下車。遠愛如探湯。念君庭戶深。青蠅居帷墙。自復隔
> 衾裯。險阻安能詳。絃絕有餘音。鏡缺有餘光。親者雖自
> 親。寄生依空桑。疎者雖自疎。玄鶴應清商。同氣苟不乖。
> 何必愁履霜。(石刻本，卷5，樂府3，擬楚調曲，頁238)

這樂府的淵源其實也是頗爲深厚的。它可能和古樂府〈怨詩行〉〔註60〕
有所連接，也可能與西漢班婕妤的〈怨歌行〉〔註61〕更爲接近。本文
以爲，李雯在這樂府的處理上應當脫胎於後者，即亦稱爲〈團扇歌〉
的宮怨之作。這主要是因爲班氏樂府借著紈扇的遭遇，進而抒發了宮
女寵愛難持的哀怨之情。而李雯則不以宮怨爲樂府的主軸，卻以楚騷
中常見的「幽蘭」意象，來比喻君子的自持自愛，及其可能對於自己
品行的高度期待。然而「幽蘭」「自言芳」，卻常如娥眉遭忌般「意苦
常見疑」。這無疑對託體言志的（詩）人而言是極具傷害性，卻又是不
能不面對的人生挫折之一。因此李雯再以伯奇與班昭的典故，帶出了
如同「青蠅」般的奸佞必不能免於君子之側，而希望面對挫折的人能
以樂觀自得的心意，自守不阿，自重其身。這樂府所呈現的其實就是
含而不露、怨而不怒的溫厚和平之旨，自然不是那些擬作自曝其短的
表現所能抹煞的。

　　此中可以注意的是，以上所引兩首樂府其實都有收錄在《雲間三
子新詩合稿》之中。(詳見陳立校本)〔註62〕由於這三子合稿成書於
明亡前後，這間接的表示了，李雯的樂府擬作其實越是到了他的創作

〔註60〕宋・郭茂倩編撰：《樂府詩集》共2冊，第1冊，卷41，相和歌辭
　　　　16，頁610～611。
〔註61〕南朝梁・蕭統編，唐・李善注：《文選》全6冊，第3冊，第27卷，
　　　　詩戊，樂府上，頁1280。
〔註62〕〈銅爵伎〉見卷6，頁117；〈怨歌行〉見卷1，頁4。「絃絕有餘音」
　　　　作「弦絕有餘音」。

後期，他越能把握住在理想中古樂府的應有特色表現，並承認那些擬作是好的，而那些擬作被寫壞了。這裏我們可以再用兩首前後期的古樂府擬作〈東門行〉作爲案例以進行比較。首先我們可以了解到，瑟調曲〈東門行〉﹝註63﹞其實刻畫的，是一個因極爲窮困而不安其居，出而復返，並且進行夫婦間相對傾訴對話的平民遭際。原作的思想表達或許是激烈的，然而在樂府的收尾上，作者卻用婦女的口吻，給意欲「拔劍出門去」謀求生路的夫君勸道，應自愛而不要做出違法的事──大致如同犯上作亂的意思。而這作爲丈夫的男子仍然不顧而去。這裏頭的語句變化，尤其是丈夫所表現出的激越高亢，以及急迫的情緒，還有妻子所表現的委婉哀怨，以及謹守本分的刻苦思想，其實都深刻地描摹著漢代社會某個時段中那痛苦而質樸，安分且堅毅人物形象。查李雯早期在模擬此樂府的時候，他的敘事策略是依循著原作的故事發展而鋪展自己的觀點代入。且看詩云：

> 出東門。望長堤。還入門。馬悲嘶。握中無脫粟。起視我
> 車如鷄栖。﹝一解﹞仗劍上車去。兒女何須啼。生當共享鍾鼎。
> 歹𣨛當長城塞下踏爲泥。﹝二解﹞踏爲泥。亦誰能顧。上念黃髮大
> 家。下哺羽林孤兒。今日森嚴。難用周旋。君善自愛莫相
> 思。﹝三解﹞今日森嚴。難用周旋。君善自愛莫相思。咄。我
> 行當馳強。餔糜望將歸。﹝四解﹞（石刻本，卷4，樂府2，擬瑟調
> 曲，頁236）

顯而易見，李雯說的「握中無脫粟」，也就呼應了原作的「盎中無斗儲」、「桁上無懸衣」的貧困狀況。而「仗劍上車去」兩句，也同樣呼應了原作「拔劍出門去」兩句。李雯擬作的表現，其實是強化了這個意欲「拔劍出門」、「仗劍上車」的夫君形象，那更爲激烈的行爲與想望──爲了謀生是可以「歹𣨛當長城塞下踏爲泥」。而在於樂府中妻子的角度，李雯倒顯得有些一反原作的立場，反而是由妻子去鼓勵丈夫得自愛般的鋌而走險。他只需要挂念著家中尚有老小，出門後要懂得

﹝註63﹞宋・郭茂倩編撰：《樂府詩集》共2冊，第1冊，卷37，相和歌辭12，頁549～550。

見機行事，伺機進退便是。可見李雯在原有的主題上不完全表現著翻陳出新的意圖。甚至若放在整體的擬作效果上，李雯這樂府除了那一句「歹當長城塞下踏爲泥」，其實並沒有太大的力與美可以彰顯個人的特色。只是到了後期，即入清後的李雯卻再以〈東門行寄陳氏・附書〉（石刻本，後集，卷1，樂府，頁 653～654）一詩，把原有的詩境完全轉化成自己對陳子龍的深刻愧悔之意，而看不見以原作的人事物來表達他屈身仕清的痛苦感受。這樂府我們在第三章第五節曾引用過，並討論了其中的言志內蘊的深厚性。

　　至此我們便可以明白，其實在於古樂府的擬作上，李雯是逐步從生硬蹩腳的描摹中而慢慢走出了自己的路。即在原有的體格、音調可以追摹古人的前提下，他盡可能自覺地把作品中那「色彩」、「丰姿」，尤其是「寄寓」這部分運用得更爲自如。因此到了李雯的創作後期，他才能在不那麼討喜的擬古樂府上，寫出那麼一點自己的聲口特色。這現象其實更應在李雯的擬古詩中獲得不少發現。畢竟李雯擬作古詩的時期應當與擬作古樂府的時期相差不遠，而且在其古詩擬作的審美藝術上，五言古詩的性靈抒發、規諷寄託，或緣事而發、傷時憂國，似乎更能突破擬古本身存有的局限。因此在詩人「固有詩」的意義上，李雯的擬作其實就不完全能囿於後人對於擬古詩的成見。

　　查李雯五言古詩的擬作較爲明顯者，其特徵多半是未標明爲擬古的作品。然而這些作品都隸屬於「述懷」或「述感」的分類之下。其中〈詠史十首〉（石刻本，卷9，五言古詩，述懷，頁 284～286）大概以漢代班固的〈詠史〉〔註64〕以及建安王粲、西晉左思的〈詠史詩〉〔註65〕爲規格而擬作。至於〈新安四懷詩〉與〈五懷詩〉（石刻本，卷9，五言古詩，述懷，頁 286～290）又有著東晉顏延之的

〔註64〕漢・班固撰，明・張溥編：百三家名集《班蘭臺集》埽葉山房藏版，詩。

〔註65〕南朝梁・蕭統編，唐・李善注：《文選》全6冊，第3冊，第21卷，詩乙，詠史，頁 985～986、987～993。

〈五君詠〉〔註66〕以及鮑照〈蜀四賢詠〉〔註67〕的內涵特質與基本表現方式。然而本文以爲，其中更應以〈古詩一百首〉（石刻本，卷10，五言古詩2，述感2，頁291～301）、〈感興四首〉、〈雜興四首〉、〈雜詩四首〉、〈詠懷詩十首〉、〈雜感十首〉（石刻本，卷11，五言古詩3，述感3，頁302～306）、〈古意三首〉（石刻本，卷11，五言古詩3，述感3，頁307～308）等有意仿效初、盛唐〈感遇〉、〈古風〉諸作，而直接上承魏國阮籍〈詠懷詩〉八十二首〔註68〕爲宗尚的詩歌進行實質地探究。

　　這自然是因爲李雯上述諸詩，或藉助了漢魏詩歌的題材內容與表現方式來含蓄寄託，或是他亦在漢魏詩歌的藝術表現上有所汲取和吸收，進而在詩歌的寫作上帶出了託辭溫厚、曲而不露，並且意味深遠的詩歌境界。其詩歌中的敘事性、抒情性或議論性理應都能各擅勝場或神會心融。雖然我們也不能苛刻李雯的這一些詩作全都已達到意旨隱微、寄託遙深的地步。然而只要細細玩味其中好些不錯的詩篇，這並不難去摸索出李雯擬古詩的特殊之處。礙於文章篇幅，下文只揭舉數例，從而佐證李雯的擬古詩仍有個人獨至情意的表達。比如〈古詩一百首〉其三十四。詩云：

> 蕙蘭本同谷。江漢有合流。翹思慕遠人。仗劍臨九州。大雅未云息。興文多獻酬。良璧抱和氏。明月出隋侯。光彩各陸離。揚聲動林藪。駕言理玉燭。然後銷吳鉤。時命未可知。何爲懷百憂。（石刻本，卷10，五言古詩2，述感2，頁294～295）

這首詩關係的應該是一個國家政事與時代盛衰的「溫柔之音」〔註69〕。

〔註66〕南朝梁・蕭統編，唐・李善注：《文選》全6冊，第3冊，第21卷，詩乙，詠史，頁1007～1012。

〔註67〕南朝宋・鮑照著，錢仲聯增補集説校：《鮑參軍集注》（上海：上海古籍出版社，1980年11月），卷5，詩，頁329～332。

〔註68〕三國魏・阮籍著，陳伯君校注：《阮籍集校注》（北京：中華書局，1987年10月），卷下，詩，頁207～405。

〔註69〕明・陳子龍、清・李雯、清・宋徵輿撰，上海文獻叢書編委會編：《皇

這「溫柔之音」無疑又是雲間詩學一貫地以溫厚和平的旨趣，來作爲詩歌寫作的切入觀點。實際上，這就是上文所提及的陳子龍對於溫厚和平盛世之音的倡導。而李雯正在這首詩歌當中實踐這種對於詩歌的理想。在李雯的觀點裏，他認爲「蕙」、「蘭」這樣美好的植物都是生長在同一個山谷之中，而長江與漢水都終有在武漢匯合的時候。因此憑著這樣簡單而樂觀的信念，他相信儘管在他那時代的氛圍裏，並沒有從前的那麼太平與美好。然而這些時代的本質都是一樣的。只要「仗劍臨九州」，想象著遠古之人爲那些承繼著正統的時代如何努力付出，那麼典雅純正的風雅傳統就不會因此而失去。他進而點出了只要有志於恢復風雅傳統的人，能夠相互性的多方探求。一如美好的和氏璧或隋侯珠一樣，終究得以在它所處的時代散發著風雅傳統所帶來的各自光彩。爲此他們的發聲也終究可以在紛亂的時代當中撼動「林藪」。其中所謂「玉燭」者，說的也正是四時之氣和暢的太平盛世。要言之，只要堅信在這樣的盛世裏託言自身至死不渝的情志，那麼就不必身帶吳鈎而進行戰爭，才能換來如同「遠人」才有的盛世。李雯最後總結道未來的命運與時機終究不能輕易猜測，因此又何必事先對此悲觀的心思懷有種種憂慮呢？

　　儘管這樣的詩在現代看來，其對於當時朝政腐敗、社會動蕩的明末期間似乎只落得個粉飾太平，不能夠面對現實的負面評價。然而回到李雯的立場上，他有著對於朝廷與自己家族之間不能輕易割捨的士人傳統觀念。總的來看，其實正因爲李雯有志於用世，才能在這樣前期的作品中不斷釋放出自己對於國家與自身等同儕的積極期待。這是古人一個自我國家與民族認同的必然過程。因此我們大可從這首詩裏多少看出李雯是如何有力地在這些適合規諷寄託、傷時憂國的五言擬古中，表現出自己的詩歌特色。又如接下來這首〈古意〉其一。詩云：

　　　美人碧雲外。素影春風中。自恃娥眉色。非關羅袖紅。妝

明詩選》全2冊，上冊，頁4。

成不可見。楊柳深春院。朝愁紫燕飛。暮苦流鶯變。欲作陽
春歌。陽春奈若何。清霜坐如此。明鏡濕秋波。（石刻本，卷
11，五言古詩 3，述感 3，頁 307）〔註70〕

在漢魏詩歌的特點上，這首詩仍然相當出色的表現出那種委婉而深
情，哀怨而動人，或高雅或深遠的獨至情思。進而在稱美與諷惡的手
法上，李雯借用了「香草美人」的典型意象，描摹了一個不需要過度
依賴外在物質（譬如「羅袖紅」）點綴的不凡女子，卻在梳妝完成以
後，只能深鎖於春色無邊的院子當中。所謂「妝成不可見」者，雖沒
有直接點出是不能夠見著了誰，但是這也間接說明懷有美好本質的
人，卻無人可以進而拜見與賞識。這又如何不讓一個具備「娥眉色」
的美人哀愁起來？——即是那「明鏡濕秋波」。此外，又進一層來看
待，這美人除了有著美好的本質，似乎也有著可以創造美好本質的能
力。所謂「欲作陽春歌」就是其中最好的證明。畢竟陽春歌當屬於這
麼樣高雅，而又難以演奏的曲調，不正說明了美人非同凡響的能力
所在？只是儘管能把這樣的曲調給彈奏出來，外人卻也未必能聽見
這麼美好的聲樂。因此不管在美人的丰姿、聲色的強調，還是寄寓
的深刻，李雯似乎都能遊刃在漢魏詩歌，其體式與風格的規摹下，完
成所有條件的把雲間詩學給實踐出來。如果說這都只是摹刻出來的作
品，也難免對於那處在所有美好詩歌時代之後的明代——尤其是明末
而言，實在是過於嚴峻而苛刻要求了。

　　事實上，李雯這樣成功的擬作實在也不在少數之中。舉如〈古詩
一百首〉其八：「眷彼蕭艾姿。含榮向我前。」（石刻本，卷 10，五
言古詩 2，述感 2，頁 292）其十六：「蒙茸造雲日。狐鼠紛相過。」
（石刻本，卷 10，五言古詩 2，述感 2，頁 293）其三十二：「鷃雀傲
我前。雞鶩狎我素。」（石刻本，卷 10，五言古詩 2，述感 2，頁 294）
這都頗有譏刺小人當道的意味。又如〈古詩一百首〉其三十五：「閭

─────────────
〔註70〕文本亦收錄於「陳立校本」，卷二，頁 43。「楊柳深春院」作「揚柳
　　　 深春院」；「不敢望恩施」作「不敢望恩私」。

闢猶未開。觀者爲逡巡。」（石刻本，卷 10，五言古詩 2，述感 2，頁 295）〈感興四首〉其四：「雲霧何紛披。旭日慘不昭。」（石刻本，卷 11，五言古詩 3，述感 3，頁 302）〈雜感十首〉其十：「曠哉眞人居。可望不可攀。」（石刻本，卷 11，五言古詩 3，述感 3，頁 306）都試圖感諷著在上位者未能選用賢才。再如〈古詩一百首〉其二十三：「驊騮思伯樂。寶劍待風胡。」（石刻本，卷 10，五言古詩 2，述感 2，頁 293）其七十七：「五乘遺杞梁。投軀赴國艱。」（石刻本，卷 10，五言古詩 2，述感 2，頁 299）〈詠懷詩十首〉其四：「國憂諒不赴。鼎食何能詳。」（石刻本，卷 11，五言古詩 3，述感 3，頁 304）則寄寓了李雯自身希望能爲世所用的毅然決心。

　　這些擬古的例子其實尚不包括七言古風及其律詩與絕句的仿效之作。畢竟漢魏時代的古樂府與五言古詩，才眞正屬於雲間諸子——包括李雯所嚮往的詩歌當中，僅次於《詩三百》這美好黃金年代的價值典範。而後世在看待這些擬作的時候，我們不能僅僅關注那些優孟衣冠、生硬蹩腳的失敗部分，反而我們更應重視裏頭尚且發揮自如，極能表現詩人如李雯自身特色的詩歌存在。畢竟囘過頭以我們現在的目光來檢驗李雯等，這樣用漢魏時代對於詩歌體式與風格的有所要求，衡量明代及其後來的詩歌，是不那麼成熟與進步的立論基點。因此我們同樣不能苛求他們的擬作是否眞的符合了漢魏時代的詩歌準則。反之，我們必須跳脫雲間復古的糾結泥淖，回歸詩人本身的詩作。從詩人的時代來衡量詩作特殊的抒情體驗，這就不難發現其實李雯等尚且能在崇尚體格之外，他們在詩歌裏的情志寄託，其實是清楚地展示著自身時代之風貌於好些擬作當中。這當然是值得我們加以珍重的意義所在。

第三節　現實與寫實的距離：《蓼齋》詩的社會關懷

　　雲間諸子的根基緣自於對國家乃至於君主政治、社會民生有意識的關懷。是故在於倡導經世實學的崇高理想之下，他們莫不一呼百

應，並希冀能有用於世，甚至積極從朝政各方面進行相關深刻的議論，編錄《皇明經世文編》等重要文獻，以宣示這樣的志願。他們對於盛世的渴望就正表現在他們力圖恢復古學，望能再現風雅傳統，並繼承這傳統的信念之上。那麼在於詩歌創作方面，除了應有著一直被強調的《詩三百》之美刺功能，裏頭也存在了爲數不少，對於社會各層面傷時而憂世的積極表現才是。

易言之，雲間詩作與社會現實的關係是被其中諸子所要求的。而作者正也可以憑著自己之所見、所聞、所交際、所經歷，都把它化作詩歌內涵的一部分。因此近人如高士原便曾在其碩士論文《晚明幾社六子及李雯社會詩探微》中說道，社會詩的內容應包括了「倡和詩、酬答詩、傷悼詩、感懷詩、寄贈詩、送別詩等等詩歌作品」〔註71〕。然而高氏這樣高度的囊括範圍，是很籠統地在生活群體之必然關係上，作出寬泛性與社會性的分類。如果說感懷一類尙且還有著作者本身與整體社會連接的現實反映，然而其餘類別則無不有應酬性或遊戲性的本質，那麼高氏論文的囊括，就顯得過於疏闊。這就很容易模糊掉雲間詩學裏，所具備的國家政治與社會民生的關懷傾向，而造成對於社會詩概念的誤解。這尤其廢棄了各類別詩歌題材應有的實質內容。

又如同前文所述，雲間詩歌裏應有著作者本身對於盛世之音或衰世之音的選擇權——因此在這些或有感情激憤，或滿是興亡之感的作品當中，我們便不難在李雯好些類型的詩歌題材裏獲得更多可以進行實質探究的案例。尤其比對前面援引的詩歌而言，李雯在裏頭所使用的「君」與「妾」之間的意象對比，就不免讓人連類起「君」與「臣」之間，自古常見的比喻連類關係。只是這些連類都屬於較爲隱晦、間接與香草美人般的寫作手法，難以有個明確判定作者創作意圖的標準。因此倒不如李雯又一些主題非常明確的，或對於國家朝政、社會時事都有高度關心傾向的詩歌來得容易分辨。舉李雯

〔註71〕高士原：《晚明幾社六子及李雯社會詩探微》（臺中：東海大學中國文學系碩士論文，2004 年），頁 87。

擬古樂府的〈薤露〉爲例。詩云：

> 惟明十三帝。國政在雄瑞。狸質而虎威。睨鼎而登牀。賊
> 臣自相署。假詔執賢良。金木何不仁。濺血滿獄梁。身死
> 既不葬。三五陳縱橫。國士抱甕故。言者殯道傍。幸逢聖
> 明世。白骨歸故鄉。雖然黃鳥詩。千秋爲悲傷。（石刻本，卷
> 3，樂府1，擬相和曲歌辭，頁225）

這首樂府又是一首表現得宜的擬古之作。它其實尚有一個小標題，說
明這首樂府本是：「古以送貴人喪也。僖廟時縉紳裯紗。故以此歌當
之。」因此在於〈薤露〉的擬古上，李雯有意藉助哀悼忠臣烈士的切
入點，用以古喻今的方式，來譏刺那些佩戴宦官帽子裝飾的太監與內
侍等，是如何因爲干預朝政大權，進而導致朝野賢良「濺血滿獄梁。
身死既不葬。三五陳縱橫。國士抱甕故」的歷史事實。查明朝歷史之
所能見，若從僖廟──朱熹宗往上回溯，李雯說的「惟明十三帝」，
正可以回顧到明成祖借宦官勢力，奪得天子之位的故實相互參證。
而且這首詩最終的目的更在於「幸逢聖明世。白骨歸故鄉。雖然黃
鳥詩。千秋爲悲傷」一句。因爲它除了帶出李雯對於他那時剛上任
的崇禎皇帝有所期待之外，卻也警惕著或希冀著崇禎皇帝莫要使得
宦官亂政的現象再度發生；而是要能夠重德保民，才能避免那些有
著德行的賢士不得其所而死。只是這首樂府寫得較早，因此後來崇
禎皇帝很快地又重用起內宦，並進而冤殺了袁崇煥，李雯倒沒有更
進一步的議論便是。

又如對於朝廷發兵以鎮壓內亂，或抵禦外侮的情事上，儘管在明
亡以前李雯並無獲得任何官職，但我們亦可以從李雯不少的詩作當
中，發現他非常關注這些征戰或出兵的政治時事。因此在許多相關勝
仗或敗仗的消息上，李雯常有著一定的詩歌來記述這些事實的經過，
以及抒發他自己對於這些兵士、將領，甚至是對於整個國家的議論與
期待。比如七言古風〈登州行〉和〈收登行〉這兩首詩。這兩首詩所
記述的正是發生在崇禎四年（1631）辛末的孔有德叛亂事件。當時的
孔有德在叛亂事件裏把許多重要的物資都轉送到後金──也就是清

兵陣營的手上，這尤其對當時明清僵持的局面產生了莫大影響。於是
李雯的詩便如此寫道說：

> 登州城上鴉亂栖。登州城中虎交蹄。海月靜泣萬鬼室。石
> 龜不語聞冤啼。遼東小將齒嚼血。見胡骨寒工內醢。白紗
> 黃衣擬府主。霜戈不知人膏熱。赤風遙走腥入天。銀鎗夜
> 燄弓鳴弦。海東已絕安巢燕。黃腄飛翄不得便。臙脂岡下
> 日腳紫。田橫山前飽烏鳶。天子防胡凌海水。專賜榮節鎮
> 牟子。誰知犬羊不在外。攙搶枉矢流於此。此輩豈必皆驍
> 雄。乞活饑民被驅使。近聞江南賦斂悉。一禾安得生萬米。
> 反者不徵此倍輸。老農眼血對眠耜。（石刻本，卷 15，七言古
> 風，述感，頁 343）〔註72〕

> 黃旗飛書馬塵紅。官軍大報登州功。諸將功名起海上。天
> 子斥叱平山東。已聞靈虁同凱士。復傳飛舸凌波中。天聲
> 遙屬震絕島。孤鯨勢與凡魚同。憶昔叛兒稱健士。一朝喋
> 血為封豕。倒挽天弧射四方。衣冠組練縱橫外。謀者紛紜助
> 賊張。親傳鴉聲獻天子。區區小物何足云。彷彿有與淮蔡
> 似。至尊大怒神武攘。遂移猛士來邊方。歐刀檻車付敗將。
> 篲旗雷鼓何煌煌。既奔長蛇萊城下。仍圍困獸牟子旁。驚
> 車突梯城上舞。豐隆吐火雲中翔。窮寇不飛若檻羊。殺人朝
> 餐羅笙簧。美人帳下無顏色。健兒戰外為糜漿。三軍百道駕
> 衝櫓。海霧盤盤走狐兔。咫尺如聞滄溟寬。豈知失勢如焦
> 斧。齊王越相俱英雄。外士如林已可睹。遼東大將庬霜戈。
> 樓船如雲驚天吳。滄海未聞失逋賊。雖有魚腹難逃誅。軍
> 中豈有楊復恭。金貂繡仗何紛拏。曉聞朱鷺心惻惻。東海
> 小臣夜太息。古來何物難驅除。不在山南與河北。（石刻本，
> 卷 15，七言古風，述感，頁 343）

〔註72〕 文本亦收錄於明‧杜騏徵等輯，四庫禁燬書叢刊編纂委員會：《幾社
壬申合稿二十卷》（北京：北京出版社，1997 年 6 月，《四庫禁燬書
叢刊》明末小樊堂刻本），第 34 冊，集部，卷之九，頁 654。以下簡
稱「壬申合稿」。「見胡骨寒工內醢」作「見虜骨寒工內醢」；「近聞
江南賦斂悉」作「近聞江南賦斂急」。

顯而易見，這兩首詩歌在藝術性的構造上還是看得出李雯使力雕鏤的痕跡。畢竟如同〈登州行〉者，李雯試圖在肅殺環境的大氛圍中，盡可能以各種人物形象以外的客觀物體與意象，襯託出登州淪陷後的緊張情勢。然而這樣的環境除了「赤風遙走腥入天。銀鎗夜餤弓鳴弦」較能帶出殺伐之氣的感染力之外，這歌行的前半部卻大都偏向於刻意營造出來的戰後情境。只是筆鋒一轉，所謂「誰知犬羊不在外。攙搶枉矢流於此」者，到底也貶斥了叛軍歹心悖反之餘，終歸在「乞活饑民被驅使」句，帶出在上位者多少未能照顧人民日常生計的緣故，才走到此等官逼民反的地步。這樣的現象一當發生到李雯位處的江南之地，所謂「近聞江南賦歛急」到「老農眼血對眠耡」，正也點出了李雯生怕朝廷這樣的高賦稅施壓，或遲早逼得江南的農民都喘不過氣。於是會否如同那些「乞活饑民」一樣，將被有心人或窮困到無計可施的人所驅使，並也成為農民起義之叛軍呢？李雯不得而知。只不過他說的「一禾安得生萬米」，實在也寫實的帶出糧食不足的情況下，人民困窘生活的處境是何其艱苦。這都是李雯作為詩人某程度悲天憫人的關懷與疑慮。

又如同〈收登行〉的部分，這首詩自然也具備史實性的歷史記述。即大概在崇禎六年（1633）癸酉左右，孔有德因為不堪明軍作困獸鬥般的大軍壓境，他很快也就放棄了登州，轉而投靠當時的後金政權。李雯在詩中頗為著意去彰顯出打勝仗的，類似盛世之音的蓬勃氣勢，進而代入明朝重奪登州固有權的歷史現場。然而李雯如此處理的方式，卻容易讓人誤解為一種讚頌式的史詩抒發。這樣的抒發更可能因此和其餘關涉史實的詩作，「漠視了明朝政治腐敗的殘酷現實」〔註73〕。甚至在比較起陳子龍對於朝廷腐敗的尖銳指責，以及給予那些屍位素餐官吏們嚴厲呵斥的詩歌而言，李雯（與宋徵輿）「反映現實的作品，在深度和廣度上都遠遠不及陳子龍」〔註74〕。

〔註73〕姚蓉著：《明末雲間三子研究》（廣州：廣東高等教育出版社，2011
　　　年5月），頁261。
〔註74〕姚蓉著：《明末雲間三子研究》，頁260。

這都是出自於近人姚蓉對李雯（和宋徵輿）的主要觀察。

　　本文以為，對於李雯這部分的評價，也許是姚氏誤解了李雯在處理此等詩歌內容的選擇權力。一如在前文所不斷提及的盛世之音和衰世之音的主導權上，李雯都盡可能在這樣應該偏向紀實的詩歌創作上，突出大明天朝的「至尊大怒神武驤」，從而相信這是詩教可以把國運昌盛的徵兆給凸顯出來的方式之一。易言之，李雯如此詩歌的寫作，極為深刻地受限於時代才能決定的念亂氛圍。只是到了明朝終於滅亡以後，其所謂變風變雅的詩風倡導，才又重新獲得彰顯的可能性。此些自然是後話，這裏就按下不表。是以依循李雯這樣的邏輯來看待李雯的詩作，我們便不難發現到了後來李雯好些關於明軍在掃蕩叛亂、獲取勝仗的消息上，他的基調還是心繫於這些國家的大事以及社稷的安危，甚至更偏向於歌頌朝廷的用兵有道。可以說，李雯對於這些戰事都寄託著此後足以使百姓安居樂業的殷切盼望。比如〈聞山東捷音有喜〉二首就是其中的代表作品：

> 聞道三齊海霧開。封狐雄虺竟何才。將軍戈擁田橫道。馘虜腥膏韓信臺。始見臨邊多壯士。莫言聖算不驚雷。中原自此銷群盜。鐵騎無煩再北來。
>
> 千騎東方秋戰天。幽燕諸將解圍還。波臣不與鯨鯢橫。內孽誅為羌狄先。出郭人民求橡蓍。歸村爨火帶烽烟。願聞天子安民詔。牛種明年賜力田。（石刻本，卷23，七言律詩1，述感1，頁414）〔註75〕

當李雯得知明軍在山東打了勝仗以後，他心底特別喜悅。因此在詩歌其一裏，他以田橫與韓信的將領之才，對比那些如同封狐、雄虺般的盜賊寇奸，來突出明軍奮勇殺敵、銳不可當的成功氣勢。因此臨邊的

〔註75〕文本亦收錄於「壬申合稿」，卷之十，頁682～683。「將軍戈擁田橫道」作「將軍戈纂田橫道」；「馘虜腥膏韓信臺」作「馘虜腥高韓信臺」；「莫言聖算不驚雷」作「莫言聖筭不驚雷」；「幽燕諸將解圍還」作「幽燕諸將解圍還」；「內孽誅為羌狄先」作「內孽誅為胡虜先」；「歸村爨火帶烽烟」作「歸村爨火帶烽煙」；「牛種明年賜力田」作「牛種明年賜福田」。

壯士加上皇帝的睿智，山東軍事因此得以報捷之外，恐怕日後也足以把中原群盜給消滅殆盡，而頻繁從北而來滋擾的後金軍隊大可不必再來。李雯的期待自然是一種一廂情願的設想。不過正因為有所期待，才能有所警惕。因此到了詩歌其二的部分，李雯在諸將擊敗外來敵人、誅殺內賊以後，希冀在上位者可以關注到那些因為戰亂而到處流離失所，連生活都無以為繼的黎民百姓。所謂「願聞天子安民詔。牛種明年賜力田。」不正是李雯除了在歌頌朝廷將領，得以建立功勳之外，尚應能顧及到老百姓生存之所需，即其能否安居樂業的一面？

　　因此以稍微相同的寫作方式，李雯又一再地使用於題材相近的詩歌當中。如同五言律詩〈喜聞秦中擒賊首〉。詩云：「秦中傳檄使。聞道縛渠魁。頗得降人力。方知大將才。幸除清渭竟。即向大梁來。破竹當乘勢。麒麟實早開。」（石刻本，卷 20，五言律詩 2，述感 2，頁 382）又如七言律詩〈山中喜聞破賊捷音〉。詩云：「遙聞元帥捷書傳。廢卷狂歌倚暮天。玉帳初驚神武略。金甌新數太平年。即看江漢多銷甲。行喜中原有代田。為報單于穅賽日。龍驤小隊欲臨邊。」（石刻本，卷 24，七言律詩 2，述感 1，頁 419）李雯在這些詩歌當中大都先說明自己對於捷報消息的聽聞，然後稱許將領與士兵是如何平叛有功。接著揶揄了敵方陣營，或提供了自己應對於接下來時局發展的相關見解，甚至是表達了對於天下太平的願想。

　　如此成為公式般的寫作，若是多比較了其他相似的作品，也難免會讓這些詩歌本身失去應有的價值與特色。只是相對於喜悅之情溢於言表的詩作，作為一名知識分子而言，李雯對於明朝國勢憂患得失的負重感，還是滿懷著焦思與苦慮。因此一當明朝軍事有任何失利之故，李雯似乎都能在第一時間對這樣的不幸，生發出極深的慨嘆。比如〈聞江外喪師〉一首。詩云：

> 忽傳幕府羽書驚。盡沒江東子弟兵。戰罷腥填潁水岸。賊來瓦震細陽城。三年鶴列全無色。永夜烏啼自有聲。莫說長江本天塹。嘗聞蘊峻亦縱橫。（石刻本，卷 24，七言律詩 2，

述感 1，頁 420）

儘管這些消息都是聽聞而來的，然而對於明朝國勢的逆轉，士兵與將領的喪生，所謂「戰罷腥塡潁水岸。賊來瓦震細陽城」，倒是挺能夠活靈活現地把戰爭悲壯的局面，甚至是賊寇人數之眾多——大舉前來入侵的畫面，震懾於李雯以及惶惶人心之中。他甚至反思著這些軍事上的負面消息所帶來的警示作用，即屆時如果敵方軍事力量可以渡越長江天險，如同東晉蘇峻之亂般，霎那間橫掃江南諸郡，似乎也並非不可能的事。這就是李雯極爲深重的憂患得失之感。又如〈聞朝鮮陷失〉一首。詩云：

> 屬國名王倚聖朝。翻然城郭易天驕。邊聲乍起傳橫海。漢
> 將何人復度遼。箕子衣冠隨了鳥。三韓職貢關金貂。青齊自
> 此無屏障。悵望榆關空寂寥。（石刻本，卷 24，七言律詩 2，述
> 感 1，頁 420）

當時的朝鮮與明朝關係密切，乃是明朝的附屬國之一。然而因爲明朝國事日衰，而邊境之外的後金勢力——後來由皇太極改金爲清，確立了滿洲族名，進而多番侵略朝鮮要地。而清軍亦終於在崇禎九年（1636）丙子的丙子戰爭中攻進漢陽城下。逼得當時朝鮮仁祖不得已在南漢山城被圍困數月之後，下城請降，並從此斷絕了與明朝的外交關係，成爲清朝的藩屬國。這消息傳回明朝之後，無疑是令人震驚的事情。畢竟當時明朝幾經戰敗，其大部分抵禦外侮的軍力，尤其依靠著境外的附屬國施以援手。此刻附屬國都陷失了，李雯因此便慨嘆道「漢將何人復度遼」。他或許非常在意著明朝已無能人可以度遼殺敵；即或是協助附屬國擊退清兵，又或是擊退清兵之餘，亦能懲戒那朝鮮請降於清軍勢力的背叛。然而自此明朝的東北方勢力便失去了此等軍力的輔助，那麼清兵要想在山海關中長驅直入就變成是一件非常容易的事。這又怎能不「悵望榆關空寂寥」呢？再如〈聞西安復失是日諸進士方有館試之期〉一首。詩云：

> 赤眚新入舊長安。百二秦關失險難。玉几中宵恒側席。金
> 門平旦欲彈冠。未聞河隴收千騎。豈獨崤函有一丸。涕淚

只今何處瀟。九天風雪夜漫漫。（石刻本，卷24，七言律詩2，

述感1，頁420）〔註76〕

一如〈傳聞復入〉所言：「橐駝方北載。狼纛復南還。」（石刻本，卷
20，五言律詩 2，述感 2，頁 382）這正是屋漏偏逢連夜雨的最佳寫
照。崇禎七年（1634）甲戌左右，當時的農民起義軍——即盜賊在豫
西、陝西、甘肅等各地流竄，進而把中原腹地打得一團亂。雖然事後
總算被明朝大軍悉數鎮壓殆盡，然而闖賊李自成又順利地在崇禎十六
年（1643）癸未重奪西安，並在崇禎十七年（1644）甲申元旦正式建
立大順政權，改西安為西京，年號永昌。此時明朝終究陷於萬劫不復
之地。因為西安臨近關中要塞，屬於入主中原的咽喉堡壘。然而咽喉
已被敵軍所扣住，崇禎皇帝當然因此而焦慮不已。正如〈有感〉之所
謂：「賊存多富貴。天子正焦勞。」（石刻本，卷 29，五言律詩，述
感，頁 378）李雯待詔金門的渴望也就更加深重了。他深信至少到了
目前為止，「未聞河隴收千騎」的先機仍在，因此只要固守崤函此等
險要之地，以抵禦兵匪，並不是一件難以做到的事。但李雯心中何其
慨然惆悵。「涕泪只今何處瀟」正說明了他與皇帝都有同樣不安的心
情。

由此可見，李雯十分關注國事的發展情況。而這些詩歌同樣反映
出當時局勢的重大政治與戰爭事件，並揭示出明末期間動蕩不安的社
會現象。若說陳子龍在這些方面都有著相關詩作，以積極反映出當時
明王朝的衰弱與即將的滅亡，那麼李雯詩歌當然也有著不少相關情懷
的陳述以及志向的表達，來反應時事所帶來的強大心理衝擊。比如〈群
盜〉一首。詩云：「群盜年年盛。春風助汝張。鳴鞭過潁水。飲馬近
維揚。組甲依江甸。櫻桃念寢嘗。紛紛遊奕使。忌為戒舟航。」（石
刻本，卷 19，五言律詩，述感，頁 377）就非常寫實的描繪出盜賊之
橫行，而朝廷官吏的無能應對，卻只懂得如何維護朝廷的船隻安全，
使得盜賊更為猖狂的史實。這些較為壓抑或憤切的興嘆，其實在李雯

〔註76〕文本亦收錄於「陳立校本」，卷八，頁 168。

〈雜感〉五首當中，更能流露出他對於當權者的爲官不正、玩忽職守的嚴厲指斥。詩云：

> 聞道軍容使。翻然復出都。外廷眞負主。內愧屬堂塗。廟
> 算難重失。中原有疾呼。傷心徒步日。國士未嘗無。
>
> 薊北勤王將。淮南木落時。何嘗及胡馬。空自擾旌旗。敵
> 愾原無氣。班師亦有辭。經過多內地。已復嘆瘡痍。
>
> 天下精兵處。遼東百戰場。漸聞成跋扈。不見埽封狼。僕固
> 親同紇。祿山自范陽。此憂終不細。三輔忌須防。
>
> 養賊連三鎮。疲兵將十年。不曾誅橫吏。何以勸歸田。玉
> 帳威名假。金錢號令愆。耰耡良可擊。端不賴雄邊。
>
> 高帝雲孫盛。睢城係哲王。且當守梁苑。不必問河陽。鳴
> 鏑雖朝橫。天戈亦漸張。聖朝無失德。厭亂屬蒼蒼。（石刻
> 本，卷 20，五言律詩 2，述感 2，頁 381）

所謂「外廷眞負主。內愧屬堂塗」，正是要那些監視大權在握的「軍容使」，必須對得住賦予他們重任的在上位者。畢竟朝廷對戰事進行的所有謀劃，不能再有任何意外的失誤，以免自己在敵軍面前的先機盡失。而大軍若在尚未面對敵軍的當兒，就先亂了自己的陣腳，反而使中原大地多處失陷，滿目瘡痍。尤其是領軍的將士若因爲一時三刻的勝利而變得囂張跋扈，在上位者又怎能不因此而憂心這些謹守邊防的大軍，那天突然成爲敵軍以外的禍患呢？

　　李雯始終願意相信儘管自己毫無身分，亦無力於在朝上爲崇禎皇帝分憂。然而「國士未嘗無」，在朝上應該還是有著爲數不少而有才能的人，可以輔助聖朝。從而只要對內可以誅除暴吏，安定內部盜賊橫行的紛亂，就不一定要依賴鎮守邊關的軍力，分散他們抵抗外侮的防禦效果。特別的是，李雯的一句「僕固親囘紇。祿山自范陽。此憂終不細。三輔忌須防」，卻也反應在日後吳三桂引清兵入關的史實上。這恐怕是李雯所始料未及的，或是對於這些邊防將士早有其見識深遠之處。因此李雯亦曾在〈憫亂〉四首中強烈維護作爲

皇帝的明達聖哲，反而他卻把很高的要求與期待寄託於身爲臣屬的
責任之上：

> 致亂非今日。傷時獨野人。甲兵天下半。微令歲時新。厚
> 俗知明主。群疑歸柄臣。如何舊封域。一徃見荊榛。

> 斬鯨竟何日。受鉞乃紛然。留盜貽天子。糜金衍歲年。舟
> 航戒吳越。車馬怯幽燕。年少河清客。羈棲獨可憐。

> 學盜乃甚易。爲農術已窮。飛旌愁故壘。亂角怨秋風。爭
> 穴皆韓兔。當關誰渭熊。十年大流血。廟算訪群公。

> 土著避群盜。翻然調遠征。民流讐主客。卒悍自縱橫。雄
> 特先求活。陳吳亦戍兵。幾人廣武嘆。豎子得成名。(石刻
> 本，卷 19，五言律詩，述感，頁 373）〔註 77〕

在這四首詩歌當中，「野人」、「河清客」所興起的「廣武嘆」，大都相
對於那些「柄臣」、「群公」與「豎子」而言。前者不遇於時，卻深知
天下「民流」，若不能圖個溫飽安定。這結果便將使得「學盜甚易」，
進而「爲農術窮」。後者得天獨厚，卻不懂得爲明主分憂，珍惜自己
所擁有的權位。反而使得「留盜貽天子」，只懂爭名逐利，卻除害無
期。儘管李雯並沒有直接點明他所指斥的對象，然而這在於明末朝政
紛亂的史實下，當能確切反映出時弊的亂離、將吏的誤國，這些具有
鮮明針對性的情事當中。因此姚蓉覺得李雯的詩歌並無法有著陳子龍
詩歌所能呈現的，對於國家社稷賦予關注的深度與廣度，這恐怕是因
爲她尚未能了解到李雯實在有著不少反映現實的詩歌創作，在在都是
李雯有志於爲世所用的積極表現。

除此之外，若要回歸社會民生課題的實際關注上，李雯亦有一定
的詩作，不時描繪出他的所見所聞。比如在〈道出盱眙見賊所燒殘〉
一詩中，他就很能深刻地寫出他在江蘇盱眙縣所目睹的民生慘狀──

〔註 77〕文本亦收錄於「壬申合稿」，卷之十，頁 670。其中其二與其三的順
序，則是互換的。「年少河清客」作「年少清河客」；「雄特先求活」
作「雄特先乞活」；「幾人廣武嘆」作「幾人廣武歎」；「豎子得成名」
作「孺子得成名」。

縣城因盜賊的橫肆，進而導致滿目瘡痍。詩云：「聞說淮西地。盱眙古戰場。寇來千里白。日下數山黃。行客欣遺窀。居人倚短墻。中原半如此。何計出風霜。」（石刻本，卷 20，五言律詩 2，述感 2，頁 384）〔註 78〕李雯當能由此去實踐著，就算他在明亡前並無實際的官職，不能對流離荒野的百姓，懷有更廣大的認識與同情，然而李雯亦是遊歷有方、傷時憂世的徒步之客。因此在於接觸一般黎民百姓的程度，並進而了解他們的生活困境，甚至是對於時事，乃至於自身與他人交際的關係，李雯都能一一將之賦入詩中，而並不亞於陳子龍的寫實成就。這裏不妨再例舉三首七言古風加以佐證。第一首是〈傷溺行〉。詩云：

> 今冬季冬嚴朔風。層冰稜稜波濤中。大如巨筏截若斧。江河之客愁相逢。申江舟子駕輕櫓。乘潮西上當巨鋒。劃然如紙最易入。六十三人隨蛟宮。嗚呼水波能殺人。跨鯉乘龜詎有神。公無渡河聲甚苦。白日慘慘寒江濱。（石刻本，卷 16，七言古風 2，述感 2，頁 347）

李雯常在這些紀事的詩歌之前都有寫一序文稍作描述。因此在賦寫〈傷溺行〉的緣由，他解釋道：「丙子冬季甚寒。河冰大作。申江逆流。迎凌截舟。溺者六十餘人。李子聞而悲之。作傷溺行。」丙子，說得又正是崇禎九年（1636）丙子年。在這年因為天候的巨變——「冬季甚寒」，位於上海的申江河結冰而逆流，並因此讓一艘載有至少六十餘人的船隻，撞上冰凌而沉船。查看李雯詩句行文的流暢，敘事的得宜，後四句在「跨鯉乘龜詎有神」的理性辨析下，李雯以古樂府〈公無渡河〉的典故，代入其中喪失六十餘條性命的悲傷意蘊裏。這歌行的紀實性便有了感染的著力點。又如一首〈雨血行〉。詩云：

> 吾鄉本是滄海濱。有粟有布衣食人。邇來徵求苦太急。雖復豐年民已貧。人事如此天若為。早看地上如血絲。趙家雨肉不足紀。漢氏赤風今更奇。自從流人如蝟起。中原日

〔註 78〕文本亦收錄於「陳立校本」，卷六，頁 104。其詩題為：〈道出盱眙見賊所燒殘處〉。

> 有萬人死。豈是陰風吹血腥。飄飄遠越江湖水。不然此物
> 何爲來。願聞長吏賢且才。宋景善言彗退舍。莫令鬼母霜
> 中哀。（石刻本，卷16，七言古風2，述感2，頁347）

這首詩的序言是這樣寫道的：「丙子季多。我郡西南二郊。行人早起。見地上洒洒殷紅如血。起自跨塘。沒于浦口。長五六里。李子聞而憂之。作此詩。」因此同樣發生在崇禎九年（1636）丙子年的事，李雯因爲行人所目睹遍地的血腥，內心爲此而感到非常的憂慮。而之所以會發生這樣的怪事，其中暗喻的恐怕還是老百姓被迫成爲盜賊，進而遭受到官府血腥鎮壓、逮捕或掃蕩的事。但老百姓又是如何被逼上梁山的呢？李雯將之歸結於所謂「邇來徵求苦太急。雖復豐年民已貧」的緣故。朝廷苛徵重稅，用以抗禦外敵，又加之以掃蕩內賊。然而最終壓榨的還是辛苦奉獻一輩子的生黎萬民。因此儘管到了某年如有豐收的季節，所有民生之所需，恐都成爲這些當權者所榨取的對象。「人事如此天若爲」，便正是李雯等無可奈何的詰問。國家內部已經有太多的農民起義軍使得社會動蕩不已，此所謂「中原日有萬人死」。然而爲官作府的人，尚且不能平定叛亂，反而製造了更多官民對立的機會，將他們沐薰在血風肉雨的刑罰當中。李雯在此希望的是，自有如同宋景公般，出三善言而退卻掃帚星的在上位者，可以更加的憐惜生民。然而他卻用詞隱晦，造境含蓄。繼而把這樣曲折的用意，以劉邦斬白蛇，致使白蛇之母哀泣不已的典故，委婉地影射出，莫讓人民效仿劉邦起義，致使有更多人事受害其中。這很可能是李雯暗地裏對在上位者的一種警示。然而他卻沒有表現得十分明白。

最後就是〈悲英霍〉一首。李雯此詩，仿佛擬作了杜甫〈悲陳陶〉、〈悲青坂〉的寫作方式。透過對於英山與霍山一帶的官吏、黎民與盜賊的三者互利的描寫，從而諷刺作爲官吏的不受人民愛戴，作爲盜賊的不受官吏約束，讓人不勝唏噓的尷尬處境。詩云：

> 賊去乃居英霍山。賊來乃住英霍城。官民長吏盡相狃。倚
> 賊爲利讐官兵。官兵逐賊當此土。捷書已上蓮花幕。誰知
> 一夜血滿川。江頭雨哭非人語。（石刻本，卷16，七言古風2，

述感 2，頁 349）

這首詩的序言是這樣寫道的：「江淮之賊。巢于英霍間。長令其寄焉耳。百姓則衣食于賊。惟恐賊之去也。嗟此方之民。乃若異域哉。作悲英霍。」正因為官吏的腐敗，所謂的人民有的與之相互為利，有的更因此而藉助盜賊的力量，反制這些罔顧人民生死的官員。這現象是複雜的。然而可以明白，當時的農民起義軍都緣自於王公、官紳和地主等不斷對之進行剝削，他們被杜絕了生路才冒死起義，並企圖反抗當時的體制。因此可以說，這些農民起義軍最能體諒那些被官吏所壓榨的人民。而英山與霍山一帶的人民，自然便和這些農民起義軍顯得格外親近。只是一旦動亂四起，朝廷派遣大軍前往鎮壓，死的當然是那些凝聚力四散的農民起義軍和在地的人民較多。所謂一夜間血流成河，屍橫遍野，這反而又使得李雯更為同情與惋惜此等兩敗俱傷的局面。但是他的立場始終是站在朝廷的、士大夫的角度來看待明朝末期的起義問題，這多少牽制著他本身可以給予同情限度之多少。因此，他才不斷把這些社會矛盾稱之為如同赤眉軍叛亂的群盜。

　　要而言之，在李雯的詩歌當中其實不難發現他對應於史實與時事的觀察和記述。這些創作當然都具備現實性的反映。如果說李雯這些詩作並沒有其深度與廣度，恐怕也不完全是個客觀事實的闡述。細看上文所引的詩歌，李雯確實有所根據的反應現實之社會和國家之大事。而且他也寄寓了一定的感慨與美刺於其中，從而把治亂的責任，歸咎於官員的腐敗與無能，並或許藉此警示了在上位者。他更希望自己能為當權者所用。那麼他所努力的學習，就能有它一直期待的用武之地。只是比對起李雯龐大的創作數量，這些具備寫實性的創作，的確也算是較為少數的題材。

　　本文以為，這除了攸關前文一直所提及的，李雯並沒有實際的官職可以擴展他特定階層的觀察視野之外，他士大夫的望族身分，當然也限制著他對於農民遭受壓迫的深刻同情。因此他的身分使他的詩作創作與現實有著一定的理想差距，畢竟他深受流傳於士大夫之間既有

的儒家傳統思維所束縛。就像杜甫那種「致君堯舜上，再使風俗淳」〔註79〕的崇高志向，一直都影響著具備上進心的文人雅士。要使他們認同於農民起義軍的揭竿而起、逐糧就食的基本訴求，這恐怕還是挑戰了如同李雯等對於君主認同的道德底線。儘管我們還是能從他的詩歌當中了解到，在李雯看來那些不稱職的官員才是所有動亂的根源。姚蓉或許是忽視了這一點，才會覺得李雯詩作漠視了明末政治腐敗的原因所在。

第四節　自負與自卑：李雯詩言志中的自我認同

李雯詩歌最耀眼、最讓人在意的地方，大概就是他晚期乃至於入清以後，那些滿是愧悔自卑的心境抒發。究其根底，這樣動人的創作乃緣自於他心底那一份莫大的悵然與悲哀——舉如失身的苦、失怙的痛、國破家亡，而又無以自持，難以自立的無奈。比起明末清初好些烈士英雄而言，他的確不夠堅毅其心，而顯得相對懦弱。如果天以百凶足以成就一詞人，那麼這對於古文、詩、詞等都各有砥磨的李雯而言，我們更能看出他的努力與遭際，是如何在明末清初這段特殊的時期裏，結合成詩壇中不可多得的一環，從而使人倍感唏噓，並為之惋惜不已。我們不妨以一篇明亡後李雯為龔鼎孳「餘園」說所作的引申論述，來追究李雯是如何面對他心中的憂鬱和對於自身認同的焦慮：

> 餘之義。龔子之言備矣。因是而廣之。則衣冠者。面目之餘也。耳目者。塵土之餘也。兒女者。英雄之餘也。文章者。悲泣之餘耳。俯而弔。仰而思。忽忽而若亡。悠悠而不能已者。忠孝之餘也。身為臣子。時異勢變。不幸不得其正以事我君父。而夕陽荒草之下。猶有沉吟焉。躑躅焉。存有所餘。以章故國之流風。先皇之遺澤。顧翠袖之留連。形頹靡而心悽愴者。所謂香草美人之思。亦猶卜居、漁父

〔註79〕唐・杜甫撰，清・仇兆鰲著，《杜詩詳注》（臺北：里仁書局，1980年 7 月），卷之 1，頁 74。

之意。此又龔子之餘。而非夫人之爲餘者耶。(石刻本，後集，
卷 5，雜文，頁 689)

這篇〈餘園說贈孝升〉顯然並非如同劉勇剛所認爲的，是「雯給龔氏
之園命名爲『餘園』」〔註 80〕的文章。反而是李雯因爲龔鼎孳對於這
「餘」字的感慨——大致是龔氏也在明亡以後苟且存活了下來後，他
把所有的喟然長嘆都寄寓於廬舍、圖史、草木之中，日是「此又餘之
餘也」。而李雯遂也有所感觸地以爲，現在的他（們）終日只可以悵
悵然而有所失，並日夜愁思於俯仰之間，「忽忽而若亡」，更「悠悠而
不能已」。這都是因爲他（們）皆屬於那些已在明亡後盡忠盡孝之餘，
所剩下來或多出來的人。

　　如同李雯在〈和曹秋岳侍御閒居詩〉其一裏所說的那樣：「失路
慙訾食。沉憂託令音。」(石刻本，後集，卷 1，五言古詩，述憫，
頁 656) 李雯有所感慨自己（甚至是龔鼎孳）既身爲明朝的臣與子，
卻不能以死來報答那時君與父所給予的恩惠——即龔氏在文中所謂
的「天不祐余以夘」。於是他（們）應將如何以這樣不忠不孝的身分，
來呼應那讓人「沉吟」的、「躑躅」的愧疚之感？就除了是緬懷過去，
並抒發情思，以此來「章故國之流風。先皇之遺澤。」裏頭更不能不
以「香草美人之思」和「卜居、漁父之意」，來寄寓他（們）內心裏
的「頹靡」與「凄愴」之感。這就是爲什麼李雯在《蓼齋後集》之所
錄，恰恰可以給予後人一個對他更能有所認識的途徑。因爲一如李雯
本身就是這麼認爲的，這時候的他們所擁有的詩詞歌賦、飛文染翰，
都是他（們）的「悲泣之餘耳」。

　　於是李雯後期創作的沉重感，以及其中象徵精神苦悶的書寫，都
是他在明末清初文壇所能彰顯的一大特色。當我們翻查《蓼齋後集》
裏的多個詩篇，此中就有不少的作品試圖表達他自己不能堅守於明朝
節義的愧悔之情。如他七言古詩〈乙酉除夕〉一首。詩云：

不知今夕是何夕。又見東風起遙陌。白燭徒燒歲暮心。明

〔註 80〕劉勇剛著：《雲間派文學研究》，頁 71。

星偏照思歸客。思歸思歸日月滾。兩年積淚凝霜襟。天吹火
樹作冰雪。黑風乍解魂岑岑。鬢髮空隨時代新。遺體何薄
狐貂親。有影真慚問罔兩。多愁奚用迎陽春。憶昔玉壺吟
不止。北風馬鳴夜中起。一朝心事如委灰。三年壯士成老
子。天下旌旗鎮日多。丈夫淪落終如何。虞氏青蠅那可弔。
阮公禪蝨肩相摩。長安小兒競羯鼓。夜飲屠麻醉且舞。惟餘
一事似先朝。五色飛錢照門戶。（石刻本，後集，卷1，七言古
詩，頁659）

這首詩是非常特殊的。因為這首詩正寫於李雯出仕於清朝以後的第一
個除夕，即順治二年（1645）乙酉。而李雯在此前一年的秋天，被迫
答應成為清朝的中書舍人，從而解決他因生活困苦的燃眉之急。他更
可能可以藉此機會，把他父親李逢申的遺體運回松江老家安葬。只是
李雯並未能輕易地得償所願。查看李雯此詩首句，他就意味深厚的暗
示著，改朝換代的日子，自己都不知該如何予以承認，那是屬於明朝
的什麼日子。所謂「歲暮心」、「思歸客」者，都在在表示了李雯對於
這清朝賦予他職務以後的那一種疲乏厭倦，而無所留戀的心態。於是
他日夜想望的，純粹是可以回歸故鄉。只是「鬢髮空隨時代新」，人
隨著時代的肇新而年齡也跟著老大，他仍然沒有辦法完成自己在明亡
以前的志願。到了明亡以後，當然就更不必期待了。他無法順利離開
清朝賦予他的職務──一如前引《北遊錄》所載。當他想起以前與同
儕之間的詩酒流連、相互唱和，又怎知會因為北邊殺來的戰事，而變
得無用於明，卻又淪落於清呢？

　　李雯更因為屈身仕清的緣故，他自覺自己的名節已絕於君子之
儔。日後若他黯然離世，又有誰會為他而憑弔？這是「虞氏青蠅那可
弔」所具體寄寓的感受。他只能落得與那些虛偽迂腐、守禮求榮的禪
中之蝨，相互肩摩。這怎麼會是他所願意得到的結果？最後四句則描
寫那除夕夜的過節場景，「長安小兒」可能都不能了解前朝忠義之所
在了。而只有那慶祝春節到來的氛圍，渾似明朝時的模樣，這自然使
得李雯極為慨然，而又是他煩冤不解的糾結心境。又以一首頗為後人

所稱賞的五言律詩〈旅思〉爲例：

家國今何在。飄零事日非。依人羈馬肆。鄉夢憶牛衣。有
淚吟莊舄。無書寄陸機。鷓鴣眞羨爾。羽翼向南飛。（石刻
本，後集，卷2，五言律詩，頁661）

這首詩自然也是寫於明亡以後的作品。而其中用典甚密，哀婉的情
緒，卻足以自然流轉在一片濃厚的故國與鄉關之思裏，深藏著李雯
愧悔之情的含蓄表達。比如首聯就有杜甫「國破山河在」的迷離惆
悵之感。只是杜甫的感時傷亂在於當時尚有轉彎的餘地，而李雯只
覺得「家國」都消失不見了，一切都漂泊散失、衰敗流離。明朝的
國家政事，一天天的敗壞，並被清朝一點點的蠶食，毫無一絲恢復
的希望。頷聯「依人羈馬肆」，就非常寫實的把自己比喻成在買賣牲
畜的市場裏，依附於他人而活的尷尬現狀。至於活得如何？又說是
「鄉夢憶牛衣」，便意指他思鄉之夢的頻繁，卻又礙於現狀的牛衣歲
月、貧寒交迫。雖然違心仕清已成了事實，加之又不可以即刻返鄉，
並把他父親李逢申運返安葬。頸聯再用莊舄仕楚而懷念故土的心
意，以及陸機黃耳附書的典故，點明他此時對於家人安危的有所思
慮與眷戀。這前三聯都在在表示出他一刻也不想多留於淪陷的北
京，那份興亡之痛與窮達之間不該有異心的自責立場。

　　然而，他確實並不如他所願意般的自由。在這首詩的詩末上，
他曾註解到：「懷南之鳥。初出必南飛也。」（石刻本，後集，卷2，
五言律詩，頁661）這亦把結聯那份對於鷓鴣可以南飛的欣羨，婉轉
地折射出自己委身於清廷，而沒有面目與機會再回到家鄉的痛楚感
受。即如〈李子自喪亂以來追往事訴今情道其悲苦之作得十章〉其
六所說的：「難忘故國恩。已食新君餌。」（石刻本，後集，卷 1，
五言古詩，述憫，頁655）又正如他在〈暮秋自遣〉其二中說道的：
「久客重亡國。微官幾鞠躬。謳聲馳薊北。掩面問江東。」（石刻本，
後集，卷2，五言律詩，頁662）再如一首〈乙酉三月十八日袁京兆
令昭招飲韋公祠同謝護軍朱龔兩都諫張舍人友公賦〉詩，李雯更長

歌當哭般的書寫道：

> 嗚呼。韋公祠南古木多。海棠紅雪堆高柯。暮春春寒作惆恨。陰風碧野吹坡陀。京兆置酒羈玉珂。消愁綬帶催鳴鼉。江左才人二三子。折花微解朱顏酡。喪亂以來淚洗面。一朝一夕春風見。今年花開衹樹林。去年矢及承明殿。觸事難忘舊恨深。春草春花雙紫燕。誰說開花不看來。看花正是傷心伴。家國興亡若海田。新花還發故時妍。萬年枝上流鶯語。今日人間作杜鵑。（石刻本，後集，卷 1，七言律詩，頁 659）

於是乎李雯在明亡後的那股強烈的身世之感與家國之恨，其中的無常與悲哀，尤其能獲得時人與後人的對他命運多舛的普遍認同與理解。吳騏〈書李舒章詩後〉不是曾說道：「胡笳曲就聲多怨。破鏡詩成意自慚。庾信文章眞健筆。可憐江北望江南。」〔註81〕而沈德潛則在評價此詩時說吳騏他是：「惜其清才，哀其遭遇，言下無限徊徘。」〔註82〕這都是後人對於李雯這時期詩歌創作成就的整體概括，並承認了李雯這樣的表述，反映出清初社會好些文人歷經國變後的那種無所適從的心理變化。失身變節的痛苦是一經深陷也就難以自拔的情感基調，卻足以藉此撼動人心，並因而使得後世對於遭受這樣不幸際遇的李雯給予了無限同情。

只是李雯的情感基調應當不該只有愧悔與內疚值得被後人所發掘。又或者說，這樣的愧悔之情其實並不能完全因爲時局的變化而憑空出現。特別是本文在第三章早已把李雯於許多書信當中，那份「自恨殊甚」的自卑之感作了些闡述。藉此本文更有理由去相信，李雯在其詩作當中的自卑之感，應也可以被深入的進行探究。進一步來說，這樣的自卑之感當然也不是只有因爲愧悔而感到自卑，反而是這樣的自卑早就發生在明亡以前，並源自於李雯本就優越自負

〔註81〕清・沈德潛選編：《明詩別裁集》（石家莊：河北人民出版社，1997年 8 月），頁 168。

〔註82〕清・沈德潛選編：《明詩別裁集》，頁 168。

的自我價值之上。因此時代的變異與國事的更替，這些以時期作為李雯詩歌前後分類的方法，其實並不完全可以作為我們對於李雯如何從自負走向自卑的判定依據。反之到了明亡以後，再來看這些詩歌所謂的愧悔之情，也只不過是加深李雯自卑之感更深刻的情感要素罷了。由此可見，若我們從自負與自卑的切入點來窺探李雯在詩言志中更細緻地自我認同，這或許更能呈現出李雯他整體人格與詩格之間，相互銜接的心路歷程。我們不妨先以〈古詩一百首〉其四十一為例。詩云：

> 高山集鸞鳳。大海變魚龍。明主揚天惠。清廟肅宗功。羽舟出流沙。白雉遊景風。驅車巡五嶽。樹羽臨萬邦。峩峩□冕士。仰首歌時雍。投竿上麟閣。釋褐隨登封。萬里一翱翔。俯仰何從容。（石刻本，卷10，五言古詩2，述感2，頁295）

很明顯這首詩也具備了盛世之音的基本條件。從詩句中歌頌式的第二聯，其對於君上以及朝廷的讚揚，我們不難發現李雯有意營造一個足以「集鸞鳳」、「變魚龍」的美好環境。而這樣的環境就是理想中的國家。如此一來，賢良而有才能的人，就能有他的用武之地。而莊重嚴肅的「□冕士」，也可以藉此讚頌時世的太平。舉孝廉出仕的人，更可以獲得卓越的功勳與崇高的榮譽。舉進士出仕的人，亦可以跟隨盛世的皇帝登山封禪，進而上祭天，下祭地。這諧和而理想的局面是何其的美滿而完善。「鸞鳳」和「魚龍」這樣的人物可以翱翔於天地之間，發揮其所長。儘管這都是預設的理想懷抱，不一定可以實現，然而正因為預設的人自信於自己的才能，而希冀在上位者能有所用，這就是李雯某程度自我優越感的具體表現。反過來說，這樣的體現在於古詩的擬作上，當然有些籠統而膚廓。但是這樣的心意還是會不斷生發於李雯的詩作當中。比如就在〈古詩一百首〉裏便有好幾首主題相似性頗高的作品：

> 其五十六：百川到黃河。歲月何滔滔。龍門險崒嵂。層波為之高。相彼呂梁人。披髮乘鴻濤。出入任天機。鶴舉凌風超。精衛填滄海。毛羽自翛翛。千秭有遺恨。豈惜無成

勞。（石刻本，卷10，五言古詩2，述感2，頁297）

其六十一：撫劍睨八極。奮策驅兩龍。度越塵壤外。乃心游太濛。東攬若木華。西拂不周風。俯仰悵忘歸。真氣盈我胷。夷跖匪殊域。彭殤同一壟。華芝不足羨。況乃朝槿容。（石刻本，卷10，五言古詩2，述感2，頁297）

其六十七：夙昔秉微尚。志好在詩書。結駟游薊林。佩服雙璠璵。事勢一朝異。短服矜彫弧。競捷戎馬間。荊棘胥我塗。旌旒何翩翩。慷慨當路衢。意氣雖已屬。默念不終渝。（石刻本，卷10，五言古詩2，述感2，頁298）

其七十六：撫劍臨廣野。勇氣忽若陵。胡馬仰天悲。遠望匈奴城。彎弓控鳴鏑。一發左賢傾。轉戰蒲海合。闐顏已抗旌。六蠃不及駕。蹄林無人行。效命沙漠陲。全國彰令名。穹碑著日月。萬世從此銘。（石刻本，卷10，五言古詩2，述感2，頁299）

這些詩作所呈現出來的氛圍都是積極、昂揚、正面，而有著蓬勃氣息般的文人自我主體性。不管是如同「呂梁人」那類「披髮乘鴻濤」，軒輊俯仰間，得以洞悉天機，而又能心懷精衛填海般的意志。儘管千秋而下，留有遺恨，又怎能說是一事無成的結果呢？還是如同那按劍從戎，「睨八極」、「驅兩龍」、「臨廣野」的詩中之「我」，從而「度塵壤」、「游太濛」、競馳於戰亂之中；彎弓射箭，擊殺外侮。這是何其雄姿英發的心意表現，並且情辭慷慨，躊躇滿志。正如李雯在〈雜興〉其一中所說：「腰間魚腸劍。跨下汗血駒。殺人遼海曲。萬里無踟躕。」（石刻本，卷11，五言古詩3，述感3，頁302）又如李雯在〈歲暮自遣〉所說的：「人間相馬不周全。我學屠龍世莫傳。千里從親歌白雪。十年憂國恨青氊。」（石刻本，卷24，七言律詩2，述感1，頁421）李雯此等年少氣盛，不謀圖存，但求名垂千古，願受萬世敬仰的想望，在在都流露於他試圖以詩言志的創作企圖。李雯那志比天高的企圖心在明末起初確實有些自視甚重。舉如〈詠懷

詩十首〉其八，他就曾表示過了：

> 東海有大鳥。毛羽何離奇。少有鳳凰志。十年不一飛。天
> 老久不作。舉世欽山肇。鳥鳶及鷖鷺。相用為羽儀。枉費
> 琅玕實。喍喋芙蓉池。黃鵠顧之去。迎風絕高遠。遺音告
> 丹穴。鳴聲使我悲。（石刻本，卷11，五言古詩3，述感3，頁304）

不難發現，這首詩胎息於《莊子》的〈逍遙篇〉。而詩中這隻「東海」
來的「大鳥」，寄寓的也可能正是李雯自身。尤其是這隻「東海」「大
鳥」本有著美好的本質，即「離奇」的「毛羽」，並且有著「鳳凰」
般的志氣。「鳳凰」者，則不落無寶之地，更不與一般的鳥雀為群。
因此若與烏鴉、老鷹或野鴨等貪食之鳥，相互為用，相輔為翼，這只
會浪費美好的仙樹果實，即浪費了培養「鳳凰」般志氣的良好環境。
如果只能夠繼續奔走鑽營於這些鳥群之中，而不懂得自修其身，如琢
如磨，李雯恐怕就連同為擁有鴻鵠之志的鳥群也會離自己而去。這不
就徒增傷悲了嗎？因此說李雯自負於本身擁有的才華，甚至是非常愛
惜自己的羽毛，可就一點也不為過。

　　而這樣的志向其實在〈古詩一百首〉其五十二當中就有著情志相
近的表達。詩云：「南山有奇鳥。毛羽何繽紛。世無琅玕實。仰首望
青雲。蓬池可逍遙。三鳥為之群。鳴聲動閶闔。徯我聖明君。」（石
刻本，卷10，五言古詩2，述感2，頁296）因此李雯真的非常積極
在可能的歲月裏，於君主的面前盡其所能表現出自己的與眾不同。亦
如同七言古風〈吁嗟篇〉裏所說：「吁嗟忝七尺。自顧無行伍。入淵
不伐蛟。登山不縛虎。朝聽城頭角。暮聽城頭鼓。城頭鼓角催少年。
神武門前羅進賢。自言今日朝天去。不識塵中老伏虔。」（石刻本，
卷16，七言古風2，述感2，頁350～351）〔註83〕就因為積極地盡想
讓自己有用於世，儘管他自覺很可能並沒有很高的能力足以「伐蛟」、
「縛虎」，但城頭那戰鼓與號角不時催促年少的人為國效力。他不願
成為漢初伏生般，到了年九十餘，才有漢文帝前來珍惜其才。他的入

〔註83〕文本亦收錄於「陳立校本」，卷三，頁54。

世精神甚至表現在就算不被在上位者所賞識，他也希望如同〈秋懷〉中所言，「一人嗟不遇。天下賦無衣。」（石刻本，卷19，五言律詩，述感，頁374）即一個人的不遇若能使得天下人同仇敵愾，為國家效力，從而平息天下的戰亂，他也覺得這是可行的事情。

然而這樣一往無前的氣概，一旦被現實的環境所極力消磨，李雯詩中的惆悵與失落，甚而會導向自負與自卑之情相互交叉、互為表裏的狀況。也就是這些詩歌便會在一片懷才不遇、不被賞識的自傷情懷之中，寄寓了李雯本身的怨刺抑鬱和落拓憂愁。這除了有如在其他章節曾引述的〈蒼鷹詩〉，我們會發現他徑自從東海大鳥之姿，自貶成蒼鷹般的「有羽何嘗飛。蒙茸但垂淚」（石刻本，卷12，五言古詩4，述感，頁313）的無奈之勢。還有在思念往昔，緬懷古人的情況下，他更是難掩他的〈寒蟬詩〉般，那種「無聲既不能。有聲更餘悲」（石刻本，卷12，五言古詩4，述感，頁313）的沉吟之痛。就此在他的心裏也便生發出時而心灰意懶，時而憂患自憐的身世之感。其中最典型的代表莫過於〈春日示臥子言懷〉一首。詩云：

> 不喜春風見。更憐同病人。江湖仍自大。荊棘故能頻。詞
> 賦軼餘習。烟花愁此身。十年寥落意。益復動嶙峋。（石刻
> 本，卷21，五言律詩3，贈答，頁391）

本文以為這首詩其實寫得非常好。因為年華的逝去，每到時節變化的到來，都難不免會使那些仍有上進心的文人，深受傷春悲秋之累。所以「不喜春風見」者，也就直接點明了這些傷懷的起因。而後「更憐同病人」，更因為春天終究還是到來。一如自己有志而不得伸的那些人是何其眾多，又何其使人不得不悲從中來？所謂同是天涯淪落人，面對這樣廣大浩瀚的江湖——這樣諸事紛亂的時局，每個人所面臨的荊棘與挫敗，仍舊不間斷地發生在人生的每個階段裏，並一直都挑戰著每個人的意志底線。因此透過抒寫與吟唱，來承傳這些沒能因外在力量所改變的風尚習染，貌似仍有自我救贖的餘地。只是每個春天綺麗的風景，仍舊足以觸動所有失意的人，並提醒著他們難以面對年歲

老大的事實。這種歷經十年來所遭受的冷落與孤清，會更加的使得這樣的人——包括李雯，變得瘦削而露骨。又或是越發的撼動著這些氣節高尚的人，使得他們越發的蓼落不堪。李雯內心的負重感及其落拓不遇的苦悶，便尤其因為其中的蘊藉而格外動人了。又如〈見落葉為風所旋而作〉一首。詩云：

> 猶有飛揚意。無如憔悴何。已忘秋露重。更舞夕陽多。離
> 別常悲此。飄零不自他。好風若有便。吹入鳳凰窠。(石刻
> 本，卷19，五言律詩，述感，頁374)

李雯在這首詩歌裏用詠物的方式，寄託了他內心裏憔悴無力的失落之感。這種無力感正猶如經秋的落葉，既是時序的必然；而落葉又是如此無以自持的隨風飄揚。即落葉的憔悴、落葉的遭際，其影響大都來自於外在的力量。致使落葉「為風所旋」，而不能憑藉著自己的意志來決定自己的命運，難以為人所稱賞。李雯他說「飄零不自他」，不就有著羞愧於自身無能為力的況味？因此命運若要使得落葉有好的遭際，不如把它送去有鳳凰落腳的地方。寓意著李雯深深地希望著有人可以欣賞自己的才華，進而賦予他實現經世致用的機會。這樣就不至於淪落到如同他在〈獨嘆〉裏所說的：「不堪成老大。今日恥為儒」的窘境。當李雯或雲間諸子考取功名，卻未能金榜掛名之時，他的感觸也便更加深刻了。以〈癸酉秋試吾黨被放略盡感而賦之〉二首為例。詩云：

> 吾友多貧賤。傷心當此辰。網羅收鷦雀。建鼓去騏驎。肅
> 肅賢良詔。飄飄風雅倫。差池兩不遇。回首厭秋塵。
>
> 身自不聞達。相看更可憐。文章天下少。聊落我儕偏。拂袖
> 秋風下。冷顏紅雁前。魚龍此夜隱。南國日蕭然。(石刻本，
> 卷19，五言律詩，述感，頁372)

這裏說的「癸酉」，正是崇禎六年（1633）癸酉。李雯因為雲間諸子等，在考取功名的仕途上都名落孫山了。因此他的內心並不好過。他更直接感嘆起相較而言，這都是因為他們貧苦而沒有社會地位的緣故，因此才不獲得在上位者的青睞。李雯這話當然是可以再三斟酌

的。畢竟雲間諸子多屬名門望族，這裏所謂「貧賤」者，大概是相對於不獲青睞而興發感嘆的話。李雯雖然覺得這樣的科考，網羅的都只是燕雀之輩，而非麒麟之屬。只是莊正肅穆的去待詔金門，已非自己所能願；而如此行止不定、壯志難酬的生涯，不能學以致用，已類比不上他們所追隨的風雅傳統。因此這樣進退的失據，而前後無憑的現況，很難不讓自己覺得疲乏厭倦，甚至是自暴自棄。因為身負才華與壯志的他們不被君上所賞識，所以「相看更可憐」。李雯甚至覺得當時天下稍有才學的人士都已經變得非常稀少。又或是當時能夠寫出獨立成篇的文辭，並符合風雅傳統的人已經不大多見。奈何這些寥落失意的人就正是他們有所執著於興復古學的同好們。於是不如從而歸隱在此南方一帶。會不會才是在上位者所稀罕的事呢？

　　儘管李雯在好些詩作當中也確實有著不斷提及的這種歸隱、負面、求道，甚至是有別於之前那種飛揚跋扈的意念與想望。當然我們也不妨把它視作為一種負氣的話。畢竟就比例上而言，李雯的創作傾向與入世精確實較偏執於有用於世，而在在不敢遺世獨立。關於這點我們可以在他不少懷古之作中獲得好些端倪。舉如〈謁孟廟〉〔註84〕般，李雯以徒步之士的身分，在孟子廟前下馬登臺，繼而對孟子像拂衣三拜。又如〈經東阿懷曹子建〉〔註85〕般，李雯對於曹植符合《小雅》志意的凜然浩歌，確實可以在沈德潛所謂「角弓十字，已盡子建一生」〔註86〕之餘，寫盡他對曹植懷才不遇的同情與自嘆自憐。甚至在又一首的〈寄吳次尾〉詩歌當中，他說：「五十封侯年尚少。好將

〔註84〕詩云：「吁嗟孟夫子。空抱王佐才。嚴嚴泰山像。肅肅松風同。篤生豈天意。哲士無良媒。齊梁既失志。懷古心悠哉。一朝車從没。千秋俎豆來。要之豪傑人。視此如塵埃。予亦徒步士。下馬登殿臺。拂衣復再拜。三歎長徘徊。」詳見石刻本，卷12，五言古詩4，述感，頁313～314。

〔註85〕詩云：「昔時曹子建。封邑在東阿。曠代無祠廟。空山對女蘿。角弓愁勢險。玉食恨才多。小雅斯人志。因風發浩歌。」詳見石刻本，卷20，五言律詩2，述感2，頁385。

〔註86〕清‧沈德潛選編：《清詩別裁集》（北京：中華書局，1975年11月），卷2，頁28。

紅袖拂吳鈎。」（石刻本，卷 26，七言律詩 4，贈答 2，頁 433）可見李雯的雄心壯志一直都在。但他如此堅決的心意終究會在現實不得意的難題上，相互踫撞出矛盾而激烈焰火。由此使得李雯進退兩難，並為此而吟詠再三。比如五言排律〈除夕咏懷兼寄臥子〉一首。其中有個片段便非常能體現出李雯至此糾結的心境。詩云：

> ……我賤傷憂甚。于今出處妨。蠹魚長鱗甲。玉軸老藤箱。鞞鞛零刀室。琉璃廢筆牀。琴書空潦倒。羽翰謝飛翔。七尺昂藏志。三年彷彿鄉。眞堪笑鄧禹。誰復慰王章。老竹依巖翠。新梅入牖香。鵜鴂吟細細。猵獺影偎倀。投栗賭諸弟。分梨賜小黃。研灰持畫勝。刻臘欲成凰。此是兒童意。聊爲娛樂方。鬚眉坐如此。寥落寄誰將……（石刻本，卷 22，五言排律，述感，頁 402）

這首詩雖然較爲冗長。然而李雯似乎總能在知心的摯友面前，說出很多切近心底的惆悵所在。此時的李雯實在「傷憂」不已。因爲這不管是出仕抑或隱退，這對李雯而言都有時局上所呈現的難處。反觀陳子龍（還有夏允彝）當時已經考取了進士，並有其因爲職務的緣由，他（們）必須離開雲間並履行職務而就任去。——因此在這首詩的結尾，李雯才以「公等雲霞氣。吾徒薜荔裳」（石刻本，卷 22，五言排律，述感，頁 402）的對立來突現前者的青雲直上，自己卻還在雲深不知處，未能爲國家一展所長。而「蠹魚長鱗甲」到「羽翰謝飛翔」句，恰恰就表現出那種因爲失意潦倒，而自暴自棄的模樣。明明就是軒昂偉岸的七尺男兒了，而當時明朝的朝事敗壞，時局紛亂，自己理當挺身而出，以便施展抱負。最後他能做的，卻只是侘傺失氣於似有若無的生活當中；遊園賞花，「投栗」「分梨」，並且作畫「刻臘」。李雯都自覺這是兒童的娛樂與玩意，對比他昂藏七尺、「鬚眉」橫生的年紀，這又是多麼諷刺的事？因此就算只是在觀賞年少有爲的人進行六藝射法的訓練，他都能藉此在〈觀射〉一詩中感慨道：「身是隴西猿臂種。可憐無力下天狼。」（石刻本，卷 23，七言律詩 1，述感 1，頁 412）這就是他無法再如更年輕時，擁有優越自負的自我認同，其

中很明顯的變化。又如〈雜詩〉其四,詩云:

> 翠燭勞長宵。蘭英待冰雪。傷心徒步人。坐見驚飇發。窮
> 途哭阮公。梁甫吟諸葛。千牀浩蕩思。十年苦寒節。枯茄
> 語飛蓬。羨汝更超越。(石刻本,卷11,五言古詩3,述感3,頁
> 303)

這首詩最突出的地方還是在於李雯那份已淪落到無以自處的悲慨心
意。正如在長夜漫漫之中,他以「蘭英待冰雪」意象,締造出具備美
好本質的他,正等待著美好時機到來的意圖。然而這樣的時機當然並
沒有即時獲得。反而因為如此長宵所興起愁思憂慮,卻激起了他這個
「傷心徒步人」的失落之感。就像是阮籍般有他所處困境的絕望與哀
傷,諸葛亮有其哀時而憤懑的惆悵之感。這些思緒似乎千百年來都不
曾消失於文人之間。但這種無常不定的慨然,卻一樣造就出為此而受
苦的高尚節操,如同歷經嚴寒一般。最後李雯更以「枯茄」自比,裏
頭生機殆盡的濃厚況味,相較那些遇風而飛旋的蓬草而言,後者卻更
有超越之姿。反倒是自己這個「傷心徒步人」總是一無是處,沒有作
為。

　　這首詩其實與後來的一首〈送朱氏〉有著非常接近的心意。比如
其中有一句是這麼寫道的:「飛蓬寄天地。托體一何疎。飄泊各有歸。
欲徙形不俱。」(石刻本,後集,卷1,五言古詩,述憫,頁657)「飛
蓬」「托體」,寄身於天地之間儘管有它不同的途徑,然而這些「飄泊」
到了最後都各有依歸,只有自己是「欲徙形不俱」。這比喻聽來確實
讓人感到沉重不已。因此李雯自道為「徒步人」的意象在他眾多的詩
作當中,便不斷地反復出現。舉如:

> 〈述征〉其五:「嗟我振徒步。慷慨含中情。」(石刻本,卷
> 11,五言古詩3,述感3,頁307)

> 〈湖上逢楚士文北瞻王季豹深論時事慨然有作〉:「嘆此憂國
> 言。復出徒步士。」(石刻本,卷12,五言古詩4,述感,頁313)

> 〈謁孟廟〉:「予亦徒步士。下馬登殿臺。」(石刻本,卷12,
> 五言古詩4,述感,頁314)

〈北上訓別臥子三首〉其二：「徒步見天子。片言稱帝師。」
（石刻本，卷13，五言古詩5，贈答，頁320）

〈送何氏還南〉其二：「微言爲唱嘆。徒步自苦辛。」（石刻本，卷13，五言古詩5，贈答，頁322）

〈丙子除夕有懷臥子〉：「慷慨日爲徒步人。布衣難望長安塵。」（石刻本，卷15，七言古風，述感，頁344）

〈贈陸子敏舉吏部〉：「勸君爲埽麒麟閣。予亦江南徒步人。」（石刻本，卷17，七言古風3，贈答2，頁360）

〈寄密之〉：「羨君鵠立當天路。故人往往多徒步。」（石刻本，卷17，七言古風3，贈答2，頁361）

〈漫興〉：「吾聞徒步客。薇蕨不充殮。」（石刻本，卷19，五言律詩，述感，頁373）

〈方春盛時獨坐有感而作〉其二：「安知徒步客。流涕在山阿。」（石刻本，卷19，五言律詩，述感，頁374）

〈雜感〉其一：「傷心徒步日。國士未嘗無。」（石刻本，卷20，五言律詩2，述感2，頁381）

〈雜寄懷偉南〉其二：「歲月供徒步。江湖隱聖才。」（石刻本，卷21，五言律詩3，贈答，頁392）

〈出郊〉：「常爲徒步觀雲物。回首中原又暮秋。」（石刻本，卷24，七言律詩2，述感1，頁417）

〈春日感懷〉其四：「猶是江南徒步人。年年躑躅對芳辰。」
（石刻本，卷24，七言律詩2，述感1，頁419）

關於這意象的發現，其實緣自於劉勇剛在其論文當中對李雯的整體觀察。他覺得李雯反復使用這意象的目的，正顯示出李雯的「懷才不遇之感是他心靈中揮之不去的陰影，沉鬱於感傷的泥淖中不能自拔。」〔註87〕本文相信劉氏的觀察的確有其周延而貼切的地方。畢竟李雯自

〔註87〕劉勇剛著：《雲間派文學研究》，頁63。

圉自貶於「徒步人」的意象之中，這已不能不爲此而種下一股難以脫逃的心結。李雯以此作繭自縛的心理質素，再面臨那崇禎皇帝的死訊、父親的驟逝以及國家的破亡，莫怪乎只要在李雯如此無助的情況下施以援手，他很可能就在連判斷的能力都喪失的情況下，便答應出仕於清，成爲了一眾新貴當中的中書舍人。至此，如果說李雯入清之後的愧悔之情，異常使得後人給予他更多的注意與關心，並體諒他的變節出仕，有其不得已的難處。

從心態史的層面上關照李雯一生的心理起伏與變化，其實若能更細緻地從自負與自卑的角度切入他的詩歌，或許更能在稱賞他詩歌入清之後的亮眼表現，亦可以同等看待好些在入清以前，他極致發揮其內心那抑鬱不已，功業未就，並且深怕年華蹉跎的軟弱傷懷。這傷懷尤其在李雯極言其事，用詞時而清麗，時而古勁的情況下，更能突現其中三致其意的復古詩格。而如此復古的詩格當然有它的優點與缺陷。優則在於我們可以發現李雯的學養深厚及其運意無端、悵然自失的一面；缺則在於或許正因爲李雯太用心於抒發自我的失落，而尤其缺乏更多心懷天下的壯闊志趣。因此李雯詩作在於史詩般的自我與社會結合的憂患感，始終不比陳子龍的詩歌更具有感染力和影響力。

總而言之，李雯留存的詩作非常豐富。本文只擬就李雯幾個對於詩歌創作的見解，切入並爬梳他詩學的思想依據，及其詩作較爲突出的題材或風格的特性。這對於李雯詩作整體的面貌，似乎仍不足以完全解釋這些創作的努力，如何爲他帶來了當時詩壇高度及其時人對他的辨識度。尤其在明朝晚期之時，公安與竟陵詩風特盛，而陳子龍卻獨鍾於李雯詩歌創作的表現。——因此宋徵輿在〈雲間李舒章行狀〉中才會說陳子龍本是在當時藝林：「無所推許。」一旦「見舒章詩文。則灑然改容。曰。此空同、于鱗間人也。」〔註88〕可以說，在此之前的李雯或許真的曾「詩襲竟陵」，然而此後的他卻可以摒棄往昔之種

〔註88〕清·宋徵輿撰，四庫全書存目叢書編纂委員會編：《林屋文稿十六卷·詩稿十四卷》，第 215 冊，集部，文稿，卷 10，行狀 1，頁 358。

種，重新學習「漢、魏、三唐諸家詩賦。以次誦習至多夜。披褐衣、擁布被。伏而讀書。……聲出金石。以至質明。」〔註89〕因此李雯或許沒有詩歌藝術的稟賦，然而他卻可以憑靠後天的努力，獲得時人一致的認同。這現象在於中國文學史上恐怕並不多見。

　　只是稍微可惜的是，李雯在雲間整體詩學的構造上，他只極力於維護詩歌當中風雅傳統的繼承性，並由此輔助陳子龍，共造出雲間詩學理論的系統性。而在於李雯自身的詩學體系當中，他所主張的對於詩的理念似乎與陳子龍大致的相像，並在一定的程度上，陳、李二人的詩學論述都是建立在共同探討與建構的基礎。於是乎，所謂詩歌當中的「合體之作」，在李雯看來從來就有它的必要性與主體性。而後「詩生于境境生于情」，更是他對於詩歌創作的理想所在。可以說，在李雯對於詩的觀念裏，判斷一首詩歌的好壞，其大半的依據因素尤其決定在詩歌情志的溫和敦厚、質樸純正與否。只有透過這樣的判定，詩歌的好就會「十不失四五」，並且相近於詩歌情致之真。這裏的出發點或許是張健所謂的「等級範疇」，也或許是謝明陽所謂的創作者角度。然而詩歌若能以情志為本，體格形式為次，這在李雯（當然包括雲間諸子的詩學）對於詩歌價值的判斷上，並不亞於詩歌情詞合一的最高境界。只是來到了判定詩歌好壞的「程序先後」之部分，詩歌的形式風格是否符合三個詩歌最美好時代的標準，又是其中的關鍵所在。在李雯僅有的詩論表述中，他一如雲間詩學所崇尚的「情以獨至為真。文以範古為美。」而《詩三百》時代、漢魏時代以及盛唐時代，這三代的詩歌標準正符合了他（們）對於詩歌衡量的最高價值。《詩三百》時代的詩歌是難以取代的，漢魏時代則次之，盛唐時代再次之。總之這些論述其實大都不離陳子龍對於詩歌的多方論述，但卻有著李雯加以整合的端正性。

　　又在於李雯擬古詩的部分，儘管他們大多摹擬的手法與作品的

〔註89〕清・宋徵輿撰，四庫全書存目叢書編纂委員會編：《林屋文稿十六卷・詩稿十四卷》，第 215 冊，集部，文稿，卷 10，行狀 1，頁 358。

價值，在後人看來都不太值得予以鼓勵。然而那或許是後人對於擬古的偏見。這我們可以從李雯（與陳子龍）可能很是前期的詩作擬寫上，發現它確實不盡理想，甚至可以說這些詩作都不能比原作更有撼動人心的真情實感。然而我們也必須了解到，雲間諸子致力於擬古的原因，主要還是為了風雅傳統的回歸與實踐。因此到了後來，李雯在於擬古的努力上，我們還是能夠看見其中寄寓著他鬱勃而古樸的懷古之情，甚至是託體言志的曲致之意。這當我們一再比對到前後時期各自所作的〈東門行〉，就可以發現其實擬古並非完全拘泥於古詩的成規。反而李雯更能在這些詩歌當中寄予深厚的言志內蘊，並尤其在五言古詩的擬作上達到託辭溫厚、曲而不露，其意味深遠的詩歌境界。事實上，李雯這樣成功的擬作實在不為少數。而本文的討論也僅止於古樂府和五言古詩，這尚不包括李雯七言古風及其律詩與絕句的仿效之作。畢竟漢魏時代的古樂府與五言古詩，才真正屬於雲間諸子──包括李雯所嚮往的詩歌當中，僅次於《詩三百》這最美好黃金年代，價值典範之所在。

另外則是李雯《蓼齋》詩裏的社會關懷。從雲間諸子倡導經世實學的崇高理想下，我們可以了解到他們必然對於國家社會有著深刻的入世精神，以及傷時憂世的積極表現。然而當我們極力關注於陳子龍詩歌對於國家政治、社會民生的關懷傾向，卻總是忽略了雲間之中其他詩人對於自身與社會之必然連接，自當有他們不能與現實的切割反映。這種有所疏漏的研究角度，當然對於李雯而言並不公允。尤其是姚蓉曾判斷說，比較起陳子龍對於反映朝政腐敗以及官吏失職的詩歌而言，李雯（與宋徵輿）「反映現實的作品，在深度和廣度上都遠遠不及陳子龍」，這當然並非事實的全部。反觀李雯的詩歌同樣具有史實性的歷史記述。並多方在關於明朝戰事的獲勝與慘敗的消息上，他藉由盛世之音的操作，關心生民之所需，且對於當時的朝政好發議論。李雯當然是十分關注國事的發展情況。因此他才能在好些詩歌裏同樣反映出當時局勢的重大政治事件，並揭示這明末期間動蕩不安的

社會現象。甚至是他在這些詩作裏不無壓抑與憤切的興嘆，並總把一切的罪責都寄託在朝臣的擔待上。因此說李雯的詩歌確切反映出明朝時弊的亂離以及將吏的誤國，這些具有鮮明針對性的情事，並不是輕率冒昧的判斷。此外，若要回歸關注社會民生的課題上，李雯亦有一定的詩作不時描繪出他的所見所聞。比如盜賊的橫肆所帶來的慘況，又如天災的頻繁，致使生命的消亡與財產的損失。這些創作當然都具備現實性的反映。可以說，李雯只是沒有陳子龍的官職，以及望族身分以外更廣大的同理心。這多少影響了他詩作與現實反映的理想差距。否則他的社會詩的創作恐怕還是有更多、更深刻的可看之處。

　　最後就是李雯詩歌在於自負與自卑的課題上，其實更能完整地看待李雯一生的心理變化。畢竟後世的我們當然肯定了因為變節仕情以後，李雯都把他不幸的遭際寄託於愧悔自卑的詩作之中。因此那些詩作尤其讓人倍感唏噓，並為之惋惜不已。但是除了愧悔這樣淒愴的情感基調以外，李雯早年那些心理本質似乎大都被掩蓋掉了。本文有理由相信李雯在其詩作當中的自卑之感，不應只有因為愧悔而感到自卑，反而是這樣的自卑早就發生在明亡以前，並源自於李雯本就優越自負的自我價值之上。因此從李雯最初的創作中，我們會不斷發現他詩歌裏具備積極的、昂揚的、正面的，而有著蓬勃氣息般的文人自我主體性。只是到了後來由於遭際的不幸，意志的消磨，李雯自視甚重的心理狀況卻不斷與現實發生磨擦，進而矛盾的徘徊在自負與自卑的情感交叉與互為表裏困境之中。最後因為懷才不遇、不被賞識的失落感逐步把李雯給吞噬，他的詩作甚至時而會呈現出心灰意懶，又或是憂患自憐的身世之感。

　　李雯總是會在於進退的失據心念上，生發出那種羞愧自身無能為力的況味。進而他也曾對於自己的遭際，表現得有些疲乏厭倦，甚至是自暴自棄。一旦他作繭自縛的在「徒步人」的意象當中，面臨到崇禎皇帝的死訊、父親的驟逝以及國家的破亡，他自然也就容易被驅使變節，並成為清朝的新貴。由此可見，李雯的心理起伏還是很值得用

第五章　李雯《蓼齋》詞探微

　　在李雯的詩詞作品當中，其於後代所展示的成就與價值應當是旗鼓相當的。雖之比及陳子龍既「結有明三百年唐詩之局」（錢鍾書）〔註1〕，並「遂開三百年來詞學中興之盛」（龍榆生）〔註2〕那等位置，仍然有所不及，力有不逮。然而李雯作為明清之際的一時名家，詞藝卓有可取，這是當之無愧的。而雲間三子較為相像的一點是，他們所流傳的詞作其實不甚豐富。就目前能查見的李雯詞集，及其版本之間的相互對照，本文發現李雯現存的詞作應只有一百二十四首。

　　如《髯髯樓》詞共一卷四十二首，收入在倡和集《幽蘭草》卷之上。〔註3〕其中只有一首〈清平樂‧秋曉〉（月殘銀井）為《蓼齋集詩餘》所無。（詳見陳立校本，卷之上，頁8～9）又本文詞作引用之所依據，即清順治十四年石維崑刻本（簡稱石刻本）的《蓼齋集詩餘》，共二卷一百一十四首。〔註4〕這裏尚未包括收入在《蓼齋後集詩餘》

〔註1〕龍榆生編選：《近三百年名家詞選》（上海：上海古籍出版社，1979年10月），頁4。

〔註2〕錢鍾書著：《談藝錄：補訂重排本》上、下冊（北京：生活‧讀書‧新知三聯書店，1979年10月），下冊，第89條，頁827。

〔註3〕明‧陳子龍、清‧李雯、清‧宋徵輿撰，陳立校點：《雲間三子新詩合稿　幽蘭草　倡和詩餘》（瀋陽：遼寧教育出版社，2000年1月），《幽蘭草》卷之上，頁1～11。以下簡稱「陳立校本」，並隨文附註，不再重復。

〔註4〕清‧李雯撰，四庫禁燬書叢刊編纂委員會：《蓼齋集四十七卷後集五

的八首。(石刻本,後集,卷 4,頁 684～686)也就是說,這三者詞
作總數的加減比對,就有了一百二十三首。

再來如陳乃乾所輯錄的《清名家詞》,其中亦采有《蓼齋詞》一
冊。〔註5〕只不過這與石刻本的詞作及其總數並無出入——即也是一
百二十二首。而《髣髴樓》詞或尚有《髣髴樓草》一卷,並收入於清
鈔本孔傳鐸的《名家詞鈔》當中,但本文尚未搜得此項文本,因此暫
時無法比對其中有無疏漏。另,《蓼齋詞》亦可見於近人楊家駱所主
編的《清詞別集百三十四種》中的第一冊,收詞亦計有一百二十二首。
〔註6〕經查閱其中與陳乃乾所輯錄的《清名家詞》並無差異。這裏自
當也收進了本文附錄,一併加以比對。

最後則是頗能嘉惠學林,並由程千帆等所主編的《全清詞》順康
卷一書。經本文比對,其中亦收錄了李雯詞作共一百二十九首。〔註7〕
然而他們從鄒祗謨、王士禛輯錄的《倚聲初集》和張淵懿輯、田茂遇
評的《清平初選》中,所搜出的詞作有四首與石刻本的《蓼齋集詩餘》
已然重出。其中包括了〈蝶戀花・落葉〉(慘碧愁黃無氣力)和〈蝶
戀花・風情〉(荳蔻枝頭紅粟小)從《倚聲初集》中搜出。而〈浣溪
沙・詠五更〉(歷盡長宵夢不成)和〈瑞鷓鴣・秋思〉(西園剩有黃花
蝶)則從《清平初選》中搜出。〔註8〕只不過〈蝶戀花・落葉〉(慘碧
愁黃無氣力)和〈蝶戀花・風情〉(荳蔻枝頭紅粟小)在《髣髴樓》

　　　卷》(北京:北京出版社,1997 年 6 月,《四庫禁燬書叢刊》清順治
　　　十四年石維崑刻本),第 111 冊,集部,卷 31～32,詩餘～詩餘 2,
　　　頁 464～480。以下簡稱「石刻本」,並隨文附註,不再重復。
〔註5〕陳乃乾輯:《清名家詞》全 10 卷(上海:上海書店,1982 年 12 月),
　　　第 1 卷,頁 1～33。以下簡稱「陳輯本」,並隨文附註,不再重復。
〔註6〕清・李雯撰,楊家駱主編:《蓼齋詞》,摘自《清詞別集百三十四種》
　　　全 12 冊(臺北:鼎文書局,1977 年 8 月),第 1 冊,頁 1～33。以
　　　下簡稱「楊編本」,並隨文附註,不再重復。
〔註7〕程千帆、嚴迪昌等編纂:《全清詞》順康卷全 20 冊(北京:中華書
　　　局,2002 年 5 月),第 1 冊,頁 331～355。
〔註8〕程千帆、嚴迪昌等編纂:《全清詞》順康卷全 20 冊,第 1 冊,頁 344
　　　～355。

詞和《蓼齋集詩餘》裏都以〈鵲踏枝〉爲題。而〈瑞鷓鴣・秋思〉（西園剩有黃花蝶）在《髣髴樓》詞中以〈臨江仙〉爲題，在《蓼齋集詩餘》中則以〈玉樓春〉爲題。〔註9〕

此外，在《全清詞》順康卷裏頭還有一首〈阮郎歸・題畫〉，亦從《倚聲初集》中搜出。〔註10〕然而本文查其詞風，與李雯諸作迥然有別。經翻閱《續修四庫全書》南京圖書館藏清順治十七年的《倚聲初集》刻本第六卷才發現，此詞本屬明末魏學濂所填，非爲李雯所有〔註11〕，此或是《全清詞》順康卷收錄有誤。反而《全清詞》順康卷從清代傳燮詞的《詞覯》中搜出了〈浣溪沙〉（玉漏聲殘人不眠）一首並未爲本文所獲。〔註12〕那麼至此李雯現存的詞作應只有一百二十四首，幾可確定。尤其是這數字其實與姚蓉在《明末雲間三子研究》中所提出的總數並無差異。〔註13〕只不過姚氏並無整理其中詞作具體相較的過程。這裏才略作補葺。

〔註9〕　**按**：〈瑞鷓鴣〉詞牌本能與〈臨江仙〉通用。然而後者則是這《髣髴樓》與《蓼齋集詩餘》的版本誤植了。經本文在龍沐勛（即龍榆生）《唐宋詞格律》所見，此詞應屬於〈木蘭花〉（仄韻定格）這一詞牌。因爲「西園剩有黃花蝶」此詞押的是仄韻格，那自然與〈瑞鷓鴣〉或〈臨江仙〉無關。而「西園剩有黃花蝶」此詞又與〈玉樓春〉詞牌格律不叶，加上其中平仄句式與五代歐陽炯〈木蘭花〉（兒家夫婿心容易）俱同，是故〈木蘭花〉（仄韻定格）才是「西園剩有黃花蝶」此詞之詞牌無疑。詳見龍沐勛著：《唐宋詞格律》（臺北：里仁書局，1995 年 8 月），頁 79～84。又，參考「楊編本」以及「陳輯本」，此詞亦題名作〈玉樓春〉。詳見「楊編本」，頁 15～16；「陳輯本」，頁 13～14。

〔註10〕　程千帆、嚴迪昌等編纂：《全清詞》順康卷全 20 冊，第 1 冊，頁 354。

〔註11〕　清・鄒祗謨、清・王士禛輯：《倚聲初集二十卷・前編四卷》（上海：上海古籍出版社，2002 年 4 月，《續修四庫全書》據南京圖書館藏清順治十七年刻本影印），第 1729 冊，集部，詞類，卷 6，頁 269。

〔註12〕　此〈浣溪沙〉一詞全文爲：「玉漏聲殘人不眠。欲闌長夜未明天。微風入被冷紅綿。○○落月漸低花影沒。啼鳥初散角聲連。舊時雙夢在誰邊。」詳見程千帆、嚴迪昌等編纂：《全清詞》順康卷全 20 冊，第 1 冊，頁 354。

〔註13〕　姚蓉著：《明末雲間三子研究》（廣州：廣東高等教育出版社，2011 年 5 月），頁 203。

　　李雯詞作的成就與價值其實鮮少爲後人所賞識。其最爲後人所共知的，莫過於在他的詞作裏多有所謂「亡國之音」（譚獻）〔註14〕。然而實則上，李雯塡詞所遵循的觀念仍是詞作爲小道末技，大抵充當日常博弈的遊戲而進行創作的。尤其是早期在倡和集《幽蘭草》諸作當中，李雯的詞作可以說皆是春閨風雨、芳心花夢的艷麗之詞。其中或有言外之意，然而「舒章舍人，是歐秦入手處」（曹爾堪）〔註15〕，「語多哀艷，逼近溫、韋」（徐珂）〔註16〕等評價，卻也表示李雯除了「亡國之音」以外，他仍然有著深情婉約、清麗流暢的詞作風格。

　　總體而言，前人對李雯的詞作評價還是不亞於雲間陳、宋的。就以前者而言，陳子龍曾在倡和集《幽蘭草》題詞中說：「觀李子之詞麗而逸，可以昆季璟、煜，娣姒清照。」（陳立校本，《幽蘭草》題詞）這當然已形同雲間宗主對於李雯的肯首與欽奉了。此中雖不免有著創作同儕間相互砥勵的誇大言辭，然而李雯詞作的高情才華，或眞有如嚴迪昌之所謂「均不亞於陳子龍」〔註17〕，才能旁側於子龍左右，爲明詞發展的頹勢施打一針強心劑，以及給清詞中興引導開拓這點上，竭盡可能之綿力。

　　這也就是爲什麼王士禛會在評價雲間諸子詞時說道：「詞至雲間幽蘭、湘眞諸集。言內意外。已無遺議。」〔註18〕李雯詞作正收錄於倡和集《幽蘭草》裏。進而張淵懿、田茂遇等更徑稱雲間三子爲「幽

〔註14〕清・譚獻輯：《篋中詞六卷・續四卷》（上海：上海古籍出版社，2002年4月，《續修四庫全書》據清光緒八年刻本影印），第1732～1733冊，集部，詞類，卷1，頁617。

〔註15〕摘自清・沈雄撰：《古今詞話》詞評下卷，金元明清，李雯幽蘭草，見唐圭璋編：《詞話叢編》全5冊（臺北：新文豐出版公司，1988年2月），頁1038。

〔註16〕摘自清・徐珂撰：《近詞叢話》，詞學名家之類聚，見唐圭璋編：《詞話叢編》全5冊，頁4222。

〔註17〕嚴迪昌：《清詞史》（南京：江蘇古籍出版社，1999年8月第2版），頁19。

〔註18〕清・鄒祇謨、清・王士禛輯：《倚聲初集二十卷・前編四卷》，第1729冊，集部，詞類，前編，卷3，詞話，遠志齋詞衷，鄒祇謨，頁185。

蘭三子」〔註 19〕。李雯雖無具體的詞論流傳於後世，然而他在創作實踐當中發揮了溯源導流的成效，理當在詞史之發展上記下一功。職是之故，本文擬在此章節裏帶出幾個相關於李雯《蓼齋詞》的課題，從而爬梳李雯詞學的思想依據，及其詞作較爲突出的題材或風格的特性。藉此好讓我們在陳子龍這明末燦爛的光芒下，尚且能窺探其身旁的熒熒星火，也不失爲學界的一番通功易事。

第一節　始於轅文　歸於子龍：李雯詞學思想的依據

　　就如同上文所說，李雯一生似乎並沒有留下任何詞論可以作爲他個人對於詞之爲體的具體觀點。這一則是他與雲間三子之一的宋徵輿，似乎都遵循著陳子龍的詞史觀進行創作。或者我們可以說，雲間三子當然都有著同樣的、被各自接受的，對於倚聲填詞的創作理念，繼而他們無須又再建構著自己對於詞學的獨特見解。只是持平而言，前者或許接近事實，後者則偏向過度的揣度與假設。

　　明詞衰落，似乎已成定說，毋庸贅言。然而本文接受了明末詞壇之所以能大放異彩，應當有賴於雲間詞派重振一股化卑靡爲綺麗的範古詞風。而其中擔荷了此等振衰起敝的重要使命的人，正是明詞「斷推湘眞第一」〔註 20〕的陳子龍。以至於他相關的論述在此之後，都有著不少極力的辨析與考證。舉如孫克強的〈試論雲間派的詞論及其在詞論史上的地位〉〔註 21〕、王曉彬與童曉剛的〈雲間詞派略論〉〔註 22〕、李越深的〈論陳子龍的詞學思想〉〔註 23〕、黃雅

〔註 19〕清・張淵懿編：《清平初選後集》，清康熙十七年雲間張氏刊冠秋堂印本，凡例。
〔註 20〕摘自清・譚獻撰：《復堂詞話》，擬撰篋中詞，見唐圭璋編：《詞話叢編》全 5 冊，頁 3996。
〔註 21〕孫克強：〈試論雲間派的詞論及其在詞論史上的地位〉，《中州學刊》第 4 期（1998 年），頁 91〜96。
〔註 22〕王曉彬、童曉剛：〈雲間詞派略論〉，《貴州社會科學》第 5 期總 191

莉的〈明末詞學雅化的苗裔——陳子龍詞學理論及其在詞學史中的地位〉〔註24〕和金一平的〈雲間詞派的復古主義詞學理論〉〔註25〕等文章，無不都試圖詳盡深刻地，去闡述陳子龍所寫下的幾篇詞論，並由此去推斷雲間詞學帶動清詞之中興，是其來有自的根本源流，自當不待再論。這其中尚未包括詞史以及詞學史對之多番肯定。這一整體批評的發展，似乎就傾向於認定了，陳子龍的有意爲詞，進而藉此振興明詞的論斷。本文以爲，這恐怕並不完全符合現實舉證。

　　毫無疑問，雲間詞派在於當時以及清朝以後都有著不可估量的影響力。且誠如嚴迪昌在《清詞史》緒論中所言，一個實體性的流派湧現，「只有當某一文體自身發展到相當成熟階段，有著足資借鑒的藝術積累可供作家們據以各自主客觀條件而加以選擇、汲取、承繼、創變、更新的前提下」〔註26〕才會產生。他又說道：

> 一個流派的形成，必須首先得擁有一面旗幟，即領袖式的足以能凝聚團結起同輩和後進的有權威性的大作家，在他周圍形成一個可觀的有影響的作家群體。他們在藝術情趣、審美傾向以至理論主張上應有大致相同或近似的追求，這種追求和實踐又總是集中反映在他們編纂的總集和選本之中。〔註27〕

如此看來，雲間詞派的湧現與形成確實達到了這幾項特點。以之稱雲間爲詞派，當然並不爲過。然而就陳子龍等人當初的起心動念言之，雲間詞風之盛，實起於宋氏兄弟等人卻也是不爭的事。尤其當

期（2004年9月），頁97〜100。

〔註23〕李越深：〈論陳子龍的詞學思想〉，《內蒙古大學學報》人文社會科學版第38卷第4期（2006年7月），頁106〜111。

〔註24〕黃雅莉：〈明末詞學雅化的苗裔——陳子龍詞學理論及其在詞學史中的地位〉，《海南師範大學學報》社會科學版第23卷第4期總108期（2010年），頁97〜108。

〔註25〕金一平：〈雲間詞派的復古主義詞學理論〉，《浙江學刊》第5期（2010年），頁75〜81。

〔註26〕嚴迪昌：《清詞史》，緒論，頁4。

〔註27〕嚴迪昌：《清詞史》，緒論，頁4。

中的具體性質，宋氏兄弟的倚聲填詞或不外乎如同文人之間的詩酒唱和這樣的創作形態。關於這一點就確實很容易被後人乃至於近來的研究所忽略了。我們首先來看看彭賓在〈二宋倡和春詞序〉中所說：

> 若子建、尚木。年齒雖不大遠。而同人之工於倚聲者。宋氏最先。則推爲前輩矣。既復得轅文。大樽見其擬古諸篇。踴躍狂叫。自此劈箋開衷。贈答流連。賦咏之餘。盡醉永夜。〔註28〕

宋子建即宋存標，宋尚木即宋徵璧。他們皆爲宋徵輿的從兄弟。正因爲他們或有自己的詩酒唱和，進而引起了宋徵輿的注意。宋徵輿又藉此把倚聲填詞的風氣帶入了陳、李之間。是故雲間三子之間的倚聲填詞，則才有李雯〈與陳臥子書〉之所謂「春令之作。始于轅文。此是少年之事。而弟忽與之連類。猶之壯夫作優俳耳。」（石刻本，卷35，書，頁507）

那麼陳子龍又是以如何的心態相待呢？他在倡和集《幽蘭草》題詞中曾於讚賞李、宋二人妙有才情、性通宮徵、作爲小詞之後，便提及自己：「余以暇日，每懷見獵之心，偶有屬和。」這都在在表示了雲間三子之間的以詞作相互唱和，是他們文學集會裏一種自逞其才的表現方式。李雯對於倚聲填詞的態度，更自嘲爲「壯夫作優俳耳」。可以說這觀點也不是本文所獨樹一幟的。因爲早在葉嘉瑩的〈從雲間派詞風之轉變談清詞的中興〉一文〔註29〕中，她就試圖帶出這樣的問題意識。

就是說這詞之爲體，初期本就是歌筵酒席之間，文人提供歌伎所填作的演唱歌詞。這些歌詞有別於中國傳統文學裏頭那種正經八百、

〔註28〕清・彭賓撰，四庫全書存目叢書編纂委員會編：《彭燕又先生文集三卷・詩集一卷》（濟南：齊魯書社，1997年7月，《四庫全書存目叢書》上海圖書館藏清康熙六十一年彭士超刻本），第197冊，集部，別集類，卷2，頁345。

〔註29〕葉嘉瑩著：《清詞叢論》（北京：北京大學出版社，2008年4月），頁1～37。

文以載道式的詩言志，或大手筆般的詩教傳統。而詞就是一種小道末技，並到了明代雲間裏頭，更被視爲是一種適合「相訂爲鬮詞之戲，以代博弈」（陳立校本，〈倡和詩餘〉再序）的遊戲性與競技性的唱和活動。只是葉氏或礙於現場演說的時間限制，她並沒有把這樣的酬唱傳統說得特別仔細，反而姚蓉和王兆鵬在〈從唱和活動看雲間詞風的形成〉一文裏，就有著非常清晰的論述道：

> 明代文人，尤其喜歡通過社團進行詩詞唱和，開展文學交流。明末雲間一地的文人秀士，通過幾社等組織，經常詩酒唱和，杜登春就在《社事本末》中記載幾社諸子，「三六九會藝、詩酒唱酬」。而幾社的骨幹，亦多是雲間派的主要作家。他們通過這樣的唱和活動，增加了雲間文人群的凝聚力，從而形成了聲勢浩大的作家群，使雲間派以地方性的文學團體，蜚聲海內。雲間諸子的唱和活動，涉及文學的各個方面，從時文、詩歌、辭賦到詞，無不成爲他們唱和的內容。而他們的詞唱和，與其它文體的唱和相比，具有鮮明的遊戲性與競技性。〔註30〕
>
> ……
>
> 詞的產生，與燕樂的興起有關。詞原是爲適應這種新的音樂歌唱而作的歌詞，常常在宴會之中由歌妓演唱。所以南唐北宋之時詞就與歌筵酒席緊密結合，娛樂性非常強。而晚明文人的詩酒集會中，往往少不了歌妓舞女助興。但與南唐北宋酒宴之會助長了詞的興盛不同，明詞卻沒有因爲文人社集的豐富而持續宋詞的輝煌。事實上，明詞萎靡不振，在詞史上歷來評價不高。陳子龍等人在宴集時選擇填詞以爲娛樂，在明代具有開風氣之先的意義。〔註31〕

此兩段較爲長篇幅的引文，本在姚蓉的《明末雲間三子研究》中亦有

〔註30〕姚蓉、王兆鵬：〈從唱和活動看雲間詞風的形成〉，《江漢論壇》（2004年11月），頁117。

〔註31〕姚蓉、王兆鵬：〈從唱和活動看雲間詞風的形成〉，《江漢論壇》，頁118。

相當接近的論述；只是在這文章裏，他們梳理得更為簡潔有力。可以說，姚氏很忠實地呈現出雲間詞何以有這樣的風貌，並連接了雲間詞風與其創作形態，皆來自於雲間詞人之間的頻繁唱和活動。那麼從這樣的角度去詮解陳子龍及其雲間詞風前後有些差異的現象便成為非常有意義的事了。

這現象具體地表現在，陳子龍雖曾於〈三子詩餘序〉裏說過：「夫風騷之旨。皆本言情。言情之作。必託於閨襜之際。代有新聲。而想窮擬議。於是以溫厚之篇。含蓄之旨。未足以寫哀而宣志也。」〔註32〕因此以雲間前期的倡和集《幽蘭草》為例，從裏頭的春閨、秋閨、春寒閨恨、春雨閨思等題材與內容，確實可以看見那些「必託於閨襜之際」的「言情之作」。然而談及「風騷之旨」、美人香草，是否有所寄託？倡和集《幽蘭草》裏頭所呈現的整體面貌，似乎就不如明亡以後（尤其是陳、李二人）各別的獨至表現來得更為深刻與強烈。（雖然姚蓉等認為陳子龍在國變之前「就已經有了寄託他強烈憂患意識的作品」。〔註33〕）這也就是說，雲間重寄託的詞學思想以及創作實踐，都要在入清以後才得以清楚地顯露出來。

那麼在起始之初，陳子龍正因為宋徵輿的帶動才會「偶有屬和」，李雯則因其而「忽與之連類」，倡和集《幽蘭草》的付梓成編才得以實現。這是唱和活動到達一定程度以後，只不過是為了檢視這期間的創作意義，才有的創作實踐的成果結集。綜述而言，陳子龍在這期間確實提出了崇尚南唐北宋、倡導風騷之旨的詞品觀，以及試圖實踐那風流婉麗、含蓄蘊藉的審美理想。然而他們完成的只是一掃明詞的淫哇輕靡，廓清並獲得了中興詞壇的一把鑰匙。這距離他們對於倚聲填詞更高的期待，其實還是有其尚顯不足的部分。尤其是他們主張：

〔註32〕明・陳子龍撰，上海文獻叢書編委會編：《陳子龍文集》上下冊（上海：華東師範大學出版社，1988 年 11 月），下冊，安雅堂稿，卷 2，序 2，頁 54。

〔註33〕姚蓉著：《明末雲間三子研究》，頁 223。

「天機偶發，元音自成」，卻忽視此「機」此「音」與時代
社會播遷的不可分離的關係。無視「天機」此「元音」的
所由來，不能不導致天賦決定說，也爲僅以前代楷模爲範
本，只求形態體勢而失卻其精神的模擬之風授口藉。〔註34〕

這何嘗不是因爲陳子龍等仍舊把倚聲塡詞視爲「作爲小詞，以當博
弈」（陳立校本，《幽蘭草》題詞）的偏狹觀念所造成？藉此我們反
觀李雯的對於詞之爲體的態度也就清晰多了。一如李雯生平所顯
示，李雯在年二十餘時，曾因爲自己口吃不能硬記自己所學。如同
〈雲間李舒章行狀〉所載，他進而：

> 自恨殊甚。發奮閉戶。盡取周、秦以來諸古文辭。及漢、
> 魏、三唐諸家詩賦。以次誦習至冬夜。披褐衣、擁布被。
> 伏而讀書。常過夜半。稍假寐。復起篝火、理前冊。聲出
> 金石。以至質明。如是幾盡四冬。〔註35〕

這在本文第三章第二節亦曾提及。又，宋徵輿在另一篇〈李舒章集序〉
更曾記述到：

> 予少從李舒章遊。與同硯席者。十有餘年。見其自旦至暮。
> 或作文。或誦書。無頃刻之暇。哀其疲苦。常勸其早休。
> 舒章曰：「我非此不樂。但恨日不足耳。」偶一日晚起。則
> 必曰：「我於枕上得幾律矣。」或曰：「我得幾絕句矣。」
> 其勤如此。是以年僅四十有一。而合計所作。與空同、滄
> 溟相埒。〔註36〕

由此可見，李雯在古文以及詩賦上的用心和勤奮，已彰顯著極力以
鉅手鴻筆，試圖寫出鴻篇鉅制，這恐怕才是他傳統士人觀念當中應
該「非此不樂」的事。那麼他之所以有著「忽與之連類」的倚聲塡

〔註34〕嚴迪昌：《清詞史》，頁14～15。
〔註35〕清‧宋徵輿撰，四庫全書存目叢書編纂委員會編：《林屋文稿十六卷‧
詩稿十四卷》（濟南：齊魯書社，1997年7月，《四庫全書存目叢書》
上海圖書館藏清康熙九籥樓刻本），第215冊，集部，文稿，卷10，
行狀1，頁358。
〔註36〕清‧宋徵輿撰，四庫全書存目叢書編纂委員會編：《林屋文稿十六卷‧
詩稿十四卷》，第215冊，集部，文稿，卷5，序4，頁307。

詞，這就和彭賓記載的陳子龍之所言不無關係了：

> 大樽每與舒章作詞最盛。客有唷之者。謂得毋傷綺語耶。
> 大樽答云：吾等方少年。綺羅香澤之態。綢繆婉戀之情。
> 當不能免。若芳心花夢。不於闈詞游戲時發露而傾瀉之。
> 則短長諸調與近體相混。才人之致不得盡展。必至濫觴於
> 格律之間。西崑之漸流爲靡蕩。勢使然也。故少年有才宜
> 大作詞。〔註37〕

在這項資料裏，我們除了可以一再肯定陳子龍對於詞這樣的文體仍是將之歸類爲「闈詞游戲」，詞也只不過是寄寓「綺羅香澤之態」和「綢繆婉戀之情」，有別於詩文功能以外的特殊文體。這種情意甚至和近體詩是不能相混淆的，否則就會再現宋初西崑體的流觴。這情況也應該甚爲李雯所忌，因此他與陳子龍才能相互切磋其中，卻不爲艷詞綺語誤導他賦文寫詩的自有格調。詞之爲體也就成爲了他（們）在行有餘力之際，所發展出來的意內言外、別是一家、娛樂性與競技性的遊戲文體了。甚至在百無聊賴之際，李雯更於〈歲首與友人書〉中表示，他特別「喜作綺詞。」以至於「燒燭夜半。不能自已。」（石刻本，卷36，書2，頁520）

　　而較爲特殊的是，儘管陳子龍明確表示倚聲塡詞，尊崇南唐北宋的「穠纖晚婉麗極哀艷之情」，抑或「流暢澹逸窮眇倩之趣」（陳立校本，《幽蘭草》題詞）。此之所謂「境繇情生，辭隨意啓，天機偶發，母音自成，繁促之中尙存高渾。」（陳立校本，《幽蘭草》題詞）〔註38〕進而他也排拒了北宋以後詞作的亢率傖武、鄙淺優伶之聲。說是「南渡以還。此聲遂渺。」（陳立校本，《幽蘭草》題詞）

　　李雯當然都深諳此理。因此儘管他在詞風上並無逾越北宋這道

〔註37〕清・彭賓撰，四庫全書存目叢書編纂委員會編：《彭燕又先生文集三卷・詩集一卷》，第197冊，集部，別集類，卷2，頁345。

〔註38〕按：《陳子龍文集》安雅堂稿所載，此句原寫作「境繇情生。辭隨意啓。天機偶發。元音自成。繁促之中。尙存高渾。」詳見明・陳子龍撰，上海文獻叢書編委會編：《陳子龍文集》上下冊，下冊，安雅堂稿，卷3，序3，頁85。

防線，但是他倚聲填詞的視野多少比陳子龍卻要寬闊得多。翻看李雯的《蓼齋詞》，我們不難發現其中多有慢詞、長調，盡是唱和南北宋詞人的作品。其中包括〈千秋歲・和王介甫〉（石刻本，卷 32，詩餘 2，頁 475）、〈滿路花・和秦淮海〉（石刻本，卷 32，詩餘 2，頁 476）、〈鳳凰臺上憶吹簫・次清炤韻〉（石刻本，卷 32，詩餘 2，頁 476～477）和〈滿江紅・和張孝祥咏雨〉（石刻本，卷 32，詩餘 2，頁 476）等都是較爲明顯的例子。尤其是張孝祥就出生在南宋以後，而李清照的生平則是名從北宋跨越到南宋的兩代詞人。由此可見，李雯對於南北宋詞都有所取法，便非胡編亂造之說。

第二節　題材與意象的復古與承繼

我們進而再細究李雯詞作中的題材與意象的復古與承繼。查看《蓼齋集詩餘》和《蓼齋後集詩餘》的百多餘首詞，裏頭都不外乎縈繞在時序、閨情與詠物三方面而進行創作的。如前所述，這自然和陳子龍所主張的「夫風騷之旨。皆本言情。言情之作。必託於閨襜之際」有不可切斷的關係。因此倘若他們有意倚聲填詞，則必然盡力往「託貞心於妍貌。隱摯念於佻言」﹝註39﹞的理想靠攏。尤其是詞作所呈現出來的渾厚意境，更需要達到如同〈王介人詩餘序〉所說的那種「沉至之思。必出之淺近」﹝註40﹞的程度。加上李雯詞作由於酬唱命題之所需，時序、閨情與詠物三方面的題材，自然爲他們的創作所用。

換句話說，李雯關於閨情的詞作就包含了許多女性體態、相思、哀怨、惆悵等生理，以至於心理的細緻描摹。這與詞作爲緣情而言情的文體，它足能夠彰顯出其中綢繆婉戀的本質，並提供了詩酒流連之時，歌兒舞女演唱之所需。譬如葉嘉瑩便曾提及一首李雯前期的作

﹝註39﹞　明・陳子龍撰，上海文獻叢書編委會編：《陳子龍文集》上下冊，下冊，安雅堂稿，卷 2，序 2，頁 54。

﹝註40﹞　明・陳子龍撰，上海文獻叢書編委會編：《陳子龍文集》上下冊，下冊，安雅堂稿，卷 2，序 2，頁 55。

品。〔註41〕這首詞亦曾收入在倡和集《幽蘭草》當中。叫〈山花子·初夏〉。詞曰：

> 乳燕初飛水簟涼。菖蒲葉滿小池塘。七尺蝦鬚簾半卷。杏衫黃。○○竹粉新粘搖翡翠。荷香欲暖睡鴛鴦。正是日長無氣力。倚銀牀。（石刻本，卷31，詩餘，頁466）〔註42〕

這是一首描寫閨中女子，在初夏景物之前，嬌慵無力的婉秀之作。「乳燕初飛」、「鬚簾半捲」、日長無力，都很巧妙地點破初夏詞題。「杏衫黃」、「倚銀牀」則帶出了相關於女子其視角與觸覺的基本面目。然而也很明顯地，這詞緣情是緣情了，卻尚未足以言情，從而表達綢繆婉戀的本質。又如一首〈望江南·無題〉。詞曰：

> 釵頭玉。常自伴香雲。燈暈奄奄成小睡。醒來猶未脫羅裙。月影正中分。○○閒消悶。刀尺與爐燻。寶帳空垂連理帶。香衾慢疊舞鸞紋。玉漏夜深聞。（石刻本，卷31，詩餘，頁469）〔註43〕

此詞雖無收錄在倡和集《幽蘭草》，然亦當屬於李雯較為前期之作。他寫的還是一名女子在閨中的日常起居。雲鬟插有玉釵，羅裙未脫入睡。裏頭的閒悶意緒，惆悵無端，雖能將之深掩在女子的生活細節裏，進而汩汩流出寂寞的況味。但這終究還是極於表面的描摹，僅止於女子的「綺羅香澤之態」，而似乎沒有更為沉潛含蓄的意境構造。

當然，說及時序、閨情與詠物這三種類型的題材，它們亦能夠在李雯詞中被同時的交叉運用，而不會在一首詞裏單一的出現。就是說很多時候，這混合型的運用可以讓讀者返歸於心底最不自覺地、有所感懷的一面。舉如〈生查子·秋夜〉一詞。詞云：

〔註41〕葉嘉瑩著：《清詞叢論》，頁15。

〔註42〕參考楊家駱主編的《清詞別集百三十四種》以及陳乃乾《清名家詞》所輯錄，「竹粉新粘搖翡翠」作「竹粉新黏搖翡翠」。詳見「楊編本」，頁7；「陳輯本」，頁5。

〔註43〕參考楊家駱主編的《清詞別集百三十四種》以及陳乃乾《清名家詞》所輯錄，「閒消悶」作「閒消悶」，「刀尺與爐燻」作「刀尺與爐熏」。以下皆是。詳見「楊編本」，頁13；「陳輯本」，頁11。

風動碧琅玕。翠戶生寒淺。斗帳宿鴛鴦。繡被雙鸞偃。○○
獨自擁雙鬟。不覺銀釭暗。明月下梧桐。玉漏遲金剪。(石
刻本，卷31，詩餘，頁464)〔註44〕

在這首詞裏，李雯寫的也是深閨之中，女子的對於四周物件所引起的
情思，以及那無限的惆悵。秋夜裏的秋風敲動了外頭的竹叢，從而首
先透過聽覺，引起詞中女主人公思緒的撼動。繼而秋風所帶來的寒意
油然而生，這無疑也是一種由內而外的孤獨之感，所催使的生理刺
激。因此在這樣孤寂的夜，此女子所能夠面對的，卻只是那一對繡在
斗帳的鴛鴦，以及被子上的雙鸞。這正有著溫庭筠〈菩薩蠻〉「新帖
繡羅襦。雙雙金鷓鴣」〔註45〕的藝術境界。

到了下片，李雯以女子獨自扶抱自己兩個環形的髮鬟（從而也暗
示了這是一年輕的女子），補充了前頭意欲說明的寂寞感染的空間。
接著加強所謂「不覺銀釭暗」的時間長度，把其中的冷清孤單的情感
推向衝突的最高峰。直到了最後一句，李雯寫到月光垂下，天已亮起，
女子爲思念的人所準備的衣服卻還沒能夠完成。其孤獨無依的芳姿就
更加動人了。很明顯，這首詞就多了點藝術造鑄的意味。只是李雯的
描摹卻仍舊停頓在表面一層的女子體態與生活起居。這確爲詩酒流
連、賦詞唱和所不能免的一種創作模式。又如一首〈浪淘沙・秋月〉。
詞云：

明鏡破青桐。近轉牆東。樓高人靜影重重。露腳斜飛驚鵲
語。香墜寒空。○○金井望彫櫳。芳樹璁璁。碧天涼落水晶
宮。爲問嫦娥愁幾許。無限秋風。(石刻本，卷 31，詩餘，頁
469)〔註46〕

〔註44〕參考楊家駱主編的《清詞別集百三十四種》以及陳乃乾《清名家詞》
　　　所輯錄，「玉漏遲金剪」作「玉漏遲金翦」。以下皆是。詳見「楊編
　　　本」，頁3；「陳輯本」，頁1。
〔註45〕後蜀・趙崇祚輯，李一泯校：《花間集校》（北京：人民文學出版社，
　　　1958 年 7 月），卷 1，頁 1。
〔註46〕參考楊家駱主編的《清詞別集百三十四種》以及陳乃乾《清名家詞》
　　　所輯錄，「金井望彫櫳」作「金井望雕櫳」。以下皆是。詳見「楊編

這首詞在倡和集《幽蘭草》中亦有收錄，而它著實有著詠物的企圖。如上片前二句便說到了，秋天的月色如同明鏡一般，掛在梧桐樹上，進而轉出東墙。三、四句，李雯則描繪了詞中之人所身處的這樣場景：此人感受著樹葉弄影，以及聽見因被露水打濕，而受驚鳴叫的烏鵲。繼而某種飄落於寒冷空中的香花，點綴了一整片淒清動人的秋天景致。

直到了下片，李雯接著把空間轉移到園林中的水井旁。「金井」與「彫櫳」的相對，真有如李商隱〈無題〉那種「玉虎牽絲汲井回」〔註47〕的況味。此地有蔥鬱的「芳樹」，而其落葉因為涼風的吹拂，飄落於流水之中。這時詞中之人便不禁地感到勁吹的秋風都是「為問姮娥愁幾許」。到了此句，李雯意欲深化的是當下之秋風秋景，從而帶出如同月上嫦娥般，碧海青天夜夜心的無盡愁緒。李雯點睛之筆比起《花間》詞風，似乎又更為秀逸，而緊逼南唐諸作的風貌了。

以上的舉例都還只是李雯眾多詞作的一部分。其餘如〈浣溪沙・初夏晚景〉的「衣潤先教籠鵲尾。鬢鬆常自約犀梳。」（石刻本，卷31，詩餘，頁464）、〈浣溪沙・咏繭〉的「方束素時纖指滑。欲纏綿處粉襟香。」（石刻本，卷31，詩餘，頁464）、〈謁金門・缺題〉的「夢裏落花飛燕掠。羅裙寬幾約。」（石刻本，卷31，詩餘，頁465）、〈山花子・無題〉的「細語玉熜輕燕燕。暗香夜蛤影鵜鵜。」（石刻本，卷31，詩餘，頁466）、〈鷓鴣天・夕陽〉的「妝殘人在闌干角。目斷天晴蓮子灣。」（石刻本，卷31，詩餘，頁469～470）和〈翻香令・本意〉的「微翻朱火暖金猊。綠烟斜上玉熜低。」（石刻本，卷31，詩餘，頁471）等，都可清晰地顯現出李雯把時序、閨情與詠物三者運用自如，全不脫離南唐北宋的柔情曼聲，竟儼然承繼著《花間》餘風，並自成一家。

本」，頁13～14；「陳輯本」，頁11～12。
〔註47〕唐・李商隱著，馮浩箋注：《玉谿生詩集箋注》（臺北：里仁書局，1981年8月15日），頁386。

　　值得注意的是，李雯詞作裏頭的秋季書寫、秋的意象，倒特別蘊含了李雯寄寓隱微的悲秋色彩。梁朝鍾嶸便曾在《詩品》中說過：「氣之動物，物之感人，故搖蕩性情，行諸舞詠。」〔註48〕又說：「若乃春風春鳥，秋月秋蟬，夏雲暑雨，冬月祁寒，斯四候之感諸詩者也。」〔註49〕因此傷春悲秋本是詩人、詞人敏感於四時的流逝，由此情動於中，而形於言；鋪寫出苦悶與文學交互的際會。正所謂「悲哉，秋之為氣也！蕭瑟兮，草木搖落而變衰。」〔註50〕可以說歷來文人雅士之悲秋，固然攸關對於社會人生種種不可人意處的憂患抒懷，然而其中包含更多的是李雯自身的傷時嘆命，遭際不偶的感慨悲感。

　　經查閱，本文發現「李雯多秋氣」〔註51〕原不是入清、降清後才不斷浮現在其詞作當中的一種悲歌寄寓。比對李雯後來的《蓼齋詞》，他大部分寫秋的作品竟是在倡和集《幽蘭草》當中呈現。後來曹溶便曾在〈少年遊‧遊橫山園悼李舒章〉一詞中說道：

　　　　雲峯百尺引蒼虬。著意寫芳秋。斜暉窈窕。蟪蛄啼出。才
　　　　子不能留。○○蝦鬚如有神山隔。畫棟只藏愁。舊日池塘。
　　　　情波無盡。難蕩木蘭舟。〔註52〕

曹氏的一句「著意寫芳秋」便很清晰地點出李雯對於秋季獨特的感知、內化與颯颯淒涼的有意書寫。易言之，李雯似乎特別著力於寫作自身對秋緒的抒懷。因此當我們查看李雯在倡和集《幽蘭草》的四十二首詞作時，當中就確實有著多達二十首左右的詞作，聯係著他個人對於嚴秋肅殺的秋思、秋懷。這在於前文所引的例子，多多少少都已獲得一點印證。我們也不妨再舉幾首詞作為例。比如〈玉樓春‧秋思〉

〔註48〕南朝梁‧鍾嶸撰，張懷瑾著：《鍾嶸詩品評註》（天津：天津古籍出版社，1997年1月），頁66。

〔註49〕南朝梁‧鍾嶸撰，張懷瑾著：《鍾嶸詩品評註》，頁96。

〔註50〕楚‧宋玉撰，吳廣平編輯：《宋玉集》（長沙：岳麓書社，2001年7月），頁2。

〔註51〕劉勇剛著：《雲間派文學研究》（北京：中華書局，2008年2月），頁186。

〔註52〕程千帆、嚴迪昌等編纂：《全清詞》順康卷全20冊，第2冊，頁802。

（也就是〈木蘭花〉）一詞便是這樣寫道的：

> 西園剩有黃花蝶。南浦驚飛紅杜葉。秋來獨自怕登樓。閒却
> 吳綾雙素襪。○○亂鴉啼起愁時節。料峭西風渾未歇。兩行
> 銀雁十三弦。彈破梧桐梢上月。（石刻本，卷31，詩餘，頁470）
> 〔註53〕

此詞極寫一女子寂寞淒涼的無端愁緒。上片首二句說明了當下的秋景。「驚」字有著警醒詞中女主人公「秋季經已到來」這一現實的兀然作用。三、四句，李雯則補足了女主人公「驚」的緣由——即「怕登樓」者，說明女主人公不願面對如此秋季到來的事實。然而歲月如流，畢竟秋天亦有著「亂鴉啼起」、「料峭西風」的蕭颯之景。這都無不帶出那「其色慘淡，煙霏雲斂；其容清明，天高日晶；其氣慄冽，砭人肌骨；其意蕭條，山川寂寥。故其為聲也，淒淒切切，呼號憤發」（〈秋聲賦〉，歐陽脩）〔註54〕的涼落境界。

　　而且「登樓」者，又可以連接上王粲《登樓賦》那種感慨賢才落魄無助，流落異鄉、悵恨無奈的意象組構。於是乎，「閒却吳綾雙素襪」的女子，即作者的自我投射。她選擇彈奏「銀雁十三弦」，以期能抒解心中的愁悶鬱然之情。更期許藉此「彈破梧桐梢上月」，寓意希冀能把自己美好的才華上達天聽。可以說，李雯這以景結情之句帶出了餘韻繞樑的難得深情。而此詞穠纖哀怨的意態，便可顯見一斑。又如〈長相思·秋風〉一首。詞曰：

> 楓葉飛。柳葉飛。飛向空閨無盡時。搖搖千里思。○○西風
> 吹。北風吹。吹入君衣知不知。香帷薄暮垂。（石刻本，卷31，
> 詩餘，頁464）〔註55〕

〔註53〕參考楊家駱主編的《清詞別集百三十四種》以及陳乃乾《清名家詞》
　　　　所輯錄，「閒却吳綾雙素襪」作「閒卻吳綾雙素襪」。詳見「楊編本」，
　　　　頁15～16；「陳輯本」，頁13～14。

〔註54〕宋·歐陽修著，洪本健校箋：《歐陽修詩文集校箋》全3冊（上海：
　　　　上海古籍出版社，2009年8月），上冊，頁477～478。

〔註55〕參考楊家駱主編的《清詞別集百三十四種》以及陳乃乾《清名家詞》
　　　　所輯錄，〈咏秋風〉作〈詠秋風〉。以下皆是。詳見「楊編本」，頁3；

這當然是一首已較爲常見的相思形態的詞意了。楓葉的飛起代表著秋天的到來，柳葉的飛起代表著相別、相留之情意。而就當一個人身在空閨之中，此等蕭颯的情景同一出現在自己眼前，那麼這裏所摩擦而成的感觸，也只有對於遙遠他方、千里相望的不盡念想。下片一樣的從秋風與冷風激吹的比照，寫出了對於那遙想的對象，可否也了解這等「香帷薄暮垂」的空閨寂寞之感。這手法和唐代王之渙〈涼州詞〉那種「羌笛何須怨楊柳，春風不度玉門關」甚至有著異曲同工之妙。李雯在這首詞裏所要表達的，即希望自己能被有所用的情意，似乎是非常濃厚的。只是他以清逸的「香帷薄暮垂」作結，便把情感收束與壓抑得非常合宜動人。再來一首〈鵲踏枝・落葉〉（也就是〈蝶戀花〉）。詞曰：

> 慘碧愁黃無氣力。做盡秋聲。砌滿闌干側。疑是紗牕風雨入。斜陽又送栖鴉急。○○不比落花多愛惜。南北東西。自有人知得。昨夜小樓寒四壁。半堆金井霜華白。（石刻本，卷32，詩餘2，頁473）〔註56〕

關於這首詞，後人如劉勇剛把它歸類在「自慚大節有虧」的「愧悔心理」〔註57〕一類裏。這無疑正犯上了他在辨析宋徵輿〈蝶戀花・秋閨〉所說到的「自以爲是」，以及「一廂情願的主觀論斷，完全缺乏版本上的依據」〔註58〕之毛病。因爲查看了李雯這首詞既然出現在倡和集《幽蘭草》裏，而這本集子正集結於崇禎十年（1637）丁丑，因此說這首詞展現著李雯降清以後的心理衝突是不妥當的詮釋。我們不妨讓這首詞回歸到他們賦閑倡和的定位上看。

其實這樣的秋意自然是引起感士不遇的沉愁之哀。如上片所言，李雯寫的當然還是一片秋景：落葉的「慘碧愁黃」、「做盡秋聲」、「砌

「陳輯本」，頁 1。

〔註56〕參考楊家駱主編的《清詞別集百三十四種》以及陳乃乾《清名家詞》所輯錄，「疑是紗牕風雨入」作「疑是紗窗風雨入」。詳見「楊編本」，頁 20；「陳輯本」，頁 18。

〔註57〕劉勇剛著：《雲間派文學研究》，頁 185。

〔註58〕劉勇剛著：《雲間派文學研究》，頁 194。

滿欄杆」以及歸鴉的急切，這一切的外在環境正不斷影響著李雯以及詞中人物的愁緒，也由此使得他們聯想到自身與落葉的相似性。畢竟落葉所依靠的，並不是自己的能力而飛向那個定點。它們深受著的是外在壓力使然。而這不正是李雯在當時積極努力、發憤閉戶，所要克服的終極問題嗎？

因此只要懂得珍惜的是自己內在的才能，儘管「不比落花多愛惜」，然而「南北西東」的飛過一遍，李雯總覺得一定「自有人知得」，即一如自有人知道這樣的落葉飄然到來。因此在「半堆金井霜華濕」或對於落葉而言，或正是落葉「做盡秋聲」的美好結果。它是成堆的依傍在有雕飾的水井旁。它們身受的是拂曉裏乾淨無根的露水，從而滋潤。因此這首詞實有非常奇特的深意。為此王士禎曾評價此詞說，李雯：「落花多柔艷之調。落葉饒悽戾之音。」〔註59〕誠為的論。

承前所述，李雯詞作的題材與意象的復古與承繼，也就很清楚地顯示著他自身對於南唐、北宋詞風的回歸。李雯詞作多有對於秋季的吟詠，其美感的體驗實質可分為感慨時序的變遷、若所有指的相思與較為有思考性的內省——這三種主要的情感指向上。其中所謂感時的詞作命意，多半是音淒意遠的自然表現。李雯在這部分的詞作大致都體現了較為多見的悲秋心理。他進而以女性的角度把詞作導向其詞派風格的極哀艷之情、「託於閨檻之際」的綺麗趨勢。此外在相思的情意這一部分，李雯書寫的秋季相思，當然有其較為常態化的相思之情，然而他也有著不輸其餘二子的清逸風格，而能將其情感收束得宜的一面，並藉此似有若無的帶出他感士不遇之嘆。到了李雯詞作其內省言不盡意的部分，本文以為李雯多少都能散發出特具哲理性質的情思。這樣的情思固然還是圍繞在時序、閨情之類的風格加以展現，比如「不比落花多愛惜。南北東西。自有人知得。」然而當我們再三玩味這些詞作的深意，對於詞作整體的藝術感卻好像不能將它們輕易分

〔註59〕清・鄒祗謨、清・王士禎輯：《倚聲初集二十卷・前編四卷》，第1729冊，集部，詞類，卷11，頁329。

割，這可都是李雯前期詞作較爲不錯的表現。

第三節　從「哀婉淒麗」到「愧悔自苦」的詞風
　　　　轉變

　　本文以爲從前文的探究中，就李雯詞作整體而言，「哀婉淒麗」
大致可以概括這前期的詞風。其所謂的「纖刻之辭」、「妍綺之境」
〔註60〕、「愁怨之致」、「鮮妍之姿」〔註61〕，皆能得到一定程度的展
現。這裏再舉一首〈菩薩蠻・憶未來人〉爲例：

> 薔薇未洗臙脂雨。東風不合催人去。心事兩朦朧。玉簫春
> 夢中。○○斜陽芳草隔。滿目傷心碧。不語問青山。青山響
> 杜鵑。（石刻本，卷31，詩餘，頁464）〔註62〕

此詞有別於秋季的書寫，反而透過了暮春景色，抒發一種通體悲涼，
言辭淒愴的哀婉愁緒。據說薔薇到了初夏才會花繁葉茂。因此李雯上
片首句，正以「薔薇未洗臙脂雨」交待了一個暮春時節；初夏未至，
春天尚在，薔薇都還沒得到雨水滋潤。當初春天的風就不應催促行人
離去。心中所念之事、心中所想之人，再三感之，然而離去的人，至
今尚未歸來。這不免使人倍覺朦朦朧朧，若有所失。恍然若唐代韋皋
的玉簫春夢；玉簫等了他八年，最終卻絕食而死，後來換韋皋等了玉
簫十三年，才得以投胎來見。於是乎今日會否再有當初那種玉簫春夢
呢？下片只有滿目的芳草萋萋作解。原來的兩情相悅，卻從此兩地相
隔，只徒留杜鵑聲中的「不如歸去」之應。李雯此詞融情入景，淒苦
之意隱晦曲折，扣人心弦。

〔註60〕明・陳子龍撰，上海文獻叢書編委會編：《陳子龍文集》上下冊，下
　　　　冊，安雅堂稿，卷2，序2，頁54。

〔註61〕明・陳子龍撰，上海文獻叢書編委會編：《陳子龍文集》上下冊，下
　　　　冊，安雅堂稿，卷2，序2，頁55。

〔註62〕參考楊家駱主編的《清詞別集百三十四種》以及陳乃乾《清名家詞》
　　　　所輯錄，「薔薇未洗臙脂雨」作「薔薇未洗胭脂雨」。以下皆是。詳
　　　　見「楊編本」，頁4；「陳輯本」，頁2。

　　而到了後期，李雯和其他雲間文人一樣，也因為遭逢了亡國之痛。加之國君自縊、嫡父殉難，李雯詞風繼而變得感慨遂深；即脫離了先前那種「哀婉淒麗」的創作手法，走進了「愧悔自苦」、不能憐恕自己的自傷途徑。對於這樣的現象，葉嘉瑩認為這是清詞中興的契機所在，說道：

> 清詞的中興，是在破國亡家的國變苦難之中，在無心之間，把過去那種用嬉戲筆墨寫男女愛情的詞，過去那種在晚唐五代的亂離之間所隱藏的那種潛能的美感作用，無意之中又把它找回來了。這與清詞的中興有很重要的影響和關係，而且清朝的作者也逐漸地加強了這種認識。〔註63〕

葉氏的說法是很中肯的。至少倡和集《幽蘭草》稍稍做到。直到《倡和詩餘》的出現，裏頭存有陳子龍的《湘真閣存稿》，才宛然達到一個非常高的明詞水平。然而李雯並沒有實質參與了這《倡和詩餘》的唱和活動。因此《倡和詩餘》並無收錄李雯的詞作。李雯本身又是如何從一個未找回來的初始，到找了回來才達到詞風的轉變，並形成了「愧悔自苦」的自傷之辭呢？這裏我們不妨作個別層次的探討。即我們當然可以首先理解李雯自傷之辭的特出表現，繼而我們再檢視回「哀婉淒麗」與「愧悔自苦」之外的可能性。

　　以李雯《蓼齋》前後集看作一個時期的轉變，後者所收錄的八首詞作確實少之又少。然而這八首詞作卻又特別引起後人的注意。其中主要的原因是，在這八首詞裏頭已然看不見李雯前期那種男女之間「綺羅香澤之態。綢繆婉戀之情。」更為特別的是，前期特別偏好秋季書寫的李雯，到了後期這八首詞作竟完全以春恨、春思的主題進行創作。這轉變除了實質體現在這八首詞題裏，抑或他也掩藏了東風無情這樣的莫可奈何的詞意，在句子中不斷出現。我們先來看一首〈虞美人・惜春〉。詞曰：

> 蜂黃蝶粉依然在。無奈春風改。小窗微切玉玲瓏。千里行

〔註63〕葉嘉瑩著：《清詞叢論》，頁 32。

塵不惜牡丹紅。○○西陵松柏知何處。目斷金椎路。無端花
絮上簾鈎。飛下一天春恨滿皇州。(石刻本，後集，卷4，詩餘，
頁684～685)

這首詞有著非常豐沛的隱喻性。李雯上片前兩句，正點出了明亡清
興的時機點。然而李雯巧妙地用「春風改」，帶出那種國破山河在的
興亡感慨。他並沒有坐實了「春風」就等同於清朝這樣的指向。他
更不想以他清朝中書舍人的身分，去譏刺清朝這等千里而來的八旗
「行塵」，不懂得珍惜故舊在春天盛開的紅色牡丹。「千里行塵」或
許早就摧毀了「牡丹紅」，才能說之不懂得顧惜。

　　李雯更以蘇小小結同心於西陵柏下的典故，某程度上寓意了昔
日他與同儕好友(如陳子龍、宋徵輿)間，相約要如同在〈與周介
生書〉裏所言的，所謂「出金石之聲。發芻蕘之論。爲國家羽儀昇
平。歌咏聖德。」(石刻本，卷36，書2，頁520)然而現在已經無
路可尋囘這樣的約定。因此「目斷金椎路」。可以說，其實李雯這番
話下得非常大膽。相傳秦朝殘暴的一統天下以後，張良曾想報答韓
王的知遇之恩，便欲以鐵鑄的捶擊器具，在秦始皇出遊的時候進行
伏擊。殊不知他失敗了。這金椎最終只擊中了始皇副車。張良英勇
的志意當然很值得讓人欽佩。然而到了李雯，他對於江山故國的變
易已無從抗拒。一如後來李雯在〈錦帳春·遣意〉裏所說的，「任東
風、難教人排遣。」(石刻本，後集，卷4，詩餘，頁685)他甚至
失節成爲了降清兩截人，只爲能把他父親的遺體送返故鄉。因此他
才說了，「目斷金椎路」。每當花絮一落下，李雯都只感到飛下的，
是「一天春恨滿皇州」。身在清朝心在明的李雯，他既見失於明君崇
禎皇帝，他更自覺因爲自己兩截人身分，而見棄於當今世上的有識
之士。人生苦短，然而他無力回天，這「春恨」又怎麼能不充滿整
個帝都呢？

　　換個角度看，姚蓉對這首詞的見解，亦能夠抓住詞中的深意。她
說李雯此詞：

首句借用南唐後主李煜那首著名的《虞美人》中「雕欄玉砌應猶在，只是朱顏改」的句式。據說後主詞因亡國之痛太過明顯，致使他被宋太宗以牽機藥賜死。此詞在句式甚至構思上都借用了人們熟悉的李煜詞，暗示兩詞的主旨近似。詞中的「春風改」，比「朱顏改」更有象徵意義，完全可以理解爲江山改，時事改。「一天春恨滿皇州」，更是飽含悲憤，情感的強烈程度不亞於李煜那「一江春水向東流」。〔註64〕

姚氏可謂知言矣。李雯此時的感慨興亡之作，其實不輸陳子龍分毫。尤其是春恨在中國古代文學的寫作主題上，它所背負的興發潛力，亦不亞於悲秋主題。故此，王立曾說道：「每逢亂世風雲特定文化氛圍的觸發，這種春恨正宗即勃然而興」〔註65〕。歷代文人往往能藉自然物候、愛情人生，去達到理性總結與感性體驗的交融於春恨之中。然而李雯卻達不到這種層次的抒懷，由此他也解脫不了對於自身那道德與心理不斷譴責的痛苦枷鎖。他甚至試圖將一切化入虛無，從而釋放他那無法自制的軟弱一面。一如李雯便曾在〈南鄉子・春感〉裏寫道：

滿眼落花紅。雙燕多情語漢宮。一代風流千古恨。匆匆。盡在新蒲細柳中。○○桃李怨春風。玉笛吹殘看塞鴻。一枕邯鄲無好夢。朦朧。教人莫唱大江東。(石刻本，後集，卷4，詩餘，頁684)

此詞上片仿佛預示著春與秋其代序，都會把古往今來所有的新仇舊恨化於「新蒲細柳中」。這詞不免讓人聯想起杜甫在安史之亂後所寫的〈哀江頭〉，所謂「江頭宮殿鎖千門，細柳新蒲爲誰綠。」〔註66〕的確，儘管「雙燕多情」，而仍舊細說著故朝舊事，然而這都無法改變

〔註64〕姚蓉著：《明末雲間三子研究》，頁224。

〔註65〕王立著：《中國古代文學十大主題：原型與流變》（臺北：文史哲出版社，1994年7月），頁181。

〔註66〕唐・杜甫撰，清・仇兆鰲著，《杜詩詳注》（臺北：里仁書局，1980年7月），第1冊，頁329。

雙眼所見的盡是落紅景致。這種無奈是吹殘玉笛都無法獲得知音的憾恨。就算夢入邯鄲都無法獲得美好的結局。一切都是虛幻朦朧的。所以李雯在另一首〈小重山‧寫懷〉說,「上苑苔侵臨砌花。杏梁新燕子、屬誰家。」(石刻本,後集,卷 4,詩餘,頁 685)清朝代明而起,李雯自己已然成爲清朝新貴,然而他究竟屬於明朝還是清朝呢?

　　劉勇剛就對此柔弱無骨的詞作感到非常不滿。他說:「很顯然,詞人心態拘囿於個人的功名富貴,缺乏高唱『大江東去』的英雄人格,格調不高。」〔註67〕劉氏此話當然是非常草率的判斷。李雯不是功名富貴所能拘囿的人——關於這一點李雯在其後期的詩作當中就有很多的傾訴可以證明。李雯心底的虛幻荒蕪之感,都因著自身既已降清爲官,他無法面對昔日看重他的前輩、同儕。他也無法再施展自己的滿腹才華,從而幫助明朝故國走出衰敗的田地。他無法回報崇禎皇帝對他的知遇之恩。於是在這層層無奈之中,他只好假借匆匆卻恆定的變幻,藉此修復自身破碎無依的蒼涼心境。其實這〈南鄉子‧春感〉的消極作用,和後來的〈浪淘沙‧楊花〉是極爲相似的。〈浪淘沙‧楊花〉一詞亦爲後人所熟知。詞曰:

> 金縷曉風殘。素雪晴飜。爲誰飛上玉雕闌。可惜章臺新雨後。踏入沙間。○○沾惹忒無端。青鳥空銜。一春幽夢綠萍間。暗處消魂羅袖薄。與淚輕彈。(石刻本,後集,卷 4,詩餘,頁 685～686)〔註68〕

這首詞是李雯《蓼齋後集詩餘》所收錄的最後一首詞。此詞或有兩解。一是李雯在表面詠物的背後,暗藏了唐代韓翃與姬妾柳氏兩人的情事。李雯自喻像柳氏般一葉隨風忽報秋,攀折在他人之手的窘境——因之李雯降仕入清了,所以才會有「暗處消魂」、「與淚輕彈」之悲。二是李雯亦以比興的手法自喻,把楊花「飛上玉雕闌」的詞意,暗喻

〔註67〕劉勇剛著:《雲間派文學研究》,頁 187。

〔註68〕考楊家駱主編的《清詞別集百三十四種》以及陳乃乾《清名家詞》所輯錄,「素雪晴翻」作「素雪晴飜」。詳見「楊編本」,頁 35;「陳輯本」,頁 33。

了自身入仕清朝的不可抗拒性。而「為誰」兩字就是證明。

　　此兩者都寓意著自己的雨沾風惹，早非明就大義的清白之身。所以「踏入沙間」，名節掃地，與飛上雕闌兩者構成了鮮明對比。以至於「青鳥空銜，一春幽夢綠萍間」，即所有春天的憂愁都無法改變了。儘管有傳信引薦意味的青鳥也只會白忙一場。飛揚無定的楊花經已「踏入沙間」、落入水中，化作瓢泊無根的慘綠浮萍，只能在「暗處消魂」、「與淚輕彈」。李雯心底究極的蒼涼悲感，可見一斑。我們不妨再來看看一首亦有著以女子發聲為代言意味的〈一斛珠·寓言〉。詞云：

> 垂陽如幕。看花每恨東風惡。舞衣雖在薇香薄。撩亂雲鬟。何處安金雀。○○天上柳綿吹又落。玉顏已破情如昨。當時賸有相思約。今日相思。人倚欄杆角。（石刻本，後集，卷4，詩餘，頁685）

這首詞其實可以和後來宋徵輿被誤會「自慚大節有虧」的〈蝶戀花·秋閨〉相互輝映。所謂寓言十九，重言十七，「寓言」要說的正是借他人處境的話，來寄託自己有所寓意的情思。因此斜陽落日，黃昏日暮，本是自古以來文人雅士有感於國運多舛的一種意境隱喻。加上春風已改的「東風」，前來擾亂看花的興致，原為「羅襪生寒香細細」（〈江城子·秋思〉，石刻本，卷32，詩餘2，頁475）、「釵頭玉。常自伴香雲」（〈望江南·無題〉，石刻本，卷32，詩餘2，頁469）的女子，如今舞衣雖在，薇香已薄；寓意自身美好的本質都已然消去無蹤了，只落得個「撩亂雲鬟。何處安金雀。」更指向自己無從保護自己的清白，修養自己的德性。正如同天上飛絮，只能任風吹拂，不能自主。「玉顏已破情如昨」便成了李雯最為無助，也是最為真切的自愧之辭。這和崔護的桃花依舊，人事全非的慨嘆，係屬殊途同歸的憾惜之情。因此西陵柏下同心結既已不知何處去，只記有當日贈答流連、相互勉勵之事，至今仍念念不忘。那麼從這樣的角度去理解這首詞的意義，就非常能體會其中的寄寓。

　　最後我們再來了解李雯的〈風流子‧送春〉。可以說這是一首非常膾炙人口的詞作，也是李雯最爲成功的慢詞、長調。〈風流子‧送春〉更足以作爲完成雲間詞學的一項成功案例來看待。如果說前面所舉例的詞作種種，或有纖刻之辭，或有婉戀之曲，或有妍綺之境，那麼此詞更是臻萃了前三者，甚至達到如同陳子龍在〈三子詩餘序〉裏所言，「態趨於蕩逸，而流暢之調生」〔註69〕的眞善美境界。其蘊藉之深、沉至之痛，眞叫人讀之而回味再三。詞曰：

> 誰教春去也。人間恨、何處問斜陽。見花褪殘紅。鶯捎濃綠。思量往事。塵海茫茫。芳心謝。錦梭停舊織。麝月嬾新粧。杜宇數聲。覺餘驚夢。碧欄三尺。空倚愁腸。○○東君拋人易。回頭處、猶是昔日池塘。留下長楊紫陌。付與誰行。想折柳聲中。吹來不盡。落花影裏。舞去還香。難把一樽輕送。多少暄凉。(石刻本，後集，卷4，詩餘，頁685)

李雯上片首句就試圖把讀者帶入了兩層時不可逆、命不可違的天問裏頭。「春去也」，自然是天地間時序運轉的常態。這是人生流逝的必然過程，是遺憾的、莫可奈何的。然而還要是「誰教」春天的過去。仿佛運命當中總有某種不可抗拒的力量，從中造就這種遺憾與莫可奈何。「人間恨」三字總括的，則是李雯一生際遇的坎坷。或懷才不遇，或時不與之，以至於「何處問斜陽」。確實要怎麼問呢？這是屈原般的呵壁天問。該要凋謝的紅花終究會凋謝，從爲春天而鳴囀的黃鶯，都會轉變成對夏天的叫喚。「鶯捎濃綠」就描繪得多像是清朝新貴，飛上枝頭變鳳凰的模樣。所以李雯亦曾有一首〈乙酉三月十八日袁京兆令昭招飲韋公祠同謝護軍朱龔兩都諫張舍人友公賦〉，說這是「家國興亡若海田。新花還發故時妍。萬年枝上流鶯語。今日人間作杜鵑。」(石刻本，後集，卷1，七言古詩，頁659) 李雯的「鶯捎濃綠」用得實在含蓄得體。

〔註69〕明‧陳子龍撰，上海文獻叢書編委會編：《陳子龍文集》上下冊，下冊，安雅堂稿，卷2，序2，頁54。

　　往事不堪回首，往日懷有美好志意的，那顆希望有所作爲的「芳心」，亦隨著「花褪殘紅，鶯捎濃綠」而消解殆盡。李雯用女性化的口味與處境，道出這宛若織機停擺、新妝懶理一樣。就算是「杜宇數聲」，啼叫著不如歸去，李雯也自覺歸無可歸。天下畢竟已非大明的天下。他有的只是「碧欄三尺。空倚愁腸。」即空懷滿腹的愁緒。他確實也無力回天。

　　到了第二片，「東君拋人易」說的還是「春去也」。該離去的都離去了，非常輕易，非常無情，然而留下的人又該如何思量呢？今日回首往昔，國破山河在。走在滿是楊花柳樹的京師道路上，那些人全卻早已不是故明的子弟，反而是新朝的八旗鐵騎、新朝薙髮後的生黎庶民。「付與誰行」，就是留下來給誰的意思。那些「折柳聲中。吹來不盡。落花影裏。舞去還香。」都將呈現在誰的面前呢？唐朝李白在〈春夜洛城聞笛〉裏說：「誰家玉笛暗飛聲？散入春風滿洛城。此夜曲中聞折柳，何人不起故園情。」〔註 70〕李雯還是對應著「杜宇數聲」的餘緒，繼而引起了一番思念故鄉的濃摯之情。寫到此處，滿天滿地的飛絮已然完整呈現了。在這等暮春景致裏感受著昨日種種恩怨悲歡，又怎麼可以用一樽清酒把這承載此中所有情感的憂傷給一併送走呢？「春去也」、「花褪殘紅」，就是帶不走李雯此刻心裏的哀痛。

　　李雯此詞確實措意淺近，鑄詞工煉。其言致之間密如貫珠，生動和暢之餘，觀其體格、色調，又不失綺麗鮮豔。加上他那造境的含蓄、寄寓的雋永，這要說他已把陳子龍在〈王介人詩餘序〉裏頭那四難的矛盾關係〔註 71〕，化爲四貴般的審美結晶，自當不是對於李雯此詞優

〔註70〕唐・李白撰，詹鍈主編：《李白全集校註匯釋集評》（山東：百花文藝出版社，1996 年 12 月），頁 3624。

〔註71〕陳子龍在序文中是這麼說道的：「蓋以沉至之思。而出之必淺近。使讀之者。驟遇如在耳目之表。久誦而得沉永之趣。則用意難也。以嫺利之詞。而製之實工練。使篇無累句。句無累字。圓潤明密。言如貫珠。則鑄調難也。其爲體也纖弱。所謂明珠翠羽。尚嫌其重。

點的誇誇其談了。

　　至此，我們再檢視囘李雯詞風的「哀婉淒麗」與「愧悔自苦」之外的可能性，也許會顯得更為清晰明白。本文認為，轉變不會是突然發酵而成的。而發酵的過程，其成因在於國變之外，李雯因其視野比陳子龍等寬闊；他的詞作多取法於南北兩宋，他或曾嘗試過綢繆綺艷以外的寫作方式。其足以支撐這假設的是，《蓼齋》只以時期分作前後兩集，而其中並沒有辦法完全達到繫年的呈現。而就李雯前期詞作的數量看，卻是多於後期的。因此這前期的詞風並不可能完全呈現著單一的「綺羅香澤之態。綢繆婉戀之情。」舉其中一首〈一斛珠・無題〉而言：

> 雨痕新過。廻廊月影青林度。有情院宇無情坐。檻外吟蟲。
> 先把秋聲做。○○天涯有客憑闌語。山空水落涼千樹。梵鐘
> 不警愁來處。踏破蒼林。蕭蕭驚飛羽。（石刻本，卷 31，詩餘，
> 頁 471）

這首詞就完全看不見雲間詞作「必託於閨襜之際」的現象。反而顯得有些意斂而沉鬱。雖然此詞之空間並無遠離「院宇」之外，甚至較像是宇廟山寺，才有詞中所謂「梵鐘不警愁來處」。而詞作中的主人公很可能是羈旅天涯的過客，才有「天涯有客憑闌語」的句意。

　　又如一首〈鵲踏枝・初夏湖上雨懷〉。詞云：

> 半枕催寒更漏雨。夜合香開。初試閒愁緒。好夢醒時驚鵲
> 語。纖纖又濕梧桐樹。○○越水吳山情幾許。翠幄烟波。不
> 見花飛處。怕向西陵聞杜宇。空庭依舊蒼苔暮。（石刻本，卷
> 32，詩餘 2，頁 473）

這首詞更是詞如題名，寫的更是直抒相思之愁意。上片有類似於李清照〈聲聲慢〉「梧桐更兼細雨」的況味。當然詞意便顯得頗為哀婉。夜半驚夢，思念故園鄉里的深情款款。這都顯現於相隔了「越水吳山」

何況龍鸞。必有鮮妍之姿。而不藉粉澤。則設色難也。其為境也婉媚。雖以警露取妍。實貴含蓄。有餘不盡。時在低回唱歎之際。則命篇難也。」詳見明・陳子龍撰，上海文獻叢書編委會編：《陳子龍文集》上下冊，下冊，安雅堂稿，卷 2，序 2，頁 55。

和怕「聞杜宇」。因之杜宇正是杜鵑鳥。其聲切的啼鳴總像是在叫喊著「不如歸去」、「不如歸去」。李雯此詞少有展現所謂「芳心花夢」的意圖是非常明顯的。

再如一首〈天仙子・初晴湖上〉，詞云：

> 湖上清陰半明滅。燕子掠波飛貼貼。好風輕送木蘭舟。芳草合。芙蓉葉。橫翠落霞紅未歇。○○柳外斜陽移粉堞。風景教儂無處說。嫩涼微酒薄更衣。雲際月。人天末。愁到青山三四折。（石刻本，卷 32，詩餘 2，頁 475）〔註72〕

這首詞與上首一樣，都有著人在極遠的地方，看著美好的風景，卻頓生閒愁無端的情意之態。而且上片詞意清朗雅麗，雖看似無特別深意，然而卻寫出了所謂初晴湖上的閒適之情。加之歇拍處頗有曲化的用詞，這在李雯眾多詞作之中，還是屬於並不多見的寫作手法。而此詞更是李雯的前期之作。儘管礙於文獻的不足，本文無法證明此詞寫於何時。但其中卻有別於雲間詞風以外的清新雅正意味，卻是明白可見的例證。

其餘如〈雨中花・無題〉「漫說海榴開遍了。怎無緣、玉山一倒。……」（石刻本，卷 31，詩餘，頁 469）〈鵲踏枝・雨舟紀夢〉「四圍山色新安路。谿滑雲深。喚起離人緒。……」（石刻本，卷 32，詩餘 2，頁 473～474）〈望海潮・寄壽家君〉「堪憐遊子廻腸。恨烏衣此會。不捧霞觴。且禮慈雲。勤依佛日。細添一縷沉香。」（石刻本，卷 32，詩餘 2，頁 477）〔註73〕等都有類似的現象。只是除了〈望海潮・寄壽家君〉之外，若要把它們解讀女子香閨之詞，還是有跡可尋。不過其中罕見纖柔的本色，色調也不再穠緻取巧。這倘若不是李雯他在雲間正規詞作以外，寫壞了其他詞風的展現，

〔註72〕參考楊家駱主編的《清詞別集百三十四種》以及陳乃乾《清名家詞》所輯錄，「柳外斜陽移粉堞」作「柳外斜陽移粉蝶」。詳見「楊編本」，頁 23～24；「陳輯本」，頁 22。

〔註73〕參考楊家駱主編的《清詞別集百三十四種》以及陳乃乾《清名家詞》所輯錄，「堪憐遊子廻腸」作「堪憐遊子迴腸」，「細添一縷沉香」作「細添一縷沈香」。詳見陳乃乾輯：《清名家詞》全 10 卷，第 1 卷，頁 25。

那恐怕也是李雯有意爲之的新的嘗試。只是白衣蒼狗、天不假年，我們無法在清初以後看見李雯或可與浙西詞派同舉清空、醇雅旗纛的潛在能力。

第四節　以傳奇之筆爲詞的疑慮：讀〈題西廂圖二十則〉

　　以傳奇之筆爲詞是劉勇剛在《雲間派文學研究》提出的一項切入角度，從而呈現雲間詞學較爲不一樣的藝術特質。這視角雖談不上是新穎的，然而藉此把握雲間詞學的過人之處，當然是非常有意義的嘗試。只是劉氏這樣的嘗試是否有他不能通達的部分，本文有意先梳理一番劉氏之所言，再略作補述。

　　首先必須肯定的是，劉氏的觀點頗有可取的地方。即文體與文體之間，常不免有相互跨界的現象，從而使得被跨界的文體，帶動著前者邁往更多元靈動的方向持續發展。就以詞之爲體而言，在金元明以前，就有著以詩爲詞、以文爲詞的表現方式，提高並開展了詞作爲抒情文體的格調。前者能以蘇軾爲代表，後者則以辛棄疾爲代表。以詩爲詞，就解放了詞作那狹隘柔媚的題材境界，而以文爲詞更可以熔鑄百家，陶冶經史，並使得詞作語體更能生動活潑、化典重爲清美。那麼對於詞的傳奇化，劉氏就在文中是如此提到的：

> 文體之間本來並不絕緣，而是互通消息的。像駢文與散文、八股文與戲曲，詞與傳奇等都存在一種互攝現象。就詞與傳奇而論，晚唐五代令詞中已暗含傳奇之特點。今人吳世昌《新詩與舊詩》一文指出：「小令初起時也是有故事骨幹的，《花間集》中短調如《浣溪沙》，有不少都包含完全的故事結構，北宋短調如清眞《少年遊》、《長相思》，小山的《清平樂》、《訴衷情》，也都有故事結構。」吳氏可謂目光灼灼。〔註74〕

〔註74〕劉勇剛著：《雲間派文學研究》，頁166。

由此可見，劉氏的以傳奇之筆爲詞的觀念，也是從吳世昌處獲得啓發的。劉氏繼而舉出好幾首相關《花間》、北宋的詞作，以說明裏頭確實是一首首具備故事情節的艷麗之詞。當然，李煜〈菩薩蠻〉（花明月暗籠輕霧）也是相當經典的一首「全用小說筆法」的南唐小令。唐宋傳奇小說到了明清，傳奇戲曲便取而代之：

> 唐宋詞中包含著小說的故事結構，而明清詞中蘊涵著戲曲精神。小說、戲曲儘管體式有所不同，有一點是相同的，就是都係代言體。都含有寓言精神，都有情節。這樣看來，唐宋明清的詞如一根紅線，貫穿著代言體的敘事結構。魯迅先生指出：「蓋傳奇風韻，明末實彌漫天下，至易代不改也。」傳奇風韻必然向詞體滲透。雲間詞派處於傳奇大盛之時，傳奇之筆意轉入詞中乃是題中應有之義。加之，雲間詞派瓣香南唐北宋詞。南唐北宋詞本來就包含著完全的故事結構，這一特點必然在雲間詞中得以繼承。一方面，詞的先天的傳奇精神，另一方面，明末傳奇的滲透，內外合力，有以致之。〔註75〕

劉氏立論合理，他在此中對於詞與傳奇的結合現象上，論述更頗有說服力。他進而注意到雲間詞人大都兼好戲曲，旁涉傳奇，有者更具備自己的戲曲創作。雖之有提及陳子龍、李雯等精通音律，然而不知他是從何參證。李雯也確曾在《蓼齋集》裏表示自己深受戲曲內容的影響。因此他除了有在觀賞小青傳奇以後，雜詠了七言古風〈彷彿行〉一首之外，儘管入清後李雯他如何表示了自己的抑鬱自慚，從龔鼎孳的《定山堂詩集》與李雯的《蓼齋集後集》某些詩作兩相對照之下，我們還是可以看見李雯對於於欣賞戲曲的愛好程度。其中就有龔氏的〈午日李舒章中翰招同朱遂初孫惠可兩給諫集小軒演吳越傳奇得端字〉〔註76〕與李雯的〈端午日吳雪航水部招飲孝升齋看演吳越春秋賦

〔註75〕劉勇剛著：《雲間派文學研究》，頁 167。
〔註76〕詩云：「青燈蒲酒共盤桓。崔九堂前韻未殘。楚澤椒蘭追侘傺。吳宮麋鹿幻悲酸。名花傾國人何恨。烟水藏身計果難。歌舞場中齊墮淚。

得端字〉（石刻本，後集，卷3，七言律詩，頁675）〔註77〕兩詩爲證。
儘管此兩者若再深入檢視，其實那又關係到其中「亡吳」的劇情，帶
出了龔氏與李雯所共有的興亡悲慨。這點也就不再細說。

那麼承上所述，李雯在觀賞過《西廂記》，並接觸過《西廂圖》，
進而搦管填就二十則相關《西廂》傳奇的詞作，自然也是情理中事。
尤其是《西廂記》自明朝弘治十一年（1498）戊午以來，就有多達三
十九種明刊刻本一直流傳。〔註78〕但如果像劉氏之所言：「雲間詞派
糅合傳奇敘事之精神，最典型的詞人是李雯。」〔註79〕又說，〈題西
廂圖二十則〉：「這組詞隱括了全本《西廂記》，依照情節的發展寫成，
故事結構十分明顯。」〔註80〕本文以爲，劉氏下筆就有些過於草率了。
實質上李雯題詠的還是《西廂圖》本身，而並非《西廂記》。這差別
還在於這二十則相關《西廂》傳奇的詞作，其中題材是經過李雯挑選
過，而非「隱括了全本《西廂記》」故事情節。

這二十則聯章體的詞依序爲：〈蝶戀花・初見〉、〈一剪梅・紅問
齋期〉〔註81〕、〈生查子・生叩紅〉、〈臨江仙・酬和〉、〈定風波・佛
會〉、〈清平樂・惠明賚書〉、〈踏莎行・請宴〉、〈河滿子・聽琴〉、〈蘇
幙遮・探病〉、〈解珮令・寄詩〉、〈青玉案・得信〉、〈唐多令・越牆〉、
〈眼兒媚・幽會〉、〈誤佳期・紅辨〉、〈風入松・離別〉、〈惜分飛・驚

亂餘憂樂太無端。」詳見清・龔鼎孳撰：《定山堂詩集》共36卷（上
海：上海古籍出版社，2002年4月，《續修四庫全書》據北京大學圖
書館藏清康熙十五年吳興祚刻本影印），第1402～1403冊，集部，
別集類，卷17，七言律詩2，頁585。

〔註77〕詩云：「高會猶將令節看。素交風義豈盤餐。酒因弔屈人難醉。事涉
亡吳淚已彈。生意盡隨麋鹿後。鄉心幾度玉蘭殘。年來歌哭渾同調。
顛倒從前非一端。」

〔註78〕賀新輝、朱捷編著：《西廂記》鑒賞辭典（北京：中國婦女出版社，
1990年5月），《西廂記》版本簡介，頁214～217。

〔註79〕劉勇剛著：《雲間派文學研究》，頁168。

〔註80〕劉勇剛著：《雲間派文學研究》，頁169。

〔註81〕參考楊家駱主編的《清詞別集百三十四種》以及陳乃乾《清名家詞》
所輯錄，〈一剪梅〉作〈一翦梅〉。詳見陳乃乾輯：《清名家詞》全10
卷，第1卷，頁26。

夢〉、〈柳梢青・金泥〉、〈虞美人・寄愁〉、〈醜奴兒令・鄭恒求匹〉和
〈阮郎歸・畫錦〉。

　　從這二十則詞的詞題而言，我們不難發現李雯代言的焦點，大多
在張生、鶯鶯和紅娘這三個主要人物的交會接觸上。而間中李雯也只
穿插了惠明傳書給白馬將軍杜確，和鄭恒試圖誣陷張生的情事。在這
二十則詞作裏，並無崔老夫人、法聰、法本老和尚，甚至是白馬將軍
杜確這四人的故事描繪或心境模擬。可以說，這二十則詞作的詞題自
當貫穿了《西廂記》的故事脈絡。然而如果說道「這組詞隱括了全本
《西廂記》」，恐怕並不完全符合詞作內容的事情。藉此我們不妨就其
詞作內容進行一些探究。

　　如第一則〈蝶戀花・初見〉。由於詞之為體本就適合於言情、寫
情，而倘若用於敘述一個故事的過程是有其處理上的障礙或展現上的
難度。詞云：

> 庭院沉沉春幾許。囘影東牆。聽得花間語。願作游絲空裏
> 住。隨人更落香風處。○○芳徑苔侵么鳳履。沒箇安排。冉
> 冉行雲去。轉過薔薇驚翠羽。相思只在旃檀樹。（石刻本，卷
> 32，詩餘2，頁477～478）

實則上，如果我們細究張生與崔鶯鶯在《西廂記》裏的相遇，理當應
在廟宇佛殿之內。是故當崔鶯鶯一喚紅娘道：「俺去佛殿上耍去來」。
張生在遊了一遍寺內上下，並撞見崔氏後，才繼續以〈村裏迓鼓〉的
曲調呀了聲唱道：「正撞著五百年前的風流業冤。」〔註82〕然而李雯
並不打算著重在如此細節的描述，反觀他用「囘影東牆。聽得花間語」
簡單帶過張生上述的欣喜若狂。而當張生第一眼見著了崔鶯鶯，李雯
只挑〈寄生草〉裏的「東風搖曳垂楊線，遊絲牽惹桃花片」〔註83〕，
化為他詞裏的「願作游絲空裏住。隨人更落香風處。」詞意相協，

〔註82〕元・王實甫原著，王季思校注：《西廂記》（臺北：里仁書局，1995
　　　　年9月），第1本，張君瑞鬧道場雜劇，第1折，頁7。

〔註83〕元・王實甫原著，王季思校注：《西廂記》，第1本，張君瑞鬧道場
　　　　雜劇，第1折，頁9。

以提高詞境。

李雯的安排無疑增添了詞風的蘊藉秀逸，不爲既有的曲調所影響。但此中卻取捨了交待崔鶯鶯的美貌，是如何讓張生傾倒的緣由。這恐怕就是詞體先天受限的因素所在。以至於到了下片，所謂「芳徑苔侵么鳳履」，才多少簡單說明了崔鶯鶯這少女腳步的輕盈麗姿。末二句也煞有介事的說明相遇的霎那，造成日後這在廟宇西廂的相思之情。

到了第二則，即〈一剪梅・紅問齋期〉。此詞雖然題作紅娘受崔老夫人吩咐，前去詢問崔相國的法事齋期。然而且看詞云：

> 枅櫚春鎖上方清。身在慈雲。心對愁城。艫稜西下見娉婷。記得香堦。細雨聲聲。○○玉女傳言此最能。曾整蘭衾。也抱銀箏。欲將心事托卿卿。應是多情。莫道無情。（石刻本，卷32，詩餘2，頁478）

此詞應是李雯代張生道出內心話，這除了與紅娘詢問齋期沒有關係，翻看《西廂記》原文也並無發現張生所謂「記得香堦。細雨聲聲」的情境。這裏或許有著典故在？然而本文暫且無法確定李雯究竟想表達什麼情意。而所謂玉女傳言，說的即是紅娘此人，只是「曾整蘭衾。也抱銀箏。」又是從何說起？實在無從得知。

第三則〈生查子・生叩紅〉也就更明顯了。詞曰：

> 雲鬟素袖低。口齒清如雪。不惜沈郎腰。爲卿更深折。○○匆匆姓字通。草草生辰説。憑將連理心。寄與丁香舌。（石刻本，卷32，詩餘2，頁478）

李雯到了這首詞才交待了張生曾於紅娘詢問齋期時，他以〈脫布衫〉讚嘆了紅娘道：「大人家舉止端詳，全沒那半點兒輕狂。大師行深深拜了，啓朱脣語言得當。」[註84] 這上片前兩句似乎又與前一則「玉女傳言此最能」帶有重出之意。只是這一則詞，才顯得格外清暢明朗。頗有張生在《西廂記》裏頭的靈秀書生氣──雖然張生亦不乏

[註84] 元・王實甫原著，王季思校注：《西廂記》，第 1 本，張君瑞鬧道場雜劇，第 2 折，頁 19。

前則詞意那種浮薄風流的性情。

這首詞和後來的〈誤佳期・紅辦〉都很能帶出紅娘聰穎伶俐、善惡分明的爽朗形象。詞云：

> 織女度銀河。靈鵲空擔怕。昔日燒香抱枕人。跪在湘簾下。
> ○○不是野東風。錯把桃花嫁。誰移楊柳近牆東。又怪鶯兒詐。（石刻本，卷32，詩餘2，頁479）

紅娘一直擔當張生與崔鶯鶯之間的傳話青使。李雯將之比喻爲給牛郎織女造橋相會的靈鵲，眞可是非常貼近的形容。然而紅娘起初還是爲了此事，而深怕崔老夫人得知，到最後只會換來自己活受罪。那個把崔鶯鶯誘出空庭燒香，聽得鳳求凰音，又把崔鶯鶯連人帶被，促成張、崔私會的人，正是從中牽線搭橋的紅娘自己啊。最後崔老夫人果眞猜到了張生與崔鶯鶯的幾番約見，她便責問起紅娘這丫鬟的膽大妄爲。只是崔老夫人卻反被紅娘的智辯給說服。李雯在此又用了「野東風」比喻紅娘，「桃花」和「鶯兒」比喻崔鶯鶯，「楊柳」比喻張生。以至下片四句，乾淨利落，可謂上好的敘事詞句。

不可置否，就二十則詞作整體而言，其實瑕不掩瑜的部分還是不爲少數。比如〈踏莎行・請宴〉一則。李雯就精準地只抓住賊兵退後，張生自以爲即將娶得美嬌娘的忐忑與興奮。詞曰：

> 粉傅何郎。香薰荀令。帽檐低亞花枝並。頻將宜稱問雙鬟。
> 畫簾吹動風流影。○○鵲尾銀屏。龍涎金鼎。乘鸞指刻成佳倩。春陰立盡海棠東。合歡心事從頭整。（石刻本，卷32，詩餘2，頁478）〔註85〕

所謂「粉傅何郎。香薰荀令。」稱讚的是張生的俊俏，「頻將直稱問雙鬟」也實爲故事情節在詞中的鋪展。並且待得紅娘先退下，張生得準備一番。張生便曾說得明白：

> 紅娘去了，小生拽上書房門者。我比及得夫人那里，夫人

〔註85〕參考楊家駱主編的《清詞別集百三十四種》以及陳乃乾《清名家詞》所輯錄，「龍涎金鼎」作「龍涎金鼎」。詳見「楊編本」，頁 29；「陳輯本」，頁27。

道:「張生，你來了也，飲几杯酒，去臥房内和鶯鶯做親去！」
小生到得臥房内，和姐姐解帶脫衣，顛鸞倒鳳，同諧魚水
之歡，共效于飛之愿。覷他云鬟低墜，星眼微朦，被翻翡
翠，襪繡鴛鴦；不知性命何如？且看下回分解。〔註86〕

而李雯在詞作裏，只說他「畫簾吹動風流影」，多少還修飾了張生浮
滑輕佻的一面，卻給他塑造了風流倜儻的書生形象。所謂「乘鸞指刻
成佳倩」，正是張生心中所願，因此後者便有些得意忘形了吧。

又或是下一則〈河滿子‧聽琴〉。因為崔老夫人待賊兵退後，事
後反悔，並不允了張生與崔鶯鶯的婚事。張生聽了紅娘的建議，先待
紅娘把崔鶯鶯引出庭外，燒香祝願。他則在隔墻奏琴一曲，傳達內心
的無限寄語。詞云：

楊柳風吹鬢影。琅玕竹映廻廊。半疊屏山千里隔。琴心只
傍西廂。今日求凰司馬。幾時跨鳳蕭郎。○○膝上情傳玉軫。
花前淚浥香囊。靠損氷肌雙跳脫。不知月過東牆。喚起兩
邊幽恨。何消一曲清商。（石刻本，卷32，詩餘2，頁478）

這首詞真可謂寫得絲絲入扣。「半疊屏山千里隔」，非常能襯託出張、
崔兩個有情人的目前困境。「今日求凰司馬。幾時跨鳳蕭郎。」則運
用了文君聽琴、蕭史弄玉的典故，道出了兩人彼此濃厚的心意。這
話也正對應了下片的歇拍處，說是「喚起兩邊幽恨」。只是「何消一
曲清商」呢？崔鶯鶯暫且還突破不了崔老夫人傳統觀念的藩籬。李
雯轉而帶出崔鶯鶯那悲傷不已的「花前淚浥香囊。靠損氷肌雙跳脫。」
甚至天都快亮了還不能制止這深藏於心中的怨意。

再一首〈眼兒媚‧幽會〉。李雯卻能把那種「軟玉溫香抱滿懷」
〔註87〕的畫面作出了明白的取捨，過程不留痕跡。詞云：

葳蕤金鎖啓春風。人在月明中。那時相見。猶將羅袖。半
掩芙蓉。○○鸞衾整頓和香肩。溫玉小憁東。端詳此際。星

〔註86〕元‧王實甫原著，王季思校注：《西廂記》，第 2 本，崔鶯鶯夜聽琴
　　　　雜劇，第 3 折，頁75～76。

〔註87〕元‧王實甫原著，王季思校注：《西廂記》，第 4 本，草橋店夢鶯鶯
　　　　雜劇，第 1 折，頁147。

眉微斂。蟬鬢初鬆。（石刻本，卷 32，詩餘 2，頁 479）〔註88〕

很明顯，李雯上片交待了崔鶯鶯的忽然到訪。一掃張生心中的抑鬱不安。「葳蕤金鎖啓春風」正點明了時序以及男女之間歡愛的兩層意義。比如「葳蕤金鎖」就有著《太平廣記》屈伸在人的典故。「金鎖」開了，而紅娘護送的崔鶯鶯，也便順利地進入張生的臥室內，一訴雲雨之私情，正猶如春風之吹來。下片李雯就一筆跨越到「鶯衾整頓和香肩」。其中的詞意的溫柔敦厚，對比「端詳此際」這後三句，莫道不是相互輝映成趣。

除此之外，一如在上文所說。李雯間中也穿插了惠明、鄭恒等人物，來作一直接的讚美或規警。比如〈清平樂‧惠明賚書〉一則，就意外顯露出李雯詞風可以發出豪邁疏放的一面。詞云：

風生雲袖。袖底蛟龍驟。一幅嚇蠻書在手。正是護花星斗。
○○朱旗遠望潼關。蘇鞋踏上青山。且看錦囊飛度。便教紅
線周旋。（石刻本，卷 32，詩餘 2，頁 478）

當時惠明正被張生與法本一套言語激著殺出重圍，並把張生書信送達與他有八拜之交的杜確將軍手中。希冀後者可以舉兵前來，相救被孫飛虎圍困於普救寺的一眾人等。惠明也由此展現出他那憤世嫉俗、敢做敢爲，個性鮮明的英豪形象。李雯上片前兩句就很直接抓準了這種「大踏步直殺出虎窟龍潭」〔註89〕的凜然雄風。三、四句則突出了惠明此行的重要性。下片情節實爲原文所無，而李雯代入了惠明的角色，極寫其如何望潼關、度青山，誓將此書信送達將軍手中的堅毅信念。

又如一首〈醜奴兒令‧鄭恒求匹〉云：

海棠已折他人手。待得來時。幾度黃鸝。好處春風別樣吹。
○○人間自有眞蕭史。無處容伊。月暗星移。金刀裁斷女蘿

〔註88〕參考楊家駱主編的《清詞別集百三十四種》以及陳乃乾《清名家詞》
所輯錄，「人在月明中」作「人在明月中」。詳見「楊編本」，頁 31；
「陳輯本」，頁 29。

〔註89〕元‧王實甫原著，王季思校注：《西廂記》，第 2 本，崔鶯鶯夜聽琴
雜劇，第 2 折，頁 60。

絲。（石刻本，卷 32，詩餘 2，頁 480）

這首詞則帶有勸諫之意。不道鄭恒最後憤而撞壁而死，卻要他明白崔鶯鶯這美好的海棠花已非鄭氏所能獨有。當崔家人需要他出現，施以援助的時候，卻等不到他的蹤影。待鄭恒他真要來的時候，崔老夫人早就許了張、崔婚事。鄭恒又何能不認命？「人間自有眞蕭史」，說的正是張生而非鄭恒。若了解時序與世事的變幻無常，鄭恒早應切斷這段情緣，然而鄭氏並沒有。因此又有什麼地方可以容得下他呢？他最後才選擇了羞愧自盡。

　　綜上所述，李雯確實可以糅合傳奇敘事之精神於倚聲填詞之中。這還是以不犯詞之本位的情況下，達到了一定程度的故事題材的取捨，進而造就詞境的綺麗柔和。儘管這些詞作都是偏向李雯早期「綺羅香澤之態。綢繆婉戀之情」的雲間詞的書寫模式。然而我們從中也看到了類似〈清平樂‧惠明齎書〉的特例之處。劉勇剛曾又有一解讀說，〈題西廂圖二十則〉此中應有李雯暗戀柳如是的情事在。﹝註 90﹞只不過《西廂記》的結局是有情人終成眷屬，而柳如是卻終究沒了解過李雯的暗中戀慕。本文以為，劉氏此番的論述仍然是非常粗糙的。尤其是陳寅恪亦未能從現有的文獻作出此番斷定，劉氏卻曾以李雯前期之作〈鵲踏枝‧風情〉（石刻本，卷 32，詩餘 2，頁 473）﹝註 91﹞，繪聲繪影的說道此與〈題西廂圖二十則〉多首詞一樣都暗藏了「柳」、「如」、「是」三字。然而本文以為，此三字皆自古為創作所常見的意象與用詞，劉氏此說應屬牽強附會，不足取信。

　　總而言之，李雯得以詩文和陳子龍、宋徵輿並駕雲間。其在倚聲填詞上的無心插柳，所謂「忽與之連類」，也同樣達到了振衰起敝，

﹝註90﹞ 期刊：劉勇剛：〈論李雯的《蓼齋詞》〉，《中國韻文學刊》第 23 卷第 3 期（2009 年 9 月），頁 39～41。

﹝註91﹞ 詞云：「荳蔻枝頭紅粟小。半整雲鬟。知是傷春了。幸得玉樓香未杳。人間有信傳青鳥。○○聞說柳梢青渺渺。一剪橫波。如對瀟湘曉。爲語東風吹蝶早。教人着意憐芳草。」

造就清詞中興的具體效應。尤其是《幽蘭草》的出現，引起後來心摹手追的風潮，其中詞人並不爲少數。這就是爲什麼鄒祇謨會在《倚聲初集》裏說到：「雲間諸詞。畢竟以三君爲正始。」〔註92〕此外，雲間酬唱之風起於宋存標、宋徵璧兄弟。而宋徵輿始爲春令之作，李雯才得以在極力學文賦詩之餘，而接觸了倚聲塡詞這門與當時詩教傳統相背離的遊戲翰墨、小道末技。這搦管塡詞對於當時而言，更具備了娛樂效果的遊戲性和逞才博弈的競技性。

雖於時至目前，我們並無發現李雯留存了任何關於闡發詞學思想的論作。然而就大體而言，他仍舊遵循著陳子龍復古主義的詞學傾向，所謂「言情之作，必託於閨襜之際。」在同儕之間的鬪詞游戲中，李雯傾瀉「綺羅香澤之態。綢繆婉戀之情。」因此多有春閨風雨、芳心花夢的艷麗之詞。但李雯不時也跳脫了只是尊崇南唐北宋的婉麗本色，使用不少慢詞長調，與古人相互唱和。他更嘗試過好些「哀婉淒麗」以外的詞風，其中或非雲間當行的表現，或寄有風騷之旨。

直至入清以後，李雯才完全達到了陳子龍對於詞之爲體，從其四難化爲四貴般值得重視之處。然而陳子龍作爲明詩殿軍、明詞第一，其人格形象豐博雄健的戰士之姿，鋒芒太盛。後人因而對於李雯生平有所不解，便常對於他有不盡公允的評價論斷。一如《清外史》曾在「李雯」條目之下，說其：「大抵李之有才無行。亦虞山、芝麓之流。不過羞恥之心。較勝錢、龔耳。」〔註93〕這實在是厚誣古人之說，尤其嚴厲。而嚴迪昌評價李雯道「才學爲新王朝用，頗多作倀之行跡」〔註94〕，不免捕風捉影，狀似無中生有之論。黃士吉說其與宋徵輿「都仕清變節，爲文壇所不齒」〔註95〕。然而在此

〔註92〕清・鄒祇謨、清・王士禎輯：《倚聲初集二十卷・前編四卷》，第1729冊，集部，詞類，卷4，頁255。

〔註93〕侯官古靈後人薑齋撰：《清外史》，摘自近代中國史料叢刊三編第61輯（臺北：文海出版社有限公司，1991年2月），頁27。

〔註94〕嚴迪昌：《清詞史》，頁19。

〔註95〕黃士吉：〈論雲間詞派〉，《瀋陽師範學院學報》社科版第3期（1996

之後，文人與李雯之間相互唱和的詩篇並不少有。可見這對於李雯的有關批評未免過份。孝心何辜？

第六章　結　論

　　儘管中國文學史就是人史裏不可或缺的一環，它構成了中國文化本身的無可取代性，及其鋒芒最閃亮處。但正因爲這些鋒芒都是經過後人有意識地挑選與操作，並從而建構出最能代表各個時代的文字瑰寶。那麼往往這樣的閱讀、抒寫或研究的角度，都只承認了文學作品裏去蕪存菁的重要性，卻忽略了那些在滾滾大江上，早已不斷被時間流水所淘洗掉的歷史姓名。李雯當然就是這眾多被相繼遺忘的詩人之一。

　　本文之所以會把焦點鎖定在鮮有人聞問的李雯身上，主要是李雯出入於天才過群的陳子龍與宋徵輿等雲間諸子之間；他本身是在沒有任何更具備優勢的基礎下，卻足以使得周遭文人在當時對他的努力與成果，作出了很高的肯定。二來是一經宗室的衰亡以及國難父憂以後，李雯極深的慨然及其極痛的自疚，尤其引起了後人與本文的注意。其所謂「惜其清才，哀其遭遇」是也。李雯在明清易代之際的失節降清之事，仍然是眾多降清或抗清的故實當中，突現其人性相對於堅毅之外的軟弱與無以自持、不可抗逆；這是非常貼近人群的一種攸關自我與社會變遷之間，必然妥協的無可奈何處。而李雯如此依循著命運的擺佈，以至於無法從負罪自責的境地中、從摯友的諒解裏，獲得自我的救贖。這議題若放在廣大的文學即人學

的思想根源下，本文以爲這實在很有必要把他的一生與創作都嘗試
作一深入的翻閱與探究。

　　職是之故，儘管就現有的研究成果來看，在過去的文獻相對不
足的情況下，觀照李雯一生及其詩詞（甚至是文）的可能性是非常
困難或看似是不必要的一件事。因此在李雯之後的先進故老，大都
以附帶於「文學史」、「雲間」或「陳子龍」等這些較大塊課題之後，
對於李雯進入清朝時那麼一小段的創作時期進行相關陳述與闡發。
然而他們研究的癥結點，當然還是在於詩人本身有無作出了反映時
代與影響文學的前提下，只挑選李雯入清之後的代表作，而忽略了
李雯整體包括入清以後的心路歷程與創作的變化。這當然是不可能
讓人滿足於對李雯的好奇心。

　　直到近年以來，由於明清文學研究的熱絡，以及地域性文學的相
關論述，日漸豐富，李雯才逐步從好幾本的專著當中，被挖掘出更多
沉睡於歷史時空下的文獻資料。但因爲這些匯集而來的資料──如
《蓼齋集》本身──大都尚未經過今人系統而嚴謹的整理，因此裏頭
又有多重識別上與認識上的文字及其事實的謬誤。是故本文在只挑明
研究李雯詩詞的前提下，以能力之所及直接面對現存的舊有文獻，從
而考訂其時代與生平之間的種種牽連，再把李雯現存的所有詩詞盡可
能作一整體的校點與輸入的工作。除此之外，本文更以此比對後人在
李雯詩詞上僅有的認識與評析等，從而挑選多個可看性與可寫性較高
的課題進行個別的論述。藉此，本文希望可以透過認識李雯本身的遭
際及其詩詞創作之間的相互關聯性，有效達到我們對於李雯個人悲劇
性之完成，及其定位應作如何的看待。那麼經由上述各章各節的引述
與討論，本文目前可得到的幾項要點如下。

1、大背景下的環境養成：政治氛圍、哲學思潮、價值取向與身分
認同

　　首先，明朝晚期的政風頹敗，民不聊生。皇帝的無能，朝臣的失

職，這都在在造就了一個朝代亡國之前那種內憂外患，風雨飄搖的不安氛圍；這本是一場自不待言的歷史重復之過程與事實。然而活在這樣時代的士人始終秉持著致身事君的儒家思維，從而形成文人的一股政治力量，試圖「澄清銓政」，並要從明朝敗亡的趨向中挽回其頹勢。只是他們並沒有脫離與洗練這奔走競爭於朝政利益當中的仕進空間。士人當然也不無維護自身著姓望族的既得利益。儘管其中真有人希冀可以有用於世，他們卻無法在面對社會階層較低下人們所遭受的苦難，給予更多的同情於後者。因此明朝還是覆亡了。

　　而又當我們撇開歷史現實不談，正因為明末社會有著不可抗逆的衰變，士人也藉此焦慮，在一片頹靡不振的尷尬處境中反思出務實精神。他們關注實際的學理與具體實踐學風的重要性，這從明末士人諸多尚實經世的著作當中都可以獲得佐證。──包括李雯為數不少的策論在內。然而這樣推重實學的現象一旦進入到雲間文學的表現裏，其力圖恢復古典審美理想，銜接詩文與時局之間的審美蛻變，就引發了明末復古態勢振而起之的必然性。實學也就是緣於時局的影響而生，復古態勢便就緊隨其後，成為時人不可多得的一種對於時代的呼應、選擇與需求。

　　再者，就這現有的時代橫跨到新時代的過程，其中易代所給予士人的身心理衝擊，包括了生與死的決心和忠與孝的取捨──即其安身立命、自我終極的究問；這不僅是李雯一人所獨自面對的人生難題，而也不是他所能完全自我抉擇的價值取向。因此可以說當時歷經朝代興替的士人，他們所有的抉擇都是複雜而痛苦的，並且充滿了個別遭際的獨特性。所有的抉擇不一定會導向同一個結局，而他們各自的人生也會因為一連串的心底詰問，而致使自己走向不一樣的毀滅或重生。李雯就在此中突現著自身難盡一朝人臣的忠義──雖然他沒有官職，他則選擇了對於逝世父親的至孝奉行。

　　直到清朝的統治時期，士人、遺民或貳臣等各自身分的重新認同，也在揮發其效用。這三者概念都不完全是獨立而互不相干的個

體。李雯當然於前於後，都分屬於具備高度知識，與明代士人代表之一的身分認同。因此進入清朝以後，儘管他因爲在兩朝之間並無實質對歷史具體發揮其影響力的作用，而不被列入《欽定國史貳臣表傳》等官方正史，他仍舊在於崇高的政治道德操守下，自我類比於貳臣中那萬劫不復之地。這情況可以延伸至他人如何定義自己是貳臣或是遺民的問題。因此這些爭議都應該回歸當時個體自我心理的評判標準而定，而不應非得把他們列入特定的範疇之中，從而限制這些被歷史標籤的人物，不能有進而認知的機會。

2、個人生平、遭際及其悲劇性的完成：詞賦軼餘習，烟花愁此身

　　後來，在李雯身世及其心路歷程的梳理當中，本文首先辨析了李雯的生卒年應於萬曆三十五年（1607）丁未至順治四年（1647）丁亥，享年四十有一，大致沒有什麼不妥。然而在於李雯籍貫的部分，本文以爲這可從不斷被分置與合併的行政區劃單位中，大致看出松江府一地在歷代的行政設置，是何其的繁瑣而複雜。其中就宋徵輿和李紹文的記載相互參照，李雯祖先便很可能是係屬上海人。只是到了李伯璵當上高官之後，他們又遷入了華亭一帶，所以宋氏才把李伯璵後人如李雯歸類爲華亭人。當然不管是屬於那個行政區劃單位，它們都均屬於明朝江南的松江府下，就這點事實上而言，應當也是沒有爭議的才對。

　　此外，這也可以看出李雯本身望族的背景，在江南松江府的歷史脈絡下，是具有一定的根基與其淵源。而根據本文所能追溯的歷史，李雯正是李伯璵的曻孫，而李伯璵正是李雯的烈祖。李雯祖上一門俊賢實也就成爲了李雯本身，對於自身要求甚高的養分，即對其人生視野的廣狹、學養深淺的熏陶，都造成了莫大的壓力與影響。其中性格剛峻，並敢於彈劾當世權貴的父親李逢申，更是李雯在成長過程當中，處身立世的最佳榜樣。因此李雯對於自己的道德操持與功名大概都是有所期待與願想的。然而終其明朝的歷史，李雯皆「三辱諸生」，而並無任何官位在身。這造成了李雯久處低微，鬱鬱不得志的悵然之

感。

　　慶幸的是，李雯透過自身不懈地努力，獲得當時已負盛名的陳子龍所賞識。兩者一經訂交以後，雲間致力於恢復古學的動能就有賴兩位相互的琢磨，才有著雲間文學群體逐步形成的關鍵性所在。——至於宋徵輿起初則其實並非完全受到陳子龍的極力推崇。可以說，李雯幾經「學作古文詞」，又「學作詩賦」的成果，其在於當時的文學知名度，係屬陳子龍一手把他推向雲間文壇的高峰，藉此也確認了李雯在當時的文學成就。李雯甚至是繼張溥去世以後，於復社之中主持規模盛大的虎丘大會。這應當屬於是時文壇群彥給予李雯的一個莫大肯定。

　　只是好景不常，李雯隨李逢申進京以後，在聲名本達於天聽之際，就會上了甲申之變。李逢申更因此而死於闖難。李雯為了讓父親得以魂歸故土，他選擇悖離了儒生忠君報國的價值觀，且偷生苟活，經由貳臣曹溶與金之俊的推薦，成為清朝中樞內院翰林院的中書舍人。然而因為李雯的文望很高，他隨即也遭受到清廷內部小人的質疑與猜忌，到了清順治三年（1646）丙戌秋天，李雯才如願告歸，並把李逢申的靈柩運返松江安葬。

　　最後，李雯在與陳子龍通信及會面的過程裏，盡顯其愧悔自卑之處。他終究並沒有因為陳子龍的體諒，而獲得自我片刻的救贖。一當陳子龍身死殉國以後，李雯也帶著抑鬱難安，道德與倫序的壓力，病死於京師之中。縱觀李雯一生悲劇性的宿命，儘管當時他的死，也曾讓不少人為他的遭際感到傷惋與痛惜。然而時代新經巨變，天下間都幾近是破國亡家的可憐人。因此泱泱新朝的底定，很快便把李雯埋沒於易代亂世的洪流之中。李雯或有的成就，也隨即被名聲更響、存活更久的後來人所湮滅。

3、肩隨於復古大蠹的「稱情」「合體」之說：兼看其擬古詩、社會詩和創作中的心理變化

　　到了李雯《蓼齋》詩的部分，本文發現李雯的現存詩歌數量驚

人。然而詩作的數量始終不等同於詩作的質量。李雯最為人所稱賞的詩歌始終是在於明亡入清以後，那些充滿身世遭遇、愧悔無端的真情實感，方能夠打動於人心，並顯示出李雯在詩歌創作裏的時代與自我結合的特色。這是我們大致對李雯既有的印象。然而李雯真正醉心於學詩的年歲卻比陳子龍和宋徵輿都還要晚，他卻能在最短的時間內重新奠定起他對於詩文及其力返風雅主張的認識。尤其是明亡前他的詩作數量更大於後期，因此本文以為此兩者之間都應有更多被探討與比較的斟酌空間。

比如在後人多半不予以肯定擬古詩的部分，其中雕鏤之跡明顯使得那些看來像是習作的詩歌模仿尤其顯得生硬彆扭，而不能寄寓更多的言志內容，更妄論有著自我的意識及其後出轉精的可能性。只不過這樣的看法僅限於部分詩歌的確實反映，裏頭卻尚未能觀察到李雯其實還有不少的擬古作品，其實在「色彩」、「丰姿」以及「寄寓」三方面都各有自己與時代結合的獨至之處。這些詩歌所體現的也正是李雯為數不多，更不算是自成體系的詩論主張——稱情、合體之說。

合體者，合乎《詩三百》時代、漢魏時代以及盛唐時代的形式風格。雖然《詩三百》時代是回不去的，詩歌衡量標準的最高價值，然而「文以範古為美」則是賦詩作文，或評判詩歌好壞的最基本之詩學綱領。因此合體與生情兩者有著等級本次、程序先後的問題，也有著作詩或論詩的角度問題，都可以視為李雯配合著陳子龍詩學立論的嚴謹性。而在於稱情的部分，李雯亦實踐著詩歌當中怨刺諷喻功能的強調，並也倡導著詩歌所能呈現的溫厚和平盛世之音。他認為詩歌都是情志的凝集與鬱伏，如此一來詩歌就能達到「鳴其不得已也」的目的，以呈現出其中「和厚而渾深，悲離而近真」的詩歌之情——這就是「情以獨至為真」的詩學標準。因此李雯的擬古之作不全然有著「擬之則惟字句而已」的弊端，反之裏頭正也表現出李雯在寄寓情志，藉以追慕古人的抒情體驗。

　　除此之外，李雯的《蓼齋》詩裏也存在著為數不少的，相關於他
對社會有所關懷的詩歌創作。他善於在這些聽聞而來的戰爭獲勝或戰
敗的消息上，置入溫厚和平的盛世之音。他心繫於這些國家大事與社
稷的安危，甚至更偏向於歌頌朝廷的用兵有道，能把明朝的頹勢帶上
正確軌道。李雯也常在其中好發議論，把亂世的罪責加諸在那些官員
的無能應對，以及怠惰失職的問題上。因此作為一名知識分子而言，
李雯對於明朝國勢憂患得失的負重感，仍可見其還是滿懷焦思與苦慮
的用意。然而後人如姚蓉卻以為李雯缺乏如同陳子龍詩作所能反映的
社會深度以及廣度，這當然不是事實的全部。尤其是除了在軍事上的
史詩記述，李雯也不時有著相關於社會民生課題的實際關注。這大都
反映了李雯對應於史實與時事的觀察，及其對於現實社會的接觸、認
識並且同情。因此李雯的詩歌確實是有所根據的，從而反應社會之現
實以及國家之大事。而他也寄寓了對於時局的感慨和美刺於其中，從
而達到警示在上位者的作用。

　　最後，本文也重新審視了李雯在明亡以前的詩歌，就曾具備從自
負走向自卑的心路歷程。而到了明亡以後，李雯詩歌所謂的愧悔之
情，也只不過是加深李雯自卑之感更深刻的情感要素罷了。這當然攸
關著李雯一生不偶的際遇。因此他從自信於自己的才能，並希冀在上
位者能有所用，繼而在面對現實環境的消磨以後，轉變成詩歌中無限
的憾恨與惆悵，甚而導向了詩歌裏那自負與自卑之情的相互交叉、互
為表裏的窘況。李雯的詩作是慢慢地在一片懷才不遇、不被賞識的自
傷情懷裏，寄寓了他本身對於現世的怨刺抑鬱以及落拓憂愁。裏頭所
呈現出來的苦悶與無力感，其實已經頗為打動人心。而每當他有所體
現自己最為悲慨，並且無以自處的心境，「徙步人」的意象便反復成
為他內心裏最為失落的情意具象化。

4、鬮詞遊戲之於清詞中興的機緣：兼論李雯詞作的復古性、風格性，及其詞題創作的跨界

　　至於李雯《蓼齋》詞的部分，本文發現李雯現存的詞作應只有一

百二十四首而已。在此之前，本文更嘗試比對過眾多的現存文本，剔除了其中的差誤，並增補了《蓼齋集》裏所沒有收錄的詞作。整體而言，李雯在詞作的成就或許比他的詩作更爲後人所稱賞。後人甚至覺得李雯在於詞作的高情才華，並不亞於陳子龍與宋徵輿二人的詞作表現。然而倚聲塡詞對於雲間，包括李雯而言，始終是攸關博弈性質的唱和活動。而李雯正本無意爲之，反倒是他因爲宋徵輿及其家族的關係，才「忽與之連類」罷了。因此在李雯看來，他對於倚聲塡詞的態度亦同樣相信這只是小道末技，更自嘲這猶如「壯夫作俳優耳」。詞之爲體在於他只是寄寓了年少情懷裏，那些「綺羅香澤之態。綢繆婉戀之情。」這當然有別於他與雲間其餘諸子對於詩文功能的刻板認知。李雯甚至在陳子龍的影響下，相信了這種情意是不可以和近體詩的文體相互混淆的。因此李雯詞作的題材與意象便大都縈繞在時序、閨情以及詠物三方面的寫作上。這既是雲間詞學之所謂「言情之作」，「必託於閨襜之際。」

只不過，李雯後來卻也成功地把雲間重寄託的詞學思想──「風騷之旨」，慢慢地在入清以後才把它融入於創作實踐之中，並將它清楚地顯露出來。因此李雯詞作於前於後的表現差別，的確非常明顯。唯一相同的部分，李雯在這兩個時期的作品都盡可能往「託貞心於妍貌。隱摯念於佻言」的理想靠攏──當然他也不算是完全成功。值得注意的是，李雯的詞作裏大都有寄寓隱微的悲秋色彩被反復抒寫著。這樣的秋季意象當然也是歷來文人對於社會人生種種不可人意處的憂患抒懷。只是其中也就特別包了李雯更爲攸關自身的傷時嘆命，遭際不偶的感感悲感。李雯可以在這樣的詞作裏散發著特具哲理性的情思，而尤其使得這樣的詞作更顯其委婉動人之處。

再就李雯的詞風來看，這其中差別仍有一個從「哀婉淒麗」到「愧悔自苦」的逐步過渡。前者的詞作能找到的例子實在不少，而到了後者詞作，我們則很難看見裏頭再有很明顯地所謂「綺羅香澤之態。」反而因爲遭逢了國難父憂，李雯的詞風繼而也變得感慨逐深，並走進

了「愧悔自苦」、不能憐恕自己的自傷途徑——即所謂「綢繆婉戀之情」。這裏也不能否認的是，有別於陳子龍尊崇南唐北宋的婉麗正宗，李雯偶爾也使用不少的慢詞長調，與古人相互唱和。而李雯對於詞曲之間的跨界，其開放程度仍舊比陳子龍來得稍微開明而深刻一些。因此，我們亦可以從少數的詞作裏發現李雯非雲間當行本色的風格表現。而其中最為特殊的是，李雯似乎亦頗愛好欣賞於戲曲。因此他有一〈題西廂圖二十則〉的詞作，甚少在雲間其餘諸子的作品裏發現相類似的取材與創作。由此可見，李雯在於詞的跨界嘗試其實比及陳子龍來得肆意許多。

總而言之，雲間派作為明末清初極為重要的文學流派，其影響雖多半歸功於陳子龍的天才縱逸，還有他大量的關於詩詞等的文學立論，才能成就一個流派觀念的確立。然而這流派裏存有的各個文人，亦是此一流派形成之關鍵與輔助之所在。像李雯如此次要於光環最亮的陳子龍現象，本文甚是好奇這在文學史的發展上，應還有多少相當的例子尚未被談及與申論？舉如時人彭賓在〈王崍文詩序〉裏曾說：「詩亡之後。力砥狂瀾。功在吾郡。猶憶陳李二子。肆力著作。三百篇而外。二京、六代以及三唐。靡不探源別派。總歸大雅。而後詩學之邪正漸明。」〔註1〕又在〈丁飛濤詩序〉裏表示：「人才之生不能盡合。流宕有餘。遂踰格律。矜束過甚。又損逸思。得一人焉以領袖羣彥。斯才法咸準。天人均會。前七子之有王李。後七子之有何李。吾郡之有陳李是也。」〔註2〕或如吳綺在《湘瑟詞序》裏，他說：「昔天下歷三百載，此道幾屬荊榛。迨雲間有一二公，斯世重知花草。」〔註3〕李雯在當時的重要性正有著他不能被忽視的莫大影響力，而雁行於為人所熟知的陳子龍。

〔註1〕清・彭賓撰，四庫全書存目叢書編纂委員會編：《彭燕又先生文集三卷・詩集一卷》，第197冊，集部，別集類，卷2，頁339。
〔註2〕清・彭賓撰，四庫全書存目叢書編纂委員會編：《彭燕又先生文集三卷・詩集一卷》，第197冊，集部，別集類，卷3，頁351。
〔註3〕摘自清・謝章鋌撰：《賭棋山莊詞話》卷9，林蕙堂集，見唐圭璋編：《詞話叢編》全5冊（臺北：新文豐出版公司，1988年2月），頁3442。

　　由此可見，歷史總像是一場殘酷而又去蕪存菁的淘洗過程。一經大事故的變動以後，留下來的那個總是最閃耀的那個，然而被遺忘的那個卻慢慢在後人的語境中予以消失。但倘若這些最貼近人性，從而顯現其情感的獨至而令人欽佩，或哀婉其人格與創作的高尚，卻逐漸被歷史的洪流所湮沒。那我們或許再也無法相信學習文學者，是如何可以從每個時代古人遭際的好壞當中，粹練出自身對於古今豐厚文化的涵茹，並且陶冶個我的情志，一發思古之幽情，吟詠傷今之憾恨。

　　然則礙於能力與篇幅之所及，本文對於李雯的探究仍無法兼顧他諸多富有實學精神的文章寫作，以便相互參證更多關於他的人生事跡。長遠的從縱向發展而言，李雯其實引起本文對於那些處在文學流派或歷史縫隙裏，屬於配角般角色的文人，賦予以更大的好奇心。這主要是因為就近的舉例而言，明朝三次的復古運動中，屬於前、後七子裏的代表人物——何景明與王世貞的文學主張，往往在發展的最後都有與李夢陽和李攀龍相抵觸的時候。而李雯可有跳脫於陳子龍的主張與否？其實本文暫時只能很保守的相信，他或許在詞學的創作上，多方汲取不一樣的形式風格，來塑造自己的特色，而這一點當然是陳子龍所沒有的胸襟與視野。

　　又當我們從橫向面觀察，李雯在於明清易代之際的交際網，亦是一個龐大的、具備活動力的文學交流群體。其中白一瑾已對李雯入清以後的那些應對，都做出了相當大的著墨。那麼明亡以前文學交流的一大拼圖，應當也是一個可以繼續深究的明清文學的議題。此外若推向更宏大的一個思考角度，文學流派的歷史脈絡中，可否存有心理學上特別複雜的老二情結糾纏於文人之間？又或在研究這些文學流派的後人身上，我們能否追究其中亦心懷著什麼樣被挑選過的立場，因此才有他們對於個別文學流派，或個別文人的喜好甚至偏頗？然而這都暫屬於本文對於文學研究尚未成型的諸多遐想。因此留待於日後再慢慢進行探索，這應當也是一件非常有趣的挑戰。

參考文獻

（依據作者筆畫排序）

一、古籍文獻

（一）核心文本

1. 清・宋徵輿撰，四庫全書存目叢書編纂委員會編：《林屋文稿十六卷・詩稿十四卷》（濟南：齊魯書社，1997 年 7 月，《四庫全書存目叢書》上海圖書館藏清康熙九篇樓刻本）。

2. 清・李雯撰，四庫禁燬書叢刊編纂委員會：《蓼齋集四十七卷・後集五卷》（北京：北京出版社，1997 年 6 月，《四庫禁燬書叢刊》清順治十四年石維崑刻本）。

3. 清・李雯撰，楊家駱主編：《蓼齋詞》，摘自《清詞別集百三十四種》全 12 冊（臺北：鼎文書局，1977 年 8 月）。

4. 明・杜騏徵等輯，四庫禁燬書叢刊編纂委員會：《幾社壬申合稿二十卷》（北京：北京出版社，1997 年 6 月，《四庫禁燬書叢刊》明末小樊堂刻本，中國科學院圖書館藏）。

5. 陳乃乾輯：《清名家詞》全 10 卷（上海：上海書店，1982 年 12 月）。

6. 明・陳子龍、清・李雯、清・宋徵輿撰，陳立校點：《雲間三子新詩合稿　幽蘭草　倡和詩餘》（瀋陽：遼寧教育出版社，2000 年 1 月）。

7. 明・陳子龍、清・李雯、清・宋徵輿選，上海文獻叢書編委會編：《皇明詩選》（上海：華東示範大學出版社，1991 年 12 月）。

8. 明・陳子龍著，施蟄存、馬祖熙標校：《陳子龍詩集》（上海：上海古籍出版社，2006 年 4 月）。

9. 明・陳子龍撰，上海文獻叢書編委會編：《陳子龍文集》上下冊（上海：華東師範大學出版社，1988 年 11 月）。

10. 明・陳子龍撰：《安雅堂稿》全 3 冊（臺北：偉文圖書出版社有限公司，1977 年 9 月）。

11. 程千帆、嚴迪昌等編纂：《全清詞》順康卷全 20 冊（北京：中華書局，2002 年 5 月）。

（二）古人著錄

1. 丁福保輯：《歷代詩話續編》全 3 冊（北京：中華書局，1983 年 8 月）。

2. 中國歷史研究社編：《中國歷史研究資料叢書・東林始末》（上海：上海書店，1982 年 3 月，根據神州國光社 1951 年版複印）。

3. 清・方以智撰：《浮山文集前編十卷・後編二卷・此藏軒別集二卷》（上海：上海古籍出版社，2002 年 4 月，《續修四庫全書》影印湖北省圖書滾館藏清康熙此藏軒刻本）。

4. 清・方東樹著，汪紹楹校點：《昭昧詹言》（北京：人民文學出版社社，1961 年 10 月）。

5. 日本藏中國罕見地方志叢刊：《〔崇禎〕松江府志》全 2 冊（北京：數目文獻出版社，1991 年 10 月）。

6. 清・王士禎著，張宗柟纂集，夏閎校點：《帶經堂詩話》上下冊（北京：人民文學出版社，1963 年 11 月）。

7. 明・王夫之著，周柳燕校點：《明詩評選》（上海：上海古籍出版社，2011 年 7 月）。

8. 清・王相著：《百家姓考略》（上海：華東師範大學出版社，2010 年 9 月）。

9. 清・王崇簡撰，四庫全書存目叢書編纂委員會編：《青箱堂詩集三十三卷・文集十二卷・遺稿續刻一卷・年譜一卷》（濟南：齊魯書社，1997 年 7 月，《四庫全書存目叢書》山西大學圖書館藏清康熙二十八年王燕刻本）。

10. 元・王實甫著，王季思校注，張人和集評：《集評校注西廂記》（上海：上海古籍出版社，1987 年 4 月）。

11. 唐・司空圖著，郭紹虞集解：《詩品集解》，清・袁枚著，郭紹虞輯注：《續詩品注》（北京：人民文學出版社，1963 年 10 月）。

12. 清・永瑢等撰，王雲五主編：《四庫全書總目提要》全 40 冊（上海：商務印書館，1931 年 4 月）。

13. 宋・朱熹集註:《詩經集註》仿古字版(臺北:萬卷樓圖書股份有限公司,1991 年 8 月)。

14. 清・朱彝尊著,姚祖恩編,黃君坦校點:《靜志居詩話》全 2 冊(北京:人民文學出版社,1990 年 10 月)。

15. 清・朱彝尊輯錄:朱竹垞太史選本《明詩綜》全 30 冊共 100 卷(康熙四十四年秀水朱氏六峰閣藏刊本)。

16. 明・何三畏著,周駿富輯:《雲間志略》全 3 冊(臺北:明文書局,1991 年 1 月,《明代傳記叢刊》,共 120 卷,綜錄類 41)。

17. 清・何文煥輯:《歷代詩話》全 2 冊(北京:中華書局,1981 年 4 月)。

18. 清・吳偉業著,李學穎集評標校:《吳梅村全集》全 3 冊(上海:上海古籍出版社,1990 年 12 月)。

19. 楚・宋玉撰,吳廣平編輯:《宋玉集》(長沙:岳麓書社,2001 年 7 月)。

20. 清・宋如林修,清・孫星衍、莫晉纂:《〔嘉慶〕松江府志八十四卷首二卷圖經一卷》(上海:上海古籍出版社,2002 年 4 月,《續修四庫全書》影印中國科學院圖書館藏清順治刻增修本)。

21. 清・宋琬撰:《安雅堂未刻稿八卷入蜀集二卷》(上海:上海古籍出版社,2002 年 4 月,《續修四庫全書》據清乾隆三十一年刻本影印)。

22. 唐・李白撰,詹鍈主編:《李白全集校註匯釋集評》(山東:百花文藝出版社,1996 年 12 月)。

23. 唐・李商隱著,馮浩箋注:《玉谿生詩集箋注》(臺北:里仁書局,1981 年 8 月 15 日)。

24. 明・李紹文著,劉永翔校點:《雲間人物志》共 4 卷,附《家傳》1 卷,摘自《明清上海稀見文獻五種》(北京:人民文學出版社,2006 年 8 月)。

25. 唐・李翱撰:《李文公集十八卷》全 2 冊,《四部叢刊集部》,上海商務印書館縮印江南書館藏明成化刊本。。

26. 唐・杜甫撰,清・仇兆鰲著,《杜詩詳注》(臺北:里仁書局,1980 年 7 月)。

27. 明・杜登春著,《中國野史集成》編委會,四川大學圖書館編:《社事始末》,摘自《中國野史集成》51 冊(成都:巴蜀書社,1993 年 11 月,昭代叢書道光本戊集續編)。

28. 清・沈德潛選編:《明詩別裁集》(石家莊:河北人民出版社,1997 年 8 月)。

29. 清・沈德潛選編：《清詩別裁集》（北京：中華書局，1975 年 11 月）。

30. 清・周濟著：《介存齋論詞雜著》，清・譚獻著：《復堂詞話》，清・馮煦著：《蒿庵論詞》，顧學頡校點（北京：人民文學出版社，1959 年 10 月）。

31. 楚・屈原撰，金開誠、董洪利、高路明著：《屈原集校注》全 2 冊（北京：中華書局，1996 年 8 月）。

32. 清・況周頤著：《蕙風詞話》，清・王國維著，徐調孚注：《人間詞話》，王幼安校訂（北京：人民文學出版社，1960 年 4 月）。

33. 清・邱煒萲撰：《五百石洞天揮麈》共 12 卷（上海：上海古籍出版社，2002 年 4 月，《續修四庫全書》據清光緒二十五年邱氏粵垣刻本影印）。

34. 清・侯方域撰：《四憶堂詩集》共 6 卷，附遺稿（上海：上海古籍出版社，2002 年 4 月，《續修四庫全書》影印中國科學院圖書館藏清順治刻增修本）。

35. 俞紹初輯校：《建安七子集》（北京：中華書局，1989 年 7 月）。

36. 清・昭槤撰，何英芳點校：《嘯亭雜錄》（北京：中華書局，1980 年 12 月）。

37. 清・柳如是撰，谷輝之輯：《柳如是詩文集》（北京：中華全國圖書館文獻縮微複製中心，1996 年 8 月）。

38. 清・柳如是撰，周書田校輯：《柳如是集》（瀋陽：遼寧教育出版社，2001 年 2 月）。

39. 清・洪亮吉著，陳邇冬校點：《北江詩話》（北京：人民文學出版社，1983 年 7 月）。

40. 宋・洪興祖著：《楚辭補注》（臺北：大安出版社，1995 年 6 月）。

41. 明・眉史氏（陸世儀）集錄，《中國野史集成》編委會，四川大學圖書館編：《明季復社紀略四卷》，摘自《中國野史集成》全 51 冊（成都：巴蜀書社，1993 年 11 月，昭代叢書道光本戊集續編）。

42. 明・胡應麟撰：《詩藪》（上海：上海古籍出版社，1958 年 10 月第 1 版，1979 年 11 月新 1 版，原中華上編版）。

43. 清・計六奇撰，《中國野史集成》編委會，四川大學圖書館編：《明季北略》，摘自《中國野史集成》全 51 冊（成都：巴蜀書社，1993 年 11 月，都城琉璃廠半松居士排字本）。

44. 清・計六奇撰，《中國野史集成》編委會，四川大學圖書館編：《明季南略》，摘自《中國野史集成》全 51 冊（成都：巴蜀書社，1993 年 11 月，都城琉璃廠半松居士排字本）。

45. 清・計六奇撰，魏得良、任道斌點校：《明季北略》全 2 冊（北京：中華書局，1984 年 6 月）。

46. 唐圭璋編：《詞話叢編》全 5 冊（臺北：新文豐出版公司，1988 年 2 月）。

47. 明・夏完淳撰，白堅箋校：《夏完淳集箋校》（上海：上海古籍出版社，1991 年 7 月）。

48. 清・夏燮撰：《忠節吳次尾先生年譜》，摘自北京圖書館編：《北京圖書館藏珍本・年譜叢刊》全 200 冊（北京：北京圖書館出版社，1994 年 4 月）。

49. 漢・班固等撰：《白虎通（及其他一種）》2 冊（北京：中華書局，1985 年）。

50. 清・袁枚著，顧學頡校點：《隨園詩話》全 2 冊（北京：人民文學出版社，1982 年 9 月第 2 版）。

51. 清・張廷玉等撰：《明史》全 28 冊（北京，中華書局，1974 年 4 月）。

52. 清・張淵懿編：《清平初選後集》，清康熙十七年雲間張氏刊冠秋堂印本。

53. 宋・郭茂倩編撰：《樂府詩集》共 2 冊（臺北：里仁書局，1999 年 1 月 10 日）。

54. 清・陳名夏撰，四庫全書存目叢書編纂委員會編：《石雲居詩集七卷詞一卷》（濟南：齊魯書社，1997 年 7 月，《四庫全書存目叢書》北京圖書館藏清初刻本）。

55. 清・陳廷焯著，杜未末校點：《白雨齋詞話》（北京：人民文學出版社，1959 年 10 月）。

56. 清・陳衍著，鄭朝宗、石文英校點：《石遺室詩話》（北京：人民文學出版社，2004 年 8 月）。

57. 清・彭賓撰，四庫全書存目叢書編纂委員會編：《彭燕又先生文集三卷・詩集一卷》（濟南：齊魯書社，1997 年 7 月，《四庫全書存目叢書》上海圖書館藏清康熙六十一年彭士超刻本）。

58. 明・焦竑編，周駿富輯：《國朝獻徵錄》（臺北：明文書局，1991 年 1 月，《明代傳記叢刊》全 6 冊，共 120 卷，綜錄類 26）。

59. 清・黃之雋等撰：《江南通志》精裝 5 冊（臺北：京華書局，1967 年 8 月，清・乾隆二年重修本）。

60. 清・葉夢珠著，來新夏點校：《閱世篇》10 卷（北京：中華書局，2007 年 9 月）。

61. 漢・賈誼撰，閻振益、鍾夏校注：《新書校注》（北京：中華書局，2000 年 7 月）。

62. 清・鄒祗謨、清・王士禛輯：《倚聲初集二十卷・前編四卷》（上海：上海古籍出版社，2002 年 4 月，《續修四庫全書》據南京圖書館藏清順治十七年刻本影印）。

63. 清・嘉慶敕修，清・穆彰阿、李佐賢、泮錫恩、廖鴻荃、龔自珍等編：《嘉慶重修一統志》全 32 冊（臺北：商務印書館，1966 年，據上海涵芬樓影印清史館藏進呈寫本）。

64. 清・趙執信著，清・翁方綱著：《談龍錄・石洲詩話》（北京：人民文學出版社，1981 年 1 月）。

65. 後蜀・趙崇祚輯，李一氓校：《花間集校》（北京：人民文學出版社，1958 年 7 月）。

66. 清・趙爾巽等撰：《清史稿》全 48 冊（北京：中華書局，1976 年 12 月）。

67. 清・趙翼著，王樹民校證：《廿二史劄記校證》全 2 冊（北京：中華書局，1984 年 1 月）。

68. 清・趙翼著，霍松林、胡主佑校點：《甌北詩話》（北京：人民文學出版社，1963 年 3 月）。

69. 南朝・梁・劉勰著，王利器校證：《文心雕龍校證》（臺北：明文書局股份有限公司，1982 年 4 月）。

70. 南朝・梁・劉勰著，周振甫註：《文心雕龍註釋》（北京：人民文學出版社，1981 年 11 月）。

71. 南朝・梁・劉勰著，黃霖編著：《文心雕龍匯評》（上海：上海古籍出版社，2005 年 6 月）。

72. 清・劉錦藻撰：《皇朝續文獻通考四百卷》（上海：上海古籍出版社，2002 年 4 月，《續修四庫全書》）。

73. 宋・歐陽修著，洪本健校箋：《歐陽修詩文集校箋》全 3 冊（上海：上海古籍出版社，2009 年 8 月）。

74. 清・談遷撰，汪北平點校：《北遊錄》（北京：中華書局，1960 年 4 月）。

75. 漢・鄭玄注，唐・孔穎達疏，龔抗雲整理，王文錦審定：《禮記正義》，摘自《十三經注疏》整理委員會整理：《十三經注疏》（北京：北京大學出版社，2000 年 12 月）。

76. 清・錢謙益著，清・錢曾箋注：《牧齋初學集》全 3 冊，共 110 卷（上海：上海古籍出版社，1985 年 9 月）。

77. 南朝・梁・鍾嶸著，曹旭集注：《詩品集註》（上海：上海古籍出版社，1994 年 10 月）。

78. 唐・韓愈著，錢仲聯集釋：《韓昌黎詩繫年集釋》全 2 冊（上海：上海古籍出版社，1994 年 1 月）。

79. 唐・韓愈撰，馬其昶校注，馬茂元整理：《韓昌黎文集校注》（上海：上海古籍出版社，1987 年 6 月）。

80. 清・譚獻輯：《篋中詞六卷・續四卷》（上海：上海古籍出版社，2002 年 4 月，《續修四庫全書》據清光緒八年刻本影印）。

81. 宋・嚴羽著，郭紹虞校釋：《滄浪詩話校釋》（北京：人民文學出版社，1983 年 8 月第 2 版）。

82. 清・龔鼎孳撰：《定山堂詩集》共 36 卷（上海：上海古籍出版社，2002 年 4 月，《續修四庫全書》據北京大學圖書館藏清康熙十五年吳興祚刻本影印）。

二、研究專著

（一）選集編錄

1. 尤振中、尤以丁編著：《明詞紀事會評》（合肥：黃山書社，1995 年 12 月）。

2. 王偉勇著：《清代論詞絕句初編》（臺北：里仁書局，2010 年 9 月 10 日）。

3. 孫靜菴撰，周駿富輯：《明遺民錄》共 48 卷（臺北：明文書局，1985 年 5 月，《清代傳記叢刊》，遺逸類 2）。

4. 祖金玉編著：《歷代檄文名篇選譯》（北京：中國青年出版社，1998 年 1 月）。

5. 國立編譯館主編，吳宏一、葉慶炳編輯：《清代文學批評資料彙編》上下（臺北：成文出版社，1978 年 9 月）。

6. 鄧之誠撰：《清詩紀事初編》全 2 冊（上海：上海古籍出版社，1984 年 2 月新 1 版）。

7. 錢仲聯主編：《清詩紀事》全 22 冊（南京：江蘇古籍出版社，1987 年至 1989 年）。

8. 錢仲聯選註：《清詞三百首》（長沙：岳麓書社，1992 年 1 月）。

9. 龍榆生編選：《近三百年名家詞選》（上海：上海古籍出版社，1979 年 10 月）。

10. 謝正光、佘汝豐編著：《清初人選清初詩彙考》（南京：南京大學出

版社，1998 年 12 月）。

11. 嚴迪昌編選：《金元明清詞精選》（南京：江蘇古籍出版社，1992
    年 12 月）。

（二）研究著述

1. 日・小野和子著，李慶、張榮湄譯：《明季黨社考》（上海：上海古
   籍出版社，2006 年 1 月）。

2. 王文廣著：《晚明社會世俗現象研究：從藝術設計視角》（合肥：合
   肥工業大學出版社，2012 年 12 月）。

3. 王立著：《中國古代文學十大主題：原型與流變》（臺北：文史哲出
   版社，1994 年 7 月）。

4. 王偉勇著：《清代論詞絕句初編》（臺北：里仁書局，2010 年 9 月
   10 日）。

5. 王偉勇著：《詩詞越界研究》（臺北：里仁書局，2009 年 9 月 15 日）。

6. 王璦玲主編：《明清文學與思想中之主體意識與社會──文學篇》
   （臺北：中央研究院中國文哲研究所，2004 年 12 月）。

7. 古風著：《意境探微》（南昌：百花洲文藝出版社，2001 年 12 月）。

8. 白一瑾著：《清初貳臣士人心態與文學研究》，（天津：天津人民出
   版社，2010 年 12 月）。

9. 朱東潤著：《陳子龍及其時代》（北京：人民文學出版社，2007 年 1
   月）。

10. 艾治平著：《清詞論說》（上海：學林出版社，1999 年 7 月）。

11. 艾治平著：《詞人心史》（上海：學林出版社，2005 年 5 月）。

12. 艾治平著：《詩美思辨》（上海：學林出版社，1994 年 12 月）。

13. 何宗美著：《明末清初文人結社研究》（天津：南開大學出版社，2003
    年 1 月）。

14. 何冠彪著：《生與死：明季士大夫的抉擇》（臺北：聯經出版事業股
    份有限公司，1997 年 10 月）。

15. 吳丈蜀著：《詞學概說》（北京：中華書局，2000 年 4 月新 1 版）。

16. 吳仁安著：《明清時期上海地區的著姓望族》（上海：上海人民出版
    黃色，1997 年 9 月）。

17. 吳宏一著：《清代詞學四論》（臺北：聯經出版事業公司，1990 年 7
    月）。

18. 吳宏一著：《清代詩學初探》（臺北：臺灣學生書局，1986 年元月修

訂再版）。

19. 吳宗國主編：《中國古代官僚政治制度研究》（北京：北京大學出版社，2004 年 11 月）。

20. 吳建民著：《中國古代詩學原理》（北京：人民文學出版社，2001年 12 月）。

21. 吳梅著：《詞學通論》（南京：江蘇文藝出版社，2008 年 4 月）。

22. 李文治：《晚明民變》（上海：中華書局‧上海書店，1989 年 3 月）。

23. 李世英、陳水雲著：《清代詩學》（長沙：湖南人民出版社，2000年 11 月）。

24. 李康化著：《明清之際江南詞學思想研究》（成都：巴蜀書社，2001年 11 月）。

25. 李新著：《陳子龍詩文創作與文學理論研究》（天津：南開大學出版社，2012 年 10 月）。

26. 李瑄著：《明遺民群體心態與文學思想研究》（成都：巴蜀書社，2008年 11 月）。

27. 沙先一、張暉著：《清詞的傳承與開拓》（上海：上海古籍出版社，2008 年 5 月）。

28. 周明初著：《晚明士人心態及文學個案》（北京：東方出版社，1997年 8 月）。

29. 周振甫著：《詩詞例話》全 5 卷（臺北：五南圖書出版有限公司，1994 年 5 月）。

30. 周煥卿著：《清初遺民詞人群體研究》（上海：上海古籍出版社，2008年 11 月）。

31. 宛敏灝著：《詞學概論》（上海：上海古籍出版社，1987 年 7 月）。

32. 侯官古靈後人薑齋撰：《清外史》，摘自近代中國史料叢刊三編第 61輯（臺北：文海出版社有限公司，1991 年 2 月）。

33. 俞平伯著：《論詩詞曲雜著》（上海：上海古籍出版社，1983 年 10月）。

34. 姚蓉著：《明末雲間三子研究》（廣州：廣東高等教育出版社，2011年 5 月）。

35. 姚蓉著：《明清詞派史論》（桂林：廣西師範大學出版社，2007 年 7月）。

36. 胡雪岡著：《意象範疇的流變》（南昌：百花洲文藝出版社，2002年 1 月）。

37. 孫立著:《明末清初詩論研究》(廣州:廣東高等教育出版社,1999年3月)。

38. 孫克強著:《清代詞學批評史論》(上海:上海古籍出版社,2008年11月)。

39. 美・孫康宜著,李奭學譯:《陳子龍柳如是詩詞情緣》(臺北:允晨文化實業股份有限公司,1992年2月1日)。

40. 美・孫康宜著,李奭學譯:《詞與文類研究》(北京:北京大學出版社,2004年9月)。

41. 徐珂著:《清代詞學概論》(上海:大東書局社,1926年10月)。

42. 徐復觀著:《中國文學精神》(上海:上海書店出版社,2006年3月)。

43. 袁行霈、孟二冬、丁放著:《中國詩學通論》(合肥:安徽教育出版社,1994年12月)。

44. 袁行霈著:《中國詩歌藝術研究》增訂本(北京:北京大學出版社,1996年6月)。

45. 袁庭棟著:《古代職官漫話》(成都:巴蜀書社,1989年10月)。

46. 袁濟喜著:《興:藝術生命的激活》(南昌:百花洲文藝出版社,1998年10月)。

47. 張世斌著:《明末清初詞風研究》(天津:天津古籍出版社,2008年4月)。

48. 張仲謀著:《清代文化與浙派詩》(北京:東方出版社,1997年8月)。

49. 張仲謀著:《懺悔與自贖——貳臣人格》(北京:東方出版社,2009年12月)。

50. 張宏生著:《清代詞學的建構》(南京:江蘇古籍出版社,1998年7月)。

51. 張宏生著:《清詞探微》(上海:上海世紀出版股份有限公司・上海古籍出版社,2008年5月)。

52. 張晉藩主編:《中國司法制度史》(北京:人名法院出版社,2004年5月)。

53. 張健著:《明清文學批評》(臺北:國家出版社,1983年1月)。

54. 張健著:《清代詩學研究》(北京:北京大學出版社,1999年11月)。

55. 曹順慶、王南著:《雄渾與沉鬱》(南昌:百花洲文藝出版社,2001年12月)。

56. 郭英德、過常寶著：《明人奇情》（北京：北京師範大學出版社，1993年9月）。

57. 郭紹虞著：《中國詩的神韻、格調及性靈說》（臺北：河洛圖書出版社，1975年10月）。

58. 陳水雲著：《清代前中期詞學思想研究》（武漢：武漢大學出版社，1999年10月）。

59. 陳茂同著：《中國歷代選官制度》（上海：華東師範大學出版社，1994年7月）。

60. 陳寅恪著：《陳寅恪集·柳如是別傳》全3冊（北京：生活·讀書·新知三聯書店，2001年1月）。

61. 陳銘著：《意與境：中國古典詩詞美學三昧》（杭州：浙江大學出版社，2001年12月）。

62. 陸玉林著：《傳統詩詞的文化通釋》（北京：中國社會科學出版社，2003年8月）。

63. 隋樹森編著：《古詩十九首集釋》（北京：中華書局，1955年3月）。

64. 馮玉榮：《明末清初松江士人與地方社會》（北京：中國社會科學出版社，2011年12月）。

65. 楊伯峻編著：《論語譯注》（臺北：明倫出版社，1971年10月）。

66. 楊海明著：《唐宋詞與人生》（石家莊：河北人民出版社社，2002年5月）。

67. 葉嘉瑩著：《清詞論叢》（北京：北京大學出版社，2008年4月）。

68. 廖可斌主編：《明清文學論集》2006（杭州：浙江大學出版社，2007年7月）。

69. 廖可斌著：《明代文學復古運動研究》（北京：商務印書館，2008年11月）。

70. 趙園著：《制度·言論·心態——《明清之際士大夫研究》續編》（北京：北京大學出版社，2006年11月）。

71. 趙園著：《明清之際士大夫研究》（北京：北京大學出版社，1999年1月）。

72. 劉勇剛著：《雲間派文學研究》（北京：中華書局，2008年2月）。

73. 蔣寅著：《古典詩學的現代詮釋》（北京：中華書局，2003年3月）。

74. 蕭敏如著：《東林學派與晚明經世思潮》（臺北縣：花木蘭文化出版社，2009年3月）。

75. 錢鍾書著：《談藝錄：補訂重排本》上、下冊（北京：生活·讀書·

新知三聯書店，2001 年 1 月）。

76. 繆鉞著：《詩詞散論》（臺北：臺灣開明書店，1953 年 11 月）。

77. 謝明陽著：《雲間詩派的詩學發展與流衍》（臺北：大安出版社，2010 年 3 月）。

78. 謝國楨著：《明末清初學風》（上海：世紀出版集團・上海書店出版社，2006 年 7 月）。

79. 謝國楨著：《明清之際黨社運動考》（上海：上海書店出版社，2004 年 1 月）。

80. 羅忼烈著：《詞學雜俎》（成都：巴蜀書社，1990 年 6 月）。

81. 龔鵬程著：《詩史本色與妙悟》（臺北：臺灣學生書局，1986 年 4 月）。

（三）文學史

1. 丁放著：《金元明清詩詞理論史》（合肥：安徽大學出版社，2000 年 2 月第 2 版）。

2. 方智範、鄧喬彬、周聖偉、高建中著：《中國古典詞學理論史》（上海：華東師範大學出版社，2005 年 12 月）。

3. 日・吉川幸次郎著，日・高橋和巳編寫，章培恆、邵毅平、駱玉明、賀聖遂、李慶、孫猛譯：《中國詩史》（合肥：安徽文藝出版社，1986 年 12 月）。

4. 朱則傑著：《清詩史》（南京：江蘇古籍出版社，2000 年 5 月）。

5. 吳志達著：《明清文學史：明代卷》（武漢：武漢大學出版社，1991 年 12 月）。

6. 李正輝、李華豐：《中國古代詞史》（臺北：志一出版社，1995 年 12 月）。

7. 邱世友著：《詞學史論稿》（北京：人民文學出版社，2002 年 1 月）。

8. 日・青木正兒，楊鐵嬰譯：《清代文學評論史》（北京：中國社會科學出版社，1988 年 1 月）。

9. 胡雲翼著：《中國詞史略》（上海：大陸書局，1933 年 6 月）。

10. 唐富齡著：《明清文學史：清代卷》（武漢：武漢大學出版社，1991 年 12 月）。

11. 徐朔方、孫秋克著：《明代文學史》（杭州：浙江大學出版社，2006 年 6 月）。

12. 袁行霈主編：《中國文學史》全 4 卷（北京：高等教育出版社，2005

年 7 月第 2 版）。

13. 張仲謀著：《明詞史》（北京：人民文學出版社，2002 年 2 月）。

14. 許宗元著：《中國詞史》（合肥：黃山書社，1990 年 12 月）。

15. 郭紹虞著：《中國文學批評史》（臺北：五南圖書出版股份有限公司，1994 年 8 月）。

16. 郭傑、秋芙總主編：《中國文學史話》全 10 卷（長春：吉林人民出版社，1998 年 10 月）。

17. 陳伯海、蔣哲倫主編：《中國詩學史》（廈門：鷺江出版社，2002 年 9 月）。

18. 陸侃如、馮沅君著：《中國詩史》（濟南：山東大學出版社，2008 年 8 月第 2 版）。

19. 傅璇琮、蔣寅總主編：《中國古代文學通論》全 7 卷（瀋陽：遼寧人民出版社，2005 年 5 月）。

20. 黃拔荊著：《中國詞史》上下（福州：福建人民出版社，2003 年）。

21. 楊海明著：《唐宋詞史》（鎮江：江蘇大學出版社，2010 年 10 月）。

22. 葉慶炳著：《中國文學史》上下（臺北：臺灣學生書局，1987 年 8 月）。

23. 劉大杰：《中國文學發展史》上中下（上海：復旦大學出版社，2006 年 1 月）。

24. 劉世南著：《清詩流派史》（北京：人民文學出版社，2004 年 3 月）。

25. 劉毓盤著：《詞史》（上海：上海書店，1985 年 5 月）。

26. 蔣寅著：《清代詩學史》第 1 卷（北京：中國社會科學出版社，2012 年 4 月）。

27. 霍有明著：《清代詩歌發展史》（臺北：文津出版社，1994 年 11 月）。

28. 謝桃坊著：《中國詞學史》（成都：巴蜀書社，2002 年 12 月）。

29. 嚴迪昌：《清詞史》（南京：江蘇古籍出版社，1999 年 8 月第 2 版）。

30. 嚴迪昌著：《清詩史》上下（北京：人民文學出版社，2011 年 11 月）。

31. 龔鵬程著：《中國文學史》上（臺北：里仁書局，2009 年 1 月 5 日）。

32. 龔鵬程著：《中國文學史》下（臺北：里仁書局，2010 年 8 月 30 日）。

（四）歷史

1. 姜公韜著：《明清史》（臺北：長橋出版社，1979 年 3 月 20 日）。

2. 孟森著：《明代史》（臺北：國立編譯館中華叢書編審委員會，1979年 12 月 3 版）。

3. 孟森編著：《清代史》（臺北：正中書局，1990 年 5 月新版）。

4. 美·牟復禮、英·崔瑞德編，張書生、黃沫、楊品泉、思瑋、張言、謝亮生譯：《劍橋中國明代史》（北京：中國社會出版社，1992 年 2 月）。

5. 郭成康、王天有、成崇德主編：《中國歷史·元明清史》（臺北：五南圖書出版股份有限公司，2002 年 6 月）。

6. 陳梧桐、彭勇著：《明史十講》（上海：上海古籍出版社，2007 年 11 月）。

7. 閻崇年著：《閻崇年圖文歷史書系》全 8 冊（北京：中華書局，2010 年 5 月）。

8. 王興亞著：《甲申之變》（北京：中國社會科學出版社，2011 年 1 月）。

（五）思想史

1. 陳鼓應、辛冠傑、葛榮晉主編：《明清實學簡史》（北京：社會科學文獻出版社，1994 年 9 月）。

2. 蕭華榮著：《中國詩學思想史》（上海：華東師範大學出版社，1996 年 4 月）。

3. 龔鵬程著：《中國文人階層史論》（甘肅：九州圖書出版社，2004 年 1 月）。

4. 龔鵬程著：《晚明思潮》增訂版（北京：商務印書館，2008 年 6 月第 2 版）。

（六）西方論著

1. 佛洛姆原著，孫石譯：《自我的追尋》（臺北：志文出版社，1975 年 2 月再版）。

2. 奧地利·阿德勒著，徐家寧、徐家康譯：《超越自卑》（長春：吉林人民出版社，2007 年 11 月）。

3. 奧地利·阿德勒著，葉頌姿、劉樂群譯：《心理與生活》（上海：上海三聯書店，2010 年 1 月）。

（七）工具書

1. 于浩輯：《明代名人年譜》全 12 冊（北京：北京圖書館出版社，2006 年 7 月 1 日）。

2. 李靈年、楊忠主編：《清人別集總目》（合肥：安徽教育出版社，2000年7月）。

3. 周發增、陳隆濤、齊吉祥主編：《中國古代政治制度史辭典》（北京：首都師範大學出版社，1998年12月）。

4. 俞鹿年編著：《中國官制大辭典》上下冊（哈爾濱：黑龍江人民出版社，1992年10月）。

5. 故宮博物院明清檔案部，中國第一歷史檔案館編：《清代檔案史料叢編》全14輯（北京：中華書局，1990年3月）。

6. 柯愈春著：《清人詩文集總目提要》上中下（北京：北京古籍出版社，2001年5月）。

7. 唐圭璋主編、鍾振振副主編：《金元明清詞鑒賞辭典》（南京：江蘇古籍出版社，1989年5月）。

8. 袁行雲著：《清人詩集敍錄》全3冊（北京：文化藝術出版社，1994年8月）。

9. 國立中央圖書館編輯：《明人傳記資料索引》（臺北：文史哲出版社，1978年1月再版）。

10. 張相著：《詩詞曲語辭匯釋》全2冊（北京：中華書局，1977年4月第3版）。

11. 張寅彭輯著：《新訂清人詩學書目》（上海：上海古籍出版社，2003年7月）。

12. 張福慶編著：《中國古代文學家字號室名別稱辭典》（北京：華文出版社，2002年1月）。

13. 張慧劍編著：《明清江蘇文人年表》（上海：上海古籍出版社，1986年12月）。

14. 許清雲編：《古典詩韻易檢》（臺北：文津出版社有限公司，1993年10月）。

15. 傅璇琮、許逸民、王學泰、董乃斌、吳小林主編：《中國詩學大辭典》（杭州：浙江教育出版社，1999年12月）。

16. 賀新輝、朱捷編著：《西廂記》鑒賞辭典（北京：中國婦女出版社，1990年5月）。

17. 馮濤、宋振豪、周少川、高壽仙、賀和風主編：《二十六史大辭典》（北京：九州圖書出版社，1999年1月）。

18. 黃秀文主編：《中國年譜辭典》（上海：百家出版社，1997年5月）。

19. 趙永紀主編，王薇、楊毅、陳子來副主編：《清代學術辭典》（北京：學苑出版社，2004年10月）。

20. 鄭天挺、吳澤、楊志玖主編:《中國歷史大辭典》音序本（上海：上海世紀出版股份有限公司・上海辭書出版社，2007 年 8 月）。

21. 錢仲聯、傅璇琮、王運熙、章培恆、陳伯海、鮑克怡主編:《中國文學大辭典》全 2 冊（上海：上海辭書出版社，2000 年 9 月）。

22. 錢實甫編:《清代職官年表》全 4 冊（北京：中華書局，1980 年 7 月）。

23. 龍沐勛著:《唐宋詞格律》（臺北：里仁書局，1995 年 8 月 31 日）。

24. 謝正光編:《明遺民傳記索引》（上海：上海古籍出版社，1992 年 5 月）。

三、期刊以及研討會論文

（一）期刊

1. 丁功誼:〈錢謙益與雲間派的文壇公案——兼論錢謙益對七子派的批判〉,《求索》（2008 年 8 月），頁 192〜194。

2. 王雨容:〈順治四年雲間詞人唱和考論〉,《安慶師範學院學報》社會科學版第 30 卷第 8 期（2011 年 8 月），頁 31〜34。

3. 王瑩:〈雲間派對於婉約詞風的繼承〉,《河北理工大學學報》社會科學版第 10 卷第 1 期（2010 年 1 月），頁 201〜203。

4. 王曉彬、童曉剛:〈雲間詞派略論〉,《貴州社會科學》第 5 期總 191 期（2004 年 9 月），頁 97〜100。

5. 加拿大・葉嘉瑩:〈論清代詞史觀念的形成〉,《河北學刊》第 23 卷第 4 期（2003 年 7 月），頁 122〜129。

6. 白一瑾:〈北方「正統」與江南「變體」——論明七子在清初傳承的兩條主線〉,《河南師範大學學報》哲學社會科學版第 37 卷第 6 期（2010 年 11 月），頁 180〜183。

7. 白一瑾:〈論清初貳臣士人的心靈荒蕪感〉,《山西師大學報》社會科學版第 37 卷第 3 期（2010 年 5 月），頁 88〜91。

8. 白一瑾:〈論清初貳臣士人的生存罪惡感〉,《河北師範大學學報》哲學社會科學版第 33 卷第 5 期（2010 年 9 月），頁 107〜113。

9. 白一瑾:〈論清初貳臣和遺民交往背後的士人心態〉,《南開學報》哲學社會科學版第 3 期（2011 年），頁 64〜71。

10. 朱則傑:〈「雲間三子」生卒時間與相關問題考辨〉,《淮陰師範學院學報》第 32 卷（2009 年 3 月），頁 380〜382、407。

11. 朱麗霞，羅時進:〈松江宋氏家族與幾社之關係〉,《北京大學學報》

哲學社會科學版第 42 卷第 2 期（2005 年 3 月），頁 77～82。

12. 朱麗霞：〈《壬申文選》與《昭明文選》——從二者之比較看明季雲間派的駢文創作及其文學史影響〉，廣西師範大學周期季刊《東方叢刊》第 2 期（2007 年），頁 97～110。

13. 朱麗霞：〈明清之際松江幾社的文學命運與文學史意義〉，《學術學刊》第 38 卷 7 月號（2006 年 7 月），頁 105～111。

14. 朱麗霞：〈明清之際松江幾社的興衰〉，《蘇州大學學報》哲學社會科學版第 3 期（2007 年 5 月），頁 121～124。

15. 朱麗霞：〈雲間派創作與清代駢文中興〉，《文學遺產》第 4 期（2007 年），頁 148～150。

16. 朱麗霞：〈園林宴游與文學的生態變遷——以明清之際雲間幾社的文學活動爲例〉，《文學理論研究》第 4 期（2007 年），頁 88～96。

17. 江榮祖：〈文筆與史筆——論秦淮風月與南明興亡的書寫與記憶〉，《漢學研究》第 29 卷第 1 期（2011 年 3 月），頁 189～224。

18. 李桂芹、彭玉平：〈明清之際唱和詞集與《花間》餘波——從明天啓至清順治年間〉，《社會科學家》第 4 期總第 132 期（2008 年 4 月），頁 138～142。

19. 李越深：〈《清平初選後集》三題〉，《浙江大學學報》人文社會科學版第 32 卷第 3 期（2002 年 5 月），頁 49～56。

20. 李越深：〈松江幾社與雲間詞派〉，《浙江大學學報》人文社會科學版第 34 卷第 3 期（2004 年 5 月），頁 143～148。

21. 李越深：〈論《幽蘭草》的創作、結集時間以及價值定位〉，《浙江大學學報》人文社會科學版第 35 卷第 3 期（2005 年 5 月），頁 64～71。

22. 李越深：〈論「雲間三子」文學群體的形成〉，《浙江大學學報》人文社會科學版第 39 卷第 3 期（2009 年 5 月），頁 192～199。

23. 李越深：〈論陳子龍的詞學思想〉，《內蒙古大學學報》人文社會科學版第 38 卷第 4 期（2006 年 7 月），頁 106～111。

24. 李瑄：〈明遺民與仕清漢官之交往〉，《漢學研究》第 26 卷第 2 期（2008 年 6 月），頁 131～162。

25. 汪孔豐：〈陳子龍等編《唐詩選》考論〉，《河西學院學報》第 26 卷第 1 期，2010 年，頁 9～11。

26. 肖慶偉：〈結社、家族與雲間詞派〉，《漳州師範學院學報》哲學社會科學版第 4 期總第 70 期（2008 年），頁 72～76。

27. 肖慶偉：〈論雲間宋氏家族詞人與《倡和詩餘》〉，《福建師範大學學

報》哲學社會科學版第 3 期總第 162 期（2004 年），頁 79～84。

28. 周明初：〈《全明詞》輯補中的幾個問題〉，南華大學文學系學報《文學新鑰》第 10 期（2009 年 12 月），頁 27～46。

29. 周明初：〈明清時期江南地區文學流派綜論〉，《社會科學戰線》第 11 期（2008 年），頁 165～171。

30. 林宛瑜：〈《倚聲初集》選錄艷體詞述評——兼論明末清初艷體詞風行之原因〉，《有鳳初鳴》第 4 期（2009 年 9 月），頁 57～68。

31. 金一平：〈雲間詞派的復古主義詞學理論〉，《浙江學刊》第 5 期（2010 年），頁 75～81。

32. 姚蓉、王兆鵬：〈從唱和活動看雲間詞風的形成〉，《江漢論壇》（2004 年 11 月），頁 117～121。

33. 姚蓉：〈李雯生年辨正〉，《文學遺產》第 1 期（2006 年），頁 82。

34. 姚蓉：〈論明末文學流派的論爭——以雲間派爲中心〉，《湖北職業技術學院學報》第 13 卷第 3 期（2010 年 9 月），頁 48～53。

35. 孫克強：〈試論雲間派的詞論及其在詞論史上的地位〉，《中州學刊》第 4 期（1998 年），頁 91～96。

36. 孫慧敏：〈天下興亡，「匹夫」之責？——明清鼎革中夏家婦女〉，《臺大歷史學報》第 29 期（2002 年 6 月），頁 63～85。

37. 袁永飛：〈明清之際士人對傳統政治秩序的理論批判——質疑和救治〉，《貴州大學學報》社會科學版第 27 卷第 4 期（2009 年 7 月），頁 126～131。

38. 馬衛中：〈明末清初江蘇詩歌總集與詩派之關係〉，《蘇州大學學報》哲學社會科學版第 5 期（2008 年 9 月），頁 46～51。

39. 張世斌：〈明末清初詞人詞論與創作的背離〉，《江淮論壇》第 4 期（2006 年），頁 175～178。

40. 張宏生：〈《倚聲初集》的文獻價值〉，《古籍整理研究學刊》第 1 期（1996 年），頁 4～7。

41. 張承宇：〈松江幾社士風淵源探〉，《南京理工大學學報》社會科學版第 20 卷第 3 期（2007 年 6 月），頁 14～18。

42. 張承宇：〈雲間派擬古詩作與前后七子的影響〉，《文學理論與批評》第 5 期（2007 年），頁 132～134。

43. 張亭立：〈晚明雲間士風淺論〉，《中文自學指導》第 1 期總 191 期（2007 年），頁 61～65。

44. 陳水雲：〈1930 年至 1949 年清詞的總體研究〉，《漢學研究通訊》第 22 卷第 3 期總 87 期（2003 年 8 月），頁 1～14。

45. 陳水雲：〈論明末清初的詞壇新貌〉，《河南師範大學學報》哲學社會科學版第 38 卷第 4 期（2011 年 7 月），頁 168～172。

46. 陳永明：〈降清明臣與清初輿論〉，《漢學研究》第 27 卷第 4 期（2009 年 12 月），頁 197～228。

47. 黃士吉：〈論雲間詞派〉，《瀋陽師範學院學報》社科版第 3 期（1996 年），頁 48～51。

48. 黃雅莉：〈明末詞學雅化的苗裔——陳子龍詞學理論及其在詞學史中的地位〉，《海南師範大學學報》社會科學版第 23 卷第 4 期總 108 期（2010 年），頁 97～108。

49. 董菊：〈近三十年雲間詞派研究綜述〉，《焦作大學學報》第 2 期（2013 年 6 月），頁 63～64。

50. 翟勇：〈明代嘉、隆年間松江士人文化特征〉，《邯鄲學院學報》第 19 卷第 1 期（2009 年 3 月），頁 58～62。

51. 趙娜、王英志：〈明末清初雲間派的復古宗唐詩論〉，《求是學刊》第 35 卷第 4 卷（2008 年 7 月），頁 95～100。

52. 劉勇剛：〈「風雲氣短兒女多，常是無端百憂集」——論宋徵輿的《林屋詩稿》〉，《中國文學研究》第 4 期（2009 年），頁 97～101。

53. 劉勇剛：〈李雯為攝政王多爾袞捉刀致史可法書考論〉，《貴州文史叢刊》第 2 期（2011 年），頁 13～18。

54. 劉勇剛：〈明末詞運之轉移與清詞中興之契機——雲間詞派新論〉，《懷化學院學報》第 25 卷第 1 期（2006 年 1 月），頁 130～134。

55. 劉勇剛：〈從雲間到虞山——論柳如是的詩學嬗變〉，《浙江大學學報》人文社會科學版第 34 卷第 5 期（2004 年 9 月），頁 133～141。

56. 劉勇剛：〈論李雯的《蓼齋詞》〉，《中國韻文學刊》第 23 卷第 3 期（2009 年 9 月），頁 39～43。

57. 劉勇剛：〈論李雯的悲情人生與詩歌創作〉，《西安電子科技大學學報》社會科學版第 20 卷第 3 期（2010 年 5 月），頁 115～121。

58. 劉勇剛：〈論陳子龍詩歌〉，《中國韻文學刊》第 25 卷第 4 期（2011 年 10 月），頁 24～30。

59. 劉勇剛：〈論雲間地域與名門望族對雲間派的影響〉，《貴州師範大學學報》社會科學版第 3 期總第 128 期（2004 年），頁 79～84。

60. 謝明陽：〈明詩正宗譜系的建構雲間三子詩學論析〉，《文史哲》第 13 期（2008 年 12 月），頁 45～90。

61. 謝明陽：〈雲間詩派的形成——以文學社群為考察脈絡〉，《臺大文史哲學報》第 66 期（2007 年 5 月），頁 17～51。

（二）研討會論文

1. 姚蓉、王兆鵬：〈色彩、情感與雲間三子的詩歌〉，《明代文學研究國際學術研討會論文集》（天津：南開大學出版社，2006 年 4 月）。

2. 黃桂蘭：〈明末清初社會詩初探〉，《第二屆明清之際中國文化的轉變與延續學術研討會論文集》（臺北：文史哲出版社，1993 年 6 月）。

四、學位論文

（一）博士學位

1. 王雨容：《明末清初詞人社集與詞風嬗變》（桂林：廣西師範大學中國古代文學博士學位論文，2010 年 4 月）。

2. 白一瑾：《清初貳臣心態與文學研究》（天津：南開大學中國古代文學博士學位論文，2009 年 4 月）。

3. 吳思增：《陳子龍新詩風研究》（上海：華東師範大學文藝學博士學位論文，2006 年 4 月）。

4. 李越深：《雲間詞派研究》（杭州：浙江大學中國古代文學博士學位論文，2004 年 5 月）。

5. 李新：《陳子龍詩文創作與文學思想》（天津：南開大學漢語言文學中國古代文學博士學位論文，2009 年 5 月）。

6. 李燦朝：《明末清初越中文人及文學研究》（杭州：浙江大學中國古代文學博士學位論文，2008 年 9 月）。

7. 張亭立：《陳子龍研究》（上海：華東師範大學文藝學博士學位論文，2007 年 4 月）。

8. 許秋群：《中晚明詞的傳承與新變》（桂林：廣西師範大學中國古代文學博士學位論文，2010 年 4 月）。

9. 馮玉榮：《明末清初松江士人與地方社會》（上海：復旦大學歷史系中國古代史博士學位論文，2005 年 4 月 20 日）。

10. 劉勇剛：《明末文人與黨爭》（中國古代文學明清文學博士後研究，2005 年 10 月）。

11. 劉勇剛：《雲間派研究》（南京：南京師範大學中國古代文學博士學位論文，2002 年 5 月）。

12. 戴文和：《晚明經世學鉅著《皇明經世文編》及其相關問題研究》（臺北：東吳大學中國文學系博士論文，2004 年）。

13. 顏妙容：《清代詞學尊體之論述研究》（高雄：國立中山大學中國文學系博士學位論文，2004 年 11 月）。

（二）碩士學位

1. 文藝：《中晚明文社研究》（重慶：西南大學中國古代文學碩士學位論文，2012 年 4 月 15 日）。

2. 王玉娟：《清代對秦觀詞的接受研究——以雲間詞派、常州詞派爲例》（曲阜：曲阜市師範大學中國古代文學碩士學位論文，2012 年 4 月）。

3. 吳永忠：《《皇明詩選》研究》（南昌：江西師範大學中國古代文學碩士學位論文，2007 年 4 月）。

4. 汪孔豐：《雲間詩派研究》（蘇州：蘇州大學中國古代文學碩士學位論文，2005 年 5 月）。

5. 易果林：《陳子龍與明代格調派詩學》（湘潭：湖南科技大學中國古代文學碩士學位論文，2010 年 5 月 15 日）。

6. 金相希：《李白對松江文學影響的比較研究》（長春：東北師範大學比較文學與世界文學碩士學位論文，2007 年 5 月）。

7. 徐茂雯：《陳子龍詩學思想研究》（蘇州：蘇州大學古代文學碩士學位論文，2001 年 5 月）。

8. 秦鳳：《明代松江府作家研究》（上海：上海師範大學中國古代文學碩士學位論文，2006 年 5 月）。

9. 高士原：《晚明幾社六子及李雯社會詩探微》（臺中：東海大學中國文學系碩士論文，2004 年）。

10. 張天妤：《陳子龍詞風形成的文學形態考察》（上海：華東師範大學古代文學碩士學位論文，2006 年 5 月）。

11. 張文恒：《陳子龍雅正詩學精神考論》（北京：北京語言大學中國古代文學碩士學位論文，2005 年 5 月）。

12. 陳淩：《明代松江府進士人群研究》（上海：上海社會科學院專門史碩士學位論文，2010 年 4 月）。

13. 陳麗純：《明末清初性情詩論研究——以陳子龍、錢謙益爲考察對象》（高雄：國立中山大學中國文學系碩士論文，2004 年 6 月）。

14. 詹千慧：《雲間詞人與雲間詞派研究》（臺北：輔仁大學中國文學研究所碩士論文，2005 年 6 月）。

15. 鄒秀容：《雲間詞派研究》（臺中：國立中興大學中國文學系碩士學位論文，1998 年 6 月）。

16. 趙莉萍：《陳子龍詞研究》（濟南：山東師範大學中國古代文學碩士學位論文，2003 年 4 月 29 日）。

17. 趙雲傑：《淺析明末社會巨變與士風特徵》（石家莊：河北師範大學中國古代史碩士學位論文，2010 年 3 月 28 日）。

18. 鄭毅：《雲間詞派中、後期創作狀貌之探析》（長春：黑龍江大學中國古代文學碩士學位論文，2007 年 5 月）。

19. 魏振東：《陳子龍年譜》（桂林：廣西師範大學中國古典文獻學碩士學位論文，2004 年）。

20. 魏廣超：《李雯詞研究》（湘潭：湘潭大學中國古代文學碩士學位論文，2013 年 6 月 5 日）。

21. 蘇菁媛：《陳子龍詞學理論及其詞研究》（彰化：國立彰化師範大學國文學系碩士論文，2004 年）。

22. 權惠娟：《陳子龍詞考論》（成都：四川師範大學中國古代文學碩士學位論文，2011 年 4 月 11 日）。